（下）

这碗粥 —— 著

四川文艺出版社

目录

第十章
东倪西何
291

第十一章
新线索
323

第十二章
真相
355

第十六章
解救
467

第十七章
似曾相识的画
499

第十八章
她的少年
527

contents

第十三章
别扭
375

第十四章
深渊
409

第十五章
烟花
439

番外一
烟与火
563

番外二
新约定
585

番外三
游泳课
593

第十章

东倪西何

选修课后，学生们陆续走来，校道上人来人往。

两人除了亲吻，没有更进一步。陈戎在倪燕归的耳垂上轻咬一口，小小的耳洞，跟针眼似的，舌头舔上去，能触及其中细微的小洞。最后，他放开了她。

倪燕归的手机振了好几回，开始是林修的电话，后来是他在微信上问什么事。

她这时才有时间回复：你不是认识李筠吗？给我打听打听她和陈戎的真正关系。

林修：陈戎怎么说？

倪燕归：从小一起长大的。

林修：和李筠的说法对上了。

他没有说是，也没有回答不是。他只陈述了一个事实——李筠和陈戎的说法一致。或者在其他人看来，玩伴的解释太过儿戏，但倪燕归和林修就是青梅竹马。对于这套说辞，他俩觉得可信度确实有几分。当下，倪燕归的气消了一半。

陈戎刚才可没有客气，将她的唇舌里里外外尝遍了。她发丝凌乱，上衣领口起了皱褶，脸上冻结的冰霜开始融化。她瞥着陈戎："这次就当你过关了。"

然而陈戎依然冷漠，亲热没有燃起他的善意，反而激起不可名状的沉郁。

借着手机的光，倪燕归见到他喉结的滚动，只一下，却莫名性感。

她抱住他的腰，戳了戳，她觉得他的腰的手感不再僵硬，而是变结实了。她说："哎呀，被你占便宜了。"

陈戎已经收回手，倒是她，双手仍箍住他的腰，紧紧不放。到底是谁占谁的便宜？

第十章 东倪西何

陈戎:"放开。"

倪燕归挑着眉,抚上他的脸颊:"亲的时候很起劲,亲完了就赶人走。你跟着谁学坏了?"

"你。"

她的手指刮过他的眉毛,冲他绽开笑容:"笑一个。"

"笑不出来。"

"你好冷哦。"

"风刮的。"露一截脖子在外吹风,没有围巾,冷是正常的。

之前因为李筠,倪燕归觉得自己占了理,如今想起她撒的谎,又轮到她理亏了:"戎戎,戎戎。"

陈戎不说话。

她想起刚才他在教室里和女生言笑晏晏的样子,刚刚消下一半的气又涌了上来:"为什么对我摆脸色?我可是你的女朋友。"

他避而不答,说:"早点回去休息。"

倪燕归不依不饶,学着他,伸手去抚他的嘴唇,用力向旁边一拨。他的唇瓣变形,回弹。

"我是做错了事,但是你不能只对我一个人冷脸。"她故意用身子去蹭他。

陈戎感觉自己被柔软弹性的棉球撞上了。

倪燕归强调说:"我是你的女朋友。"

他警告她:"不要抱了。"

她却越发得寸进尺。

陈戎忍无可忍,搂过她。

倪燕归在他的颈后摸了摸,可惜,他没有脸红,冷冰冰的。

"戎戎,我错了。"倪燕归低下眼,"今天是林修的生日,我每年都给他庆生送礼,这是老规矩了。"

陈戎的手放了下来。

她说:"林修就是叛逆期的时候比较坏,后来已经学好了。知错能改,善莫大焉嘛。"

陈戎彻底放开抱她的手,给她整理了衣服。

她捏捏他的脸，逗他说："不闹啦？"

他冷冷的："去酒店。"

倪燕归讶然。这三个字由她来讲，理所当然，无论如何也轮不到他来开口，他可是不食人间烟火的圣人。

没有等到她的回答，陈戎勾起她的碎发，缠在指间："去不去？"

"对我笑一个，我就去。"她威胁说，"要笑得比面对其他女生时，更温柔、更迷人。"

"不会笑。"

"为什么？"

"脖子冷。"

"你也不穿一件高领口的，今天降温啊。"倪燕归望着他光裸的颈项，突然茅塞顿开。她掐住他的下巴，左右晃动。

他的头左摇右摆。

她啧啧地说："我说为什么冷，原来没有围巾呀。"

陈戎仰头望着顶上暗黑的树叶。

倪燕归笑了起来："想要围巾？"

他沉默着。她踮起脚，在他的喉结上落下一个轻吻。

听见她说："围巾今晚是来不及了，我来给你暖暖。"陈戎紧绷起来。

西北校门的路口有幢商业楼，楼上有两家钟点房。两家灯箱一起摆在一楼门口，箭头方向一致，时租和日租价格一分不差。区别在于，一个是红字，写"五楼"；一个是绿字，写"三楼"。

钟点房的用途非常广泛，玩游戏、打麻将。不过到了晚上，功能就很单调了。

有两个社会人打扮的男女走下台阶，陈戎停了几秒，牵起倪燕归继续往前。

走过一条街，这里就不是钟点房了，而是酒店。

陈戎跟前台说："一间，大床。"

可能他人还没暖过来，对她还是一副臭脸，转向别人的时候，却非常和气。

第十章　东倪西何

前台打量他时,他有点儿害羞。

前台问:"一个人吗?"

他拉过倪燕归:"两个。"

前台了然:"请您出示一下身份证。"

办好了入住手续,陈戎对上她的眼,又是一记锋锐的眼神。

进了电梯,即将关门时,一个老人姗姗来迟,先咳一声,再喊:"稍等。"

陈戎还没等老人喊出声,就已经按了开门键。他礼貌地给老人让路,温和地问:"老人家,上几楼?"

老人说:"谢谢,四楼。"

四楼到了,老人出去,电梯里只剩下两人,陈戎又敛起笑。

关上门,落了锁,陈戎把锁链也给扣上了。

倪燕归听见那清脆的声响,背抵住了墙:"戎戎,我明天给你变条围巾。"

她攀上他的肩,陈戎捧起她的脸,吻了上去。

理性在说话,今天不是最佳时机。若是发生什么,他需要恰当的理由解释自己的肌肉和身上的图案。毕竟,光做家务的人不可能有那样的线条。挣扎数次,但她勾着他不放。

他一路沉沦,外套被丢到一边。

倪燕归挂在他身上,被抱上了床。床铺柔软,她深深陷在里面,迷离地望着顶上的灯光。

她要去撩他的薄衣时,陈戎直起了腰。

她的手够不着他的衣摆,她唤他:"戎戎。"

"嗯。"只差一点点,她的手就要触及他后腰的印记。她不愿记起那场灾祸,他就永远也不会告诉她。

"戎戎?"她奇怪,他竟然突然陷入沉思了。

"嗯。"他在斟酌理由,一个不会忆起当年,又能合理解释的理由。

她的长发披散在床上,脸蛋不过他的巴掌大。军训后养了有一阵子,晒黑的皮肤又白了回去,明眸皓齿,美艳绝伦。她是他的。

理性摇摇欲坠,但这一刻,并非天时地利人和,他需要时间。他

295

伸手盖住她的眼睛。因为压抑，呼吸反而越发粗重。

倪燕归看不见，听觉被无限放大，像是听到远处野兽的声音。她嗫了嗫嘴："戎戎。"

之后，他重重的亲吻压在她的唇上。他至今没有脱掉薄衣，她的手指抵在他的胸膛上，感受到他发烫的温度。

陈戎将要失控似的。

然而，下一秒，她身上的重量骤然一轻。他盖住她眼睛的手有些发抖。她听见他的喘息，急且重。他松开她的眼睛，拉过被子，把她盖住。他坐在床沿，两手各自撑着膝盖，低下头去。

倪燕归从被子里探出眼睛，见到他起伏的胸膛，似乎难受得紧。她叫他："戎戎？"

眼镜不知何时被他摘下，他转头在被子上摸着，触到冰冷的金属。他抓住，把眼镜戴了回去："对不起，倪倪，我……还不会。"

"没关系。"倪燕归安慰说，"一回生二回熟，迈过这道门槛之后就轻松了。"

他摇了摇头，她坐起来，想去抓他的手。

他缩了下，倪燕归立即把他抓住，发现他手上的温度也烫。

她想去抱他，陈戎退了退，扶起眼镜，支支吾吾地说："我怕会伤到你。虽然生物课上有讲解，但知识是纸上谈兵。等我准备好后，再给你一个难忘的体验。"

他似是不敢看她，低着头，把被子拼命往她的身上堆，把她裹了起来，才抱到怀里："给我些时间。"

"哦。"倪燕归有些失望。

已经过了宿舍的关门时间。

倪燕归说："不去打扰宿管阿姨了。酒店已经订了，不能白白浪费，今晚我住这里。"

"那我——"陈戎话还没有说完。

她瞪向他："你放心我一个人住在这儿？"

"可是……只有一张床。"

第十章 东倪西何

"床那么大,睡两个人绰绰有余。"她披上外套,拉起他的手,"走吧,买些日常用品。"

两人选了同款运动服,当作情侣装。

陈戎买完单,拎着袋子走出超市,倪燕归突然说:"我去买零食饮料。"

"我陪你去吧。"

"算了,你拎着东西。再进去又要存包,我买了就出来。"说完,倪燕归匆匆回去了。

她觉得,两人睡一张大床房肯定要发生些什么,她买了两瓶酒精饮料。

她到了售卖安全套的货架旁,叹了叹气。有个书呆子当男朋友,唯一的坏处是,他是懵懂男孩,得由她来指导。

倪燕归随手拿了两盒,暂时不知道有什么区别,先备着吧。

她去自助买单区拿了个袋子,装好以后打个结,又出来了。

陈戎站在原地,低头想事情。

她蹦到他面前:"我回来了。"

"倪倪。"他抬头说,"我们再去开一间房吧。"

"这酒店好贵,不要浪费钱。"倪燕归大方地说,"你不放心的话,中间横条被子就行。"

"我确实不放心。"陈戎重重地叹气。

她笑着挽起他的手:"情侣的事,计划赶不上变化,顺其自然就好了。"

回到酒店,陈戎离她半米远,坐在了床沿。

她大剌剌地靠在床头玩手机,瞥他一眼,弯起笑容。她撩了撩头发,上网搜索网页,嘴上说:"真是讨厌。"

"什么?"他向她望过来。

她蹙起眉:"戎戎,你知道如何屏蔽手机广告吗?"

听她的语气就知道有阴谋,可陈戎还是过去了。倪燕归把脚放下来,拍拍旁边的位置,他坐下了。

她把手机递过去:"就是这个网页不停地弹广告,一不小心就按到了。"

陈戎望一眼,手机里排了三个长条广告。

"你想看的都在这里!"

"哥哥的游泳课。"

上面是真人,下面是漫画。

陈戎的手指不小心一划,链接忽然跳转到一个漫画网站。再按返回键,已经回不到原来的网页了。

倪燕归瞄着他的脸,觉得这就是学习的好时机。

然而他认真地说:"安装一个广告拦截器就行了。"

这样也能镇静自若?倪燕归撇起了嘴。

陈戎下了个App,添加几条过滤规则,再刷新时,网页已经变得清爽干净。

他把手机还给她:"我去洗澡。"

倪燕归拿起两个杯子,各自倒上水。倒了一半,她解开购物袋,拿出酒精果饮,偷偷往里兑上半杯。

她不是要灌醉陈戎,半迷糊时气氛才最佳。

两人谈谈情,目光一对,再加上酒精作用,一来二去,他就退无可退了。

陈戎把自己整理严谨,才走出浴室。

倪燕归捧起杯子,啜了几口:"今天说了很多话,口都干了。"

"嗯。"陈戎不疑有他,直接喝了一口,"倪倪,今晚真的不需要另外开房吗?"

"当然不,我们是男女朋友。"

陈戎坐在床沿,望一眼大床:"我们画一条楚河汉界……"大概觉得难以启齿,他又喝了两口润嗓子。

她很善解人意:"好的。我个人吧,也希望留下一个美妙的夜晚。就是书上说的,欲死欲仙,销魂蚀骨。"

陈戎点点头:"嗯。"

"别怕。"倪燕归拍拍他的肩,"我对你有信心。"

"谢谢。"

不知不觉,两人喝完了一杯水。她笑问:"要不要再来一杯?"

陈戎问:"你这是什么饮料?甜甜的。"

倪燕归甜甜一笑:"这个呀——"

话没说完,他眼睛一闭,倒在了床上。她呆若木鸡,这……酒精的浓度不高呀。

陈戎醒来,是在半夜。

床头灯的亮度调到了最低,白色灯泡穿过深黄的灯罩,洒出了温暖的光圈。夜光时钟亮着幽然绿光,凌晨三点多,窗外偶尔传来车流声。除此之外,房间很安静。

他的右手向旁边探去,摸到了被子,折得平整,横在中间。看来这就是楚河汉界。

她竟然这么听话?出乎他的意料。

他一手搭在额头上,想要叹出的气没来得及出口。

旁边的人有了动静,说:"醒了?"

"嗯。"他望向倪燕归。

她那边的床头灯熄灭了,阴影中,她的表情很不真切。她走下床,坐到沙发里,左右手握着扶手,一只脚轻轻地跷起,另一只脚的脚尖不停地踮着地下。

陈戎望了一眼,听到她大喝一声:"坐起来。"他立即起来,搭在额头上的手不小心打到了鼻梁。

她又说:"开灯。"

他按下开关。灯光大亮,倪燕归抱起了手,冷冷地望着他。

陈戎不动声色:"倪倪,你是睡醒了还是没有睡?"

"有区别吗?"她弯着唇,笑意不达眼底。

"我怕你熬夜。"

"失眠,睡不着。"

"对不起,我刚刚睡了。"确切地说,是醉了。和上回在宿舍里一样,一闭上眼,就失去了知觉。

倪燕归纠正他:"你是醉酒。"

他解释说:"对,我酒精过敏。"

"哦,我不知道。"她看上去也不是太在意。

他微笑:"没事,睡一觉就好。"

她狭长的眼睛向他瞥一眼:"知道你醉酒的时候发生了什么吗?"

"什么都不记得了。"然而,陈戎记起的却是,赵钦书说,他醉酒了会讲胡话。

倪燕归没有拐弯抹角,直接给了他答案:"我问你,你以前有喜欢过谁吗?"

陈戎略略沉思,难道他又讲起了白月光?

"三秒内回答。"她用一秒的时间说完了一二三。

他飞快地答:"除了你,没有其他人。"

"酒后吐真言。"她紧盯他,"你刚才可不是这么说的。"

"我说了什么?"

倪燕归双手撑住扶手,站起来:"你有人。"

他疑惑:"我有人?"

她走过去,一脚踩上了床,手肘搭在那只脚的膝盖,弯腰看他:"你曾经喜欢的人是谁?"

他反问:"我曾经喜欢谁?"

"问你,别问我!"

陈戎说他喜欢一个女孩,在很久以前。倪燕归追问那是谁,他不说话。

"很久以后呢?"然而,无论她如何发问,他不回答了。

她把他的两颊捏得通红,他也没有动静。她以为书呆子除了学习什么都不懂。哪承想,他居然喜欢过女孩,很久很久。

倪燕归翻来覆去,把中间的楚河汉界叠得整整齐齐,甚至把他往床边推。他躺在床沿一动不动,她就继续推。他只占了床边一点点位置,稍有不慎就要跌下去。

她捏住他的脸颊,左右上下扭起来:"喜欢谁?"

第十章　东倪西何

或许是被她捏疼了,他语音模糊说了这两个字:"倪倪。"

倪燕归冷冷地说:"少给我装傻充愣,给我交代你过去的情史。"

"你知道了会不会打我?"陈戎瑟瑟发抖。

"这就没办法保证了。"她倾身向他,"要看一下你老实到什么程度了。"

"嗯……"他畏怯地看她,"那是小时候的事了。"

"别以为是你的小时候,我就管不着。你是我的人,一切都是我的,我要管就管。"她盛气凌人,蛮不讲理。

陈戎却没有冷脸,好声好气地哄她:"坐下来说吧。"

她收起大姐头的架势,坐上了床。

他不好意思:"是读幼儿园时的事了。"

"幼儿园?你那时就知道喜欢女孩子了?"

"不是男女的喜欢。"陈戎想了想,"班上有个女同学老爱掐我的脸。她很霸道,不许我和其他女同学玩,只要我和别人说话,她就会发脾气。我没办法,只能跟她一个人玩。"

等等,他描述的场景,她似乎在哪里听过。倪燕归狐疑地问:"这个掐你脸的女同学叫什么名字?"

陈戎摇头:"忘了。上了小学,到了中学,班上的男同学坐在一起聊天,说起青春萌动的话题。我接近过的女同学很少很少,只有她,每天强迫我和她坐一起。但相处下来,她其实也可爱。我觉得,这或许是喜欢吧。后来,每次讨论喜欢谁,我就说有,是她。"

"你的幼儿园是在哪里读的?"

"小葵花幼儿园。"

巧了,倪燕归读的也是小葵花幼儿园。她记得,她喜欢捏一个乖巧男生的脸,其余全早忘了。

"你不是不住这里吗?"

"我以前住这里,三年前搬走的。"

"可你喜欢善良可爱的呀。这个女同学这么霸道,你还把她当成喜欢的对象?"

"掐着掐着,掐出感情了吧。我被她强行拉了手,小时候觉得牵手是一种仪式,但是幼儿园毕业以后,我没见过她了。就算见到,也认不出来。"

她掐男生脸蛋的事,林修知道,她知道。陈戎如果不是当事人,不可能知道。她戳戳他的脸:"要是被我发现你骗我,我不会客气的。"

"没有骗你。她是我宿舍夜话里的女孩,要说真正的喜欢,只有你。"

倪燕归昂起头:"记住,你是我一个人的。要是和别人有暧昧,我让你吃不了兜着走。"

他点头:"是。"

"暂时信你。"翻动的心安定了,倪燕归的气消了,突然她察觉什么,望一眼陈戎。

他还是怯怯的。

她清了清嗓子:"你知道吧,夜深人静的时候,人的性格就会冒出另一个'我'。"

"对,是的。"

"是吧,我们每个人都会这样。刚才我乱说了一堆话,可能是白天压力太大了。"倪燕归掩住脸颊,"我以前不是这样的。"

陈戎搂过她,亲了亲她的额头:"早点休息。"

她乖乖地躺下,问:"戎戎,你是不是被我吓到了?"

"没有。倪倪最温柔了。"

"我休息了。"倪燕归弯起了大大的笑,她可算了解什么是心花怒放了,他从幼儿园起就喜欢她,"要一个晚安吻。"

他低头吻她:"晚安。"

大概真的累了,她不到一分钟就睡了过去。

陈戎轻轻抚过她的眼角,她睡得熟,任他为所欲为。

陈戎在寂静的夜里重重地叹了一口气。

他下床,轻轻地开门。下楼到前台,他说:"麻烦开一间房。"

之后,陈戎去便利店买了两瓶冰冻矿泉水,再冲了一个冷水澡。

浴室的镜子里,随着他的步子,狐狸仿佛摆起了九尾。

灌了大半瓶的冰水,陈戎躺在床上,却又睡不着。他随意下了一个手游，玩到天亮。

早上将近八点，他回了原来的房间。倪燕归还没醒。

他轻轻关门，下楼去买早餐。这时，接到了赵钦书的电话。

赵钦书第一句就问："陈戎，你在吗？"

"在。"

赵钦书不知和谁说："他说他在。"

陈戎："你和谁说话？"

"何思鹓。我在食堂遇到她，调侃了一下你昨夜没回来。她问我，有没有跟你联系。"说到这里，赵钦书压低声音，"我是识趣的人，当然不会打扰你，对不对？"

"嗯。"早餐店前的人一个接一个，陈戎上前走了两步。

赵钦书："偏偏这个何思鹓说有事找你，我只好给你打了这个电话。"

"哦。"

之后，听筒里传来了何思鹓的声音："陈戎。"

陈戎："嗯。"

"昨天晚上没有遇到什么人吧？"

"没有。"

"那就好，早点回学校。"之后，她又把手机给了赵钦书。

赵钦书问："你和何思鹓是不是有什么猫腻？"

"不是。"轮到陈戎点餐了，他说，"先这样。"

倪燕归早上醒来，第一时间检查自己的衣着。穿的是昨晚的那套，没有被掀上来或者拉下去。衣服有些皱，是她睡觉时压的。除了这些折痕，没有其他别的痕迹。她对着镜子照了半天，再拉开领口检查，身上只有陈戎"非冷静期"留下的痕迹。

啊，气死她了。陈戎是个正经的老实人，计划 A 和 B 均宣告失败。人是倪燕归挑的，她还能埋怨什么？正人君子正是她的喜好。

另一边的床上，被子整整齐齐，人没在。

她这一觉又香又沉，不知道陈戎什么时候出去的。她重新回到床上，滚来滚去。拍了拍陈戎的枕头，枕上去。无论如何，起码达成了同床共枕的一步。她掀开眼皮，望见时钟，猛然坐起来。

她给柳木晞发信息：第一堂课赶不上，如果老师点名了，帮我请个假。

柳木晞：夜不归宿，你和陈戎那个去了？

倪燕归：满脑袋龌龊思想，我家陈戎不是这种人。

倪燕归满眼微笑。她家陈戎是好人。

门开了，陈戎进来说："起来了吗？我出去买了早餐。先吃点吧，一会儿还要去上课。"他手上拎了两个早餐的纸袋子。

倪燕归才从床上坐起，她忘了，她家陈戎是个爱学习的好学生，和她这种一起床就想着翘课的人不一样。虽然如此，但她还是想逗逗他："昨天晚上，我睡了以后没发生什么事吧？"

陈戎愣了愣，低下了头："没有。"

她跳到他的面前，搂上他的颈项："真的啊？"

"真的。"声音轻柔，但听着很有底气。

"为什么？我不可爱吗？不是应该抱住我不放吗？"

陈戎笑："你很乖，我怕打扰你睡觉。"

倪燕归看着近在咫尺的俊脸，在他脸上亲了一口："你也很乖呀。"

他突然施加力道，快餐店的纸袋响起细碎的"嗞啦"声。

她见他耳朵泛红，往上捏了一下："你羞什么，我们是情侣。"

"嗯。一起吃早餐吗？"他低头，在她脸颊上吻了吻。

陈戎想要离身的时候，她踮脚，一下子咬住了他的唇。

他没有拒绝，一手揽住她的腰，加深了这个吻。起先只是唇瓣相贴，但在她缠住他舌头以后，他逐渐稳不住了。两人难舍难分。

"倪倪，上午有课。"他贴着她的唇。

"嗯。"她微微喘气，眼睛直勾勾看着他。

他伸手遮住她的眼睛："别这样看我。"

眼前一黑，她问："为什么？"

"上课会迟到。"

他倒是诚实。她抓下他的手："住酒店一晚花了不少钱，不做点什么岂不是浪费了。"

"呃……昨晚已经浪费了。"

她捧起他的脸:"给你补偿的机会。"

陈戎叹了口气,放下早餐袋,抱起她,吻下去。

倪燕归暗笑。还好书呆子也不算太古板,还是很有潜力的。

十点多,两人回到了学校。

不是用餐高峰期,校门口的一家腌面店门口很空旷。几张折叠桌收起,靠在门边,塑料凳叠得高高的。

何思鹂吃完了一碗面,抬头见到陈戎和倪燕归手牵着手走来。陈戎有一个艳光四射的女朋友。与此同时,叛逆、野蛮,诸如此类的词也常被用于形容这个女朋友。何思鹂走到门边,望着这一对情侣走过。

倪燕归感觉到什么,向后偏了偏头。何思鹂挺拔如劲松。这是两人自社团招募那天以后的第二次见面,和上一回一样,各自打量一番,收回了目光。

第二天,又是社团活动的日子。温文吸取了教训,没有叫小何同学,而是在群聊里直接喊何思鹂。因为他直呼其名,倪燕归才知道,何思鹂居然进了散打社。

倪燕归用笔敲了敲画板,发出"嘟嘟嘟"的声音。何思鹂进散打社?她是去扶贫的吗?

她对此很是好奇,中午和陈戎吃饭,倪燕归问:"社团来了新人?"

陈戎点头:"对,是个女孩,叫何思鹂。"

"来多久了?"

"一个多星期。来的第一天,一拳把赵钦书打趴下了。毛教练说,她的拳风很凶。"

"听起来是个厉害人物。"

"是的。"

"她为什么要进散打社?"

陈戎将自己的牛腩拨到倪燕归的碗里,社团到处在传何思鹂进社团是因为他。瞒是瞒不过去的,他说:"她来的那天,拿了我的一张照片。"

"你的照片?什么样的?"倪燕归的筷子对着碗中的那块牛腩戳过去,直接戳穿了。

陈戎望着牛肉:"我不清楚谁拍的。当时正好捞到一只小猫,可能是沾了那只猫咪的光。"

倪燕归以为网上的热度不过几天便会消散,没想到,居然有人为了一张照片上门。她搭上他的肩膀:"戎戎,你有没有告诉她,你已经有女朋友了?"

"她知道。"

倪燕归嚼起了牛腩:"我去会会她。"

倪燕归故意挽着陈戎去社团的教室,当着众人的面,她给他整理衣服。这是一种宣告。

一众学员的眼睛左溜溜,右溜溜。

有个老学员在这里三年了,哪曾见过这种阵仗,八卦的眼睛跟机关枪似的,一会儿扫射倪燕归,一会儿盯住何思鹏。

当事人之一的何思鹏什么表情也没有,她向来如此,人长得可爱,但没笑容,板着脸。见到这对腻歪的情侣,她特意走远了几步。

这一个多星期,温文讲解了散打的规则、姿势以及拳法、腿法。何思鹏学得快,基本是自学自练。温文没见过这样独来独往的女孩子,于是安静地待在一旁。等她有问题的时候,他才上前解答。

"小倪同学。"十来天没有见到倪燕归,温文以为她不会再来,见到她,他很是惊喜。

倪燕归笑:"温社长,我过来看一看。"

"好啊,想练就练,想休息就休息。"温文说,"不要有压力。"

"小倪同学。"毛成鸿喊,"来了就逃不过三公里。"

倪燕归:"知道了。"

何思鹏缠上绷带,戴起拳套。

倪燕归歪了歪头:"她是躲我吗?"

陈戎若有所思:"倪倪,我觉得她未必是那个意思。"何思鹏没有纠缠不清,除了开始的大张旗鼓,其余时候,只是偶尔对他的离校表达过担忧。

毛成鸿打断了教室里的八卦,说:"三公里,走。"

一行人往外去。

何思鹂站在沙袋面前,摆出预备姿势,直接进攻。来的第一天她讲过,三公里对她来说是鸡毛蒜皮,她懒得去跑。从来不破例的毛成鸿为她破例了。

黄静晨也想偷懒,却被毛成鸿提了出去。

倪燕归往外走,回头再看。何思鹂专心致志地击打沙袋,没有注意陈戎。

跑完三公里,毛成鸿指导学员们做训练。

何思鹂还在练拳,她手臂上的肌肉紧实匀称。她来回变换步子,头发向上扬起,再飞落。

倪燕归伸了伸懒腰,走到沙袋区,她优哉地靠墙:"你要学散打,你就好好学。揣着别人男朋友的照片是怎么回事?"

何思鹂停止了拳击:"我用照片是为了确认是他。"

"这么说,你是为了他来的?"

"当然。"何思鹂倒是很干脆。

"陈戎是我的男朋友。"

"我知道。"

"你敢打他的主意,我不会放过你。"

何思鹂转头望过去:"你要如何不放过我?倪燕归你不明白吗,你骗骗普通人还行,但是在我这里你赢不了了。"

"好大的口气。"

何思鹂摘下了拳套:"对了,我们之间还欠一场比武。当年我们的名号可是响当当的'东倪西何'。"

何思鹂很平静。

倪燕归站直了身子,冷冷地回着:"好。"

何思鹂听完她的话,开始解手上的绷带,接着往前几步,做拉伸。

倪燕归到了陈戎的跟前:"戎戎,我和何思鹂比比训练的成果,你

307

去更衣室休息一会儿好不好?"

"好。"他抱了抱她,"别勉强。"

他没有问原因,听话地离开了。

毛成鸿揪着眉头:"怎么回事?"

倪燕归伸伸手臂:"切磋技艺。"

毛成鸿和温文看了看彼此,两人毫不意外。从何思鹂来到社团,似乎注定了要有这场武艺交流。因为,倪燕归不是忍气吞声的性子。

毛成鸿说:"点到为止。"

周围的人不自觉地为两个女生腾出了空间。

散打是武术的延伸,拳法有冲拳、掼拳、抄拳等,腿法则结合侧踹、蹬腿、勾踢、截腿等等。武术有类似的招式,叫法不同,但动作是相似的。两人知道,双方比的并不是散打。

倪燕归先攻,左脚侧踹,在何思鹂闪躲的同时,她一个转身,使出后摆踢。

何思鹂身子后仰,抬腿挡住了倪燕归的攻势。

两人不约而同,脚掌对脚掌,相互蹬了一下,借助对方的力量,弹了回去。

倪燕归没有多做停留,又攻了过去。

教室里的围观者屏住了呼吸。

毛成鸿眉心的皱纹越来越紧。显而易见,两个女生有根基,而且都不浅。身体的协调、攻击的力量、落地的平衡,无一不是掌控得恰到好处。

何思鹂的招式比较迂回,声东击西。倪燕归的动作简洁,直指目标。

各有千秋,大开大合。

温文想起温泉之旅时倪燕归那一记利落的鞭腿,他笑笑:"小倪同学藏得可真深啊。"

习武讲究持之以恒,一日不练百日空。倪燕归已经断了训练很久,虽然保持运动的习惯,但终究不是以攻击为重点,她的动作不如何思鹂的放松、有弹性。

这里是宽敞的教室,没有落叶没有沙土,没有作弊的途径。

第十章 东倪西何

何思鹂侧头避倪燕归的拳头,同时灵巧地旋腰转身,蹿到倪燕归的后侧,一掌拍向倪燕归的背。接触到对方的皮肤,手上像是烙了层东西,何思鹂觉得奇怪,但没有收力。

倪燕归攻击时多是用腿,耐力消耗过快,变得迟缓。这一掌拍下来,她没能躲掉,不得不向前了五六步,所幸没有摔倒。

她一回头,何思鹂把手背在身后:"我对陈戎没有另外的意思,你误会了。还有,你赢不了。"

倪燕归知道自己赢不了。昔日的"东倪西何",已经是遥远的记忆了。

倪燕归读小学时,倪景山生意失败,资金周转不过来。

林修家给予了极大的支持,但也是杯水车薪。

倪景山四处借债,觉得女儿跟在自己身边比较危险,于是把她送去了乡下的爷爷家。

倪燕归突然转了学,突然就要走,她告诉了林修。

林修指责她:"说好一起玩的,言而无信。"

两个六七岁的小朋友吵了一架,吵的是谁陪谁玩的事。

第二天,倪燕归上了车,向林修家望去一眼,忽然见到林修跑了出来。

他向她招手,喊:"燕归,记得给我打电话!"

她也喊:"林修,等我回来!"

两人那时不认识几个字,只能打电话,各自说着前言不搭后语的身边事。他们偶尔会吵架,吵完了,又再打电话,颠三倒四地讲。

林修说他被欺负了。

倪燕归咬咬牙:"你给我抄下他的名字。等我回去了,我揍扁他!"

林修的纸上写了满满一页名字,她没回来。

后来,那一页名字被林修一一划掉,她也没出现。

倪燕归的爷爷住在镇上,连县城都算不上。这里因为有过黄飞鸿、方世玉、洪熙官等传奇人物,镇上有几家传承多年的武馆。

倪燕归儿时称霸小葵花幼儿园，喜欢做女侠梦。一天放学，她自个儿去了武馆。一来是有兴趣，二来是有天赋，武馆的师父收了她当徒弟，她下课或者周末时常常去武馆玩。

玩，就是训练。大概她真的骨骼清奇，经过几个月的训练，不要说同龄人，就是比她大两三岁的都赢不了她。

小升初的那年暑假，林修过来了，也住倪爷爷的家里，倪燕归在院子里要功夫给他看。

林修皱眉："你这样会嫁不出去的。"

她才不信："我这么漂亮，会嫁不出去？"

"我们男孩子喜欢温柔大方的女孩子。"林修说，"我们班就有一个，还是名列前茅的三好学生。"

"哼。"倪燕归拿起旁边的衣叉，"这叫方天画戟。"

林修临危不惧："这叫衣叉。"

她挥舞过去："纳命来！"

他被她追得满院子跑。

镇上不止一间武馆。街尾的另一家里面有个女娃骁勇善战，习得十八般兵器，棍棒、双剑、红缨枪、八斩刀耍得有板有眼。

倪燕归没有见过那个女孩，或者路上见到时，彼此不知对方，也就擦肩而过了。

街头在东，街尾在西，这是一条东西向的大路。不知是谁先说："东倪西何。"之后，这个名号就传开了。

师父常常笑问："两个女娃娃要不要比一比？"

话是经常提，但是无人撮合这场比武。

倪燕归练了八年，倪景山在这期间还清了债务。他觉得乡下的教学比较落后，把女儿接了回去，倪燕归有空了才回乡下。

初生牛犊不畏虎，那时候的倪燕归天不怕地不怕，还夸下海口，说为了人间公义，上刀山下火海，在所不辞。武侠片里的大侠们这样讲，她跟着说。刀山或火海究竟是何等痛苦，她年少气盛，以为自己骨头硬，肯定能扛过去。直到她真的倒在了火海，她才明白，她当不了女侠的。

倪燕归再没有练过武术。

第十章 东倪西何

何思鹏拿起自己的绷带和拳套,已经是一副歇战的状态了。

倪燕归站在原地,低着头,被长发遮住了半张脸。

温文上前,笑着说:"小倪同学,你真是把我们都骗了。"话虽如此,但他不会真正责怪她。

毛成鸿比较公平,和倪燕归说:"打得好。"

他转头跟何思鹏说的也是这句:"打得好。"

来自教练的赞赏没有缓和何思鹏的表情,她平静地说:"教练、社长,今天我的训练量已达成,先回去了。"不待毛成鸿点头,她自顾自走了。

倪燕归抬起了头:"毛教练、温社长,我也先走了。"

"小倪同学。"毛成鸿语重心长,"胜败乃兵家常事。"

"是啊。"温文望一眼那边的学员,压低了声,"我参加比赛几年了,一个奖都没有。你有基础,悟性又高,将来肯定会把我们甩在后面。"

倪燕归感激地说:"谢谢毛教练,谢谢温社长。"

陈戎一直待在更衣室。没有她的命令,他不会出来。

她去敲了敲门,门开以后,面前是他温柔的笑脸:"倪倪。"

也是奇怪,在毛成鸿和温文面前,她云淡风轻。一旦面对陈戎,她忽然泛起委屈。

他看出什么,用手指在她的眼下轻轻刮过去。

倪燕归抱住了他:"戎戎。"

过去三年,她的武术造诣是停滞不前的。中止习武的理由合情合理:一、她家的债务已经还清,富裕了,舒坦了,犯不着去过苦日子。二、盛世从文,乱世习武。如今是和平时代,万事有警察,轮不到她一个小老百姓去强出头。

陈戎问:"去走走?"

倪燕归边走边反省。她嚣张的性子至今没变。其实是应该收敛的,开战前,她就该预料到这个结局。然而,饶是心里重复了无数遍"不以成败论英雄",也始终不是滋味。

一切都是从三年前开始的。她的父母问起当时的情景,她想了又想,说不上来。医生说,这是创伤后的应激反应。她的父母说,忘了也好。她也觉得,忘了真好。

倪燕归突然问:"戎戎,你的记忆力很厉害吧?"

"还好,怎么了?"

"你有没有忘记过一件对你很重要的事情?"

"有。"陈戎肯定地回答。

倪燕归略略惊讶:"你也有?"

"与其说忘记,不如说,某些事情虽然重要,但它不值得。人类大脑有奇妙的过滤机制。"

"但我的事,不是不值得。"倪燕归第一次在别人面前说起,"有人救了我。我肯定要记住他的……我却想不起来了。"

"说明他无法覆盖你的伤痛。"陈戎摸摸她的头发。

"要是他知道了,会觉得我忘恩负义吧?"

"我想,他救你是希望你活下来,而不是计较回报。"

倪燕归敲了下自己的脑袋:"我就是记性差。"想再敲,却敲到了他的手背。她望着他:"戎戎,我跟你坦白。我是要去教训何思鹏的,你是我的人,她明目张胆说冲你而来,我不服气。但是我输了。"

陈戎捉起她的手,放到唇上亲一下:"如果是为了我,我一直站在你这边,她没有赢的机会。如果是切磋技艺,这只是日常的一个小插曲,哪怕到了比赛,还有天时地利人和的区别。倪倪,你的胜负欲很旺盛吗?"

那不至于,譬如和张诗柳吵架,她就没有这种想法。倪燕归不管别人眼里她是如何,她要是有旺盛的胜负欲,她就刻苦认真,争取在学习上勇夺高分。可她选择当一个学渣,可见她没有大志向。

然而,武术不一样。不知哪来的自信,她从小就觉得,自己是最强的那一个。铆足了劲去练武,打断了奶奶的衣叉、爷爷的扫帚,连鸡毛掸子都被她当成刀剑,舞得有模有样。

林修说,她是个懒人。但师父说,她刻苦认真。

月亮不知何时躲进了云层。夜空黑暗,哪有指路的明月星辰。

周末,倪燕归和陈戎各自回家。

第十章　东倪西何

倪景山在外出差，倪燕归和母亲逛街、吃饭、去SPA（水疗）。

她没有和母亲谈起武术。

练或不练？陈戎说："你喜欢就好。"这个男朋友变得对人不对事了。凡是她喜欢的，就是对的。

自从林修生日那天降了温，冬天就算来了，正是吃火锅的好天气。

星期天，倪燕归回学校，路上发信息说：我快到了。直接去火锅店等，我从地铁口过去。

陈戎：好。

何思鹂站在男生宿舍的大门外，大冬天的，她脸上有汗，仿佛是一路跑来的。

既然迎面遇上，陈戎礼貌地打个招呼就要走。

她拦住他："你去哪里？"

"出去吃饭。"

"你不能去。"

"我和我的女朋友吃饭，有什么问题？"

"你留在学校就好，食堂也能吃饭。"

陈戎加重了音调："我再说一遍，我要和我的女朋友去吃火锅。"

何思鹂没有让路："外面很危险。"

陈戎敛起了和气："何思鹂，希望你能给同学一个私人空间。"

她很坚持："食堂也可以吃火锅。"

"你究竟有什么目的？"

"我是为了你好。"

"但你造成了我的困扰。"

"陈戎，军训时，你救过我一次，知恩图报的道理我是明白的。我不会害你。"

"有话直说。藏着掖着，大家都不愉快。"

何思鹂仰起头："你知道史智威吗？"

很久没有听过这个名字了。陈戎不动声色："他不是坐牢了吗？"

"他出狱了。"

313

何思鹂自幼习武，文科成绩一塌糊涂。爷爷、父亲都让她读完高中就外出打工，是她的姑姑给她联系了嘉北大学的老师。

嘉北大学的学生加起来不过几千人，规模远远比不上公立学校。

姑姑说："至少能混个文凭。"

何思鹂不懂美术。

姑姑又说："嘉北有几个管理专业，对绘画要求不高。另外，这所学校的格斗社团很出名。你看能不能攀上格斗的关系，好为以后做打算。难道你能舞刀弄枪一辈子吗？吃什么？穿什么？钱从哪里来？"

何思鹂的大学学费也是姑姑给的，姑姑在大城市安家落户，是何家人里很风光的。

何家最没出息的，当数何思鹂的哥哥——何凌云。凌云壮志，名字倒是响亮。

半个月前，何思鹂回家，刚进门就察觉到气氛不对劲。

爷爷坐在藤椅上，仰头望着发灰的天花板。何凌云在窗边抽烟，窗台上的烟灰缸里，堆满了长长短短的烟头。

何思鹂问："爷爷，怎么回事？"

老人家曾经生过大病，中气不足，叹出的气像是飘在空中，他没说话。

她又看向哥哥。何凌云大她三岁。爷爷、父亲望子成龙，逼着他上大学。可他不去，早早进了社会，打过不少零散工，每份工作都只干了两三个月。他嚷嚷薪水低，工作量大，之前辞了什么工作，在家里蹲了半年多。

见他一直无所事事，爷爷口头上催着他出去找工作，但也没有大声责骂。直到今天，爷爷伸出手，指着自己的宝贝孙子："造孽，造孽了。这小子造的孽。"

何凌云身材瘦削，说话的声音很细："我就借了点钱，谁知道利息这么高。"

爷爷："利息不高，那怎么叫高利贷？"

到了这个时候，何凌云还在狡辩："没有高利贷，合同上写的不是高利贷这个词。"

爷爷摇摇头，躺回了椅子上。

何凌云抽了一口烟，说："我和威哥说好了，分期付款，我慢慢还。爷爷，别生气了。"

何思鹏问："分期的利息是多少？"

何凌云这个时候支支吾吾的，少了狡辩的底气："会还的。我会努力，不拖累你们。"

爷爷坐直了："你连工作都没有，你拿什么还？"

何凌云耸耸肩："我暂时去送快递、送外卖，赚钱的机会多的是，看我做不做而已。我会赚大钱的，我以前就是懒。"

"不要给快递员、外卖员丢脸了。"爷爷抬起手，到底没有说出更重的话，又轻轻把手放下去。他捂住胸口，急促地喘气。

"别说了。"何思鹏说，"爷爷有高血压，你想气死他吗？"

"我说了，我欠的钱我自己会还，不用你们操心。"这样的话，何凌云不知道说过多少回，但过不久又会向家里要钱。

在这个家里，何思鹏年纪最小，她无可奈何。她给爷爷量了血压，又准备了药，才回到自己的房间。

村屋的房间窗户大，不过和邻居挨得很近，她只开了高窗。

她在电脑上绘制机械图，记不住软件的步骤，于是上了班级群去问。有个同学聊起表白墙上的帅哥，截图发到了群里。照片的角度构图很有技巧，而且人长得帅，难怪会成为议论的话题。

何凌云敲敲门，推开门叫她："吃饭了，吃饭了。"

电脑屏幕正对门的方向，何凌云一眼看到了陈戎，笑了起来："躲在房里看男人照片啊？"

何思鹏没有理他，关上了聊天框。

何凌云堆着笑，继续问："这人是谁啊？"

"同学吧，不认识。"

"哦。"何凌云正想调侃自己妹妹到思春的年纪了，突然灵光一闪，觉得刚才那个帅哥在哪里见过，"你说那男的是谁？"

"同学。"何思鹏冷漠地回答。

315

"我再看看。"何凌云走到电脑前。

下一秒,鼠标被何思鹂抢过去:"别看了,吃饭。"

午饭期间,何凌云一直在回忆那张脸。吃完饭,他一拍脑袋:"真是得来全不费功夫。"

何凌云偷偷到门外,打了个电话:"威哥,是我啊。不不不,我暂时没钱。但是我有一个消息,用来抵债怎么样?这消息绝对值。你不是在找一个四眼仔吗?对,人长得挺帅。"

何凌云奸诈地一笑:"我有他的消息。"

两人谈妥了交易。

"我就知道,威哥你是爽快人。下下个月我一定按时还钱。"何凌云转身,见到何思鹂出来晒萝卜干。

她提着小桶,疑惑地问:"你这个月的钱还没着落,就谈到下下个月了?"

何凌云"嘿嘿"笑了两下:"前一刻我发愁这个月,但老妹,你是我的幸运星,眨眼工夫,搞定了。"

她面无表情:"和我有什么关系?"

"来钱的方式多的是,有时候是用这里的。"何凌云指指自己的脑袋。

何思鹂觉得有蹊跷:"你别又去干偷鸡摸狗的事。"

何凌云摆手:"不会。我卖了个值钱的消息给威哥。"

"消息?"

何凌云得意忘形:"之前你欣赏的帅哥,是威哥的重点目标。大大有赏,这不,抵了我两个月的债。"

"威哥找他做什么?"何思鹂有不妙的预感。

"不知道。但肯定有仇。威哥说起这个四眼仔的时候,那个咬牙切齿啊。"何凌云磨了磨牙槽。

"你知道有仇,还报消息出去?"

"这不是为了还债嘛。我是被逼的啊,谁让你不给我钱。"何凌云理直气壮,"谁让四眼仔得罪了威哥。"

"史智威就是过街老鼠,人人喊打。"

第十章　东倪西何

"别啊，我危难的时候，你没有帮忙，是威哥借了钱给我。"何凌云伸伸懒腰，"舒服了，我和朋友去玩几局。"

何思鹏看着何凌云离去的背影。史智威是社会人，坐过牢，什么事都干得出来。陈戎恐怕有危险，而且这个危险的苗头，还是从她这里泄漏出去的。她有了愧疚感。

第二天，何凌云回来，说："老妹，我知道威哥和四眼仔的私仇了。"

何思鹏问："什么？"

何凌云神秘兮兮地说："三年前，是四眼仔害了威哥坐牢的。"

"我同学把那个人渣送进了监狱？"

"老妹，话不要说得那么难听。"何凌云纠正说，"威哥三个月前就刑满释放了，现在叫改造人才。"

"出狱了，干的还是以前的勾当。狗改不了吃屎。"何思鹏一脸严肃，"这么说，我同学还是我们家的恩人。要不是史智威在三年前坐了牢，我们家的房本都被你拿去抵债了。"

"史智威知道你在嘉北，扬言要在校外围堵你。"何思鹏说话的同时，不忘拦住陈戎。

陈戎眼神犀利："他只说对付我？没有提起别人？"

"我只知道你在其中，至于是否有别人……"何思鹏摇摇头。

陈戎彻底没了笑脸。如果是为三年前的事，不只他，还有另一个人。他立即给倪燕归打电话。

"嘟……嘟……嘟……"

"您好，您拨打的电话暂时——"

陈戎挂断电话，向外狂奔。

何思鹏跟着跑出去。

校道上，两人像是赛跑似的，陈戎快速地转弯，何思鹏在后面紧追不舍。

前方过了辆车，他稍稍减缓了速度。车辆驶过的时候，她追上了他："你去哪里？"

他没有回答,而是说:"这么重要的事,你为什么不早说?"

这时,手机响起来,是倪燕归。

陈戎立即接起:"喂。"

"戎戎,什么事?你到火锅店了吗?"

听见她欢快的声音,他安心了些:"刚才为什么没有接电话?"

"哦,烧烤摊今天买一送一,我买了烤串,两只手忙不过来。"

陈戎听见她边咀嚼边说话的模糊声音:"你去人多的地方,等我过去。"

他挂上电话:"虚惊一场。"

"这就是为什么我之前没有告诉你的原因。史智威的事是从我哥那儿听说的,我不确定是否属实,说了你反而提心吊胆。"何思鹏说,"我这阵子在周围几条街走了走,没有见到史智威。直到今天,我哥说史智威前段时间在嘉北路上租了一家店,我觉得他是要守株待兔了。"

"什么店?"

"不知道。我刚从家里赶过来,正好见到你要出去。"

"谢谢你。"

"陈戎,军训时你救过我,我当时还了你人情。"何思鹏说,"我这次的帮忙,算是还你另一个人情。我哥欠了很多钱,三年前史智威来我们家砸场子,被我拦下了。我哥的欠条是白纸黑字、按了手印的,我们家不占理。史智威要拿我们家的房本去做抵押,到了约定的那天,他没有来,听说被警察抓走了。半个月前我才知道,是你把他送进了牢房。我很感激。"

"客气,路见不平而已。"

"我一会儿继续去校外走走。我之前走过几条街,见到有装修的新店,但没留意是不是史智威的。"

"何思鹏,之前我们对你有误会,很抱歉。"

"我是不是该早点把事情告诉你?"何思鹏独来独往,做事从不与人商量,她一个十八岁的小姑娘,自以为谨慎,但是考虑得难免不够周全。

"现在也不晚。"陈戎笑,"我们有了准备,以后遇到危险,也能跑得快些。"

"他要对付你,我不会袖手旁观的。"

"今天先这样,你回去吧。我去接倪倪。"

"当心史智威。他坐过牢,光脚的不怕穿鞋的。"

"我知道。"陈戎说,"对了,你三年前见过他,他估计记得你,你也别一个人到处走。"

"我不怕他。"何思鹏昂起头。

陈戎打电话来的时候,倪燕归的两只手各握了十串烤串。听上去数量很夸张,然而扦子长二十厘米,肉却只有三四片。

所谓的买一送一,也就这样了。

烤串的扦子沾了些孜然油,她握上去,手上黏黏的。她把两只手的烤串并到一只手里,另一只手在包里找纸巾。

手机铃声响起的同时,人行道的绿灯亮了。她抽了张纸巾,攥在手心,抹着手上的孜然油。

走过马路,避开人群,她站到角落里才给陈戎回电话。

往火锅店走时她有些后悔,刚才应该拿一个袋子把烤串全装起来,而不是只用纸袋子扎起上面的肉,留黏糊糊的扦子在外面。

路边有一个人正在发传单,他走过来说:"我们的面店下周开张,欢迎光临。"

倪燕归看一眼:"没手拿传单了。"

这人又说:"那您记住我们这家店,叫'有脸有面'。"

店铺门前堆了油漆桶、水泥桶,可能还在装修。有人推开玻璃门,走下台阶。这人面部很长,脸像是驴脸,头发长四五厘米,因为发质硬,根根分明,向上翘起。他身子很瘦,穿一件绣满了黑色花纹的白外套。

"威哥。"传单男喊了声。

"嗯,过几天就开张了,看着点儿啊。"史智威转头,和倪燕归打了个照面。

她立即向前跑,她知道派出所在哪儿,直往那个方向去。

史智威的粗眉揪起,像是两把剑。他笑起来,左上唇会斜斜吊起。

319

他对着她的背影:"踏破铁鞋无觅处。 石二鸟,一箭双雕。一来,来俩。"他伸出食指和中指,摆出"二"的手势晃了晃,"我们的生意做不成咯。"

传单男问:"威哥,还没正式开张,不要说这么不吉利的话吧。"

史智威:"刚才那女的,见到没?"

传单男:"见到了,很标致啊。"

史智威给小弟整了整领子:"色字头上一把刀,她很彪悍。我消失三年真系多得她唔少(真是多亏了她)。"

"威哥。"一个瘦子走出来,"你不是说当年是个四眼仔整你的吗?"

"这女的和四眼仔都有爱管闲事的毛病。"史智威回头,瞥了眼地面,阴恻恻地笑了。

倪燕归曾说,她记得当年事情的前半段,前半段就是有关史智威的部分,那时候还没起火。

当然,她无法——回忆起细节。

大概的情况是史智威去上门讨债,被一个幼儿园小朋友撞见了,他捂了小朋友的嘴,又被倪燕归撞见。她以一换一,当时史智威那边有三个人,倪燕归有把握赢。但她被扎了一针,之后没了知觉,再醒来就见到了火光。

那一针不疼,疼的是之后烈焰的灼烧。

倪燕归万万没有料到,有生之年还会见到那一张驴脸。

她在路上奔跑着,突然觉得奇怪,她为什么会跑?三十六计当中,最后一计在她看来是下策。记忆的遗弃,究竟是因为伤重,还是因为她打了一场败仗?似乎邪不胜正的信念就是那时动摇的?她有疑惑,但脚下的步子非常稳健。

到了派出所门前,她站了好一会儿,东张西望,发现史智威没追过来。

倪燕归突然发现手上空空的,之前买的烤串不知什么时候被她丢掉了。

脑子里像是有火在烧,烟雾中赫然出现一道人影。她总是想不起来那个少年的样子,他终于要来了吗?是什么样的?她抱着脑袋,蹲下来，把脸埋进膝盖里。

少年走近了。她拼命回想。他越来越近了。很快，就会穿过烟雾走到她的面前。

"小妹妹。"忽然面前响起一个声音，"是不是哪里不舒服？"

倪燕归抬起头，是个老人家。她站起来："我没事，就是头疼……"

老人家很和善："要不找个地方坐坐，休息一会儿。"

她摇头："我男朋友很快来接我，谢谢您。"

倪燕归向旁边的大树走去，她扶着树干，低下眼睛，想让自己回到刚才的场景。

顺着烟雾，她等着看对方的脸，烟雾散了，他站在面前。她愣住了。

他戴了一个头盔。难怪这几年她想不起少年的样子，原来他用头盔遮住了脸。

"呼。"倪燕归深深呼出一口长气。不是她忘了救命恩人，而是这恩人做好事不露脸。她伸展着双手："终于记起来了。"

陈戎的电话来了。

她接起："戎戎，我在派出所旁边的树下。"

他赶到她面前，见到她苍白的脸，立刻问："发生什么事了吗？"

"戎戎。"倪燕归扑到他怀里，"要抱抱。"

陈戎赶紧抱住她。

"我遇到了坏人，好可怕。"她不顾路人的目光，靠在他的肩上。

"是谁？"

"就是以前害得我背上烧伤一大片的人渣，竟然在这里开面店，还叫'有脸有面'。"倪燕归咬咬牙，"简直没脸没皮。"

"哪条路？"

她的手一指："以后我们不要走那里。"

第十一章

新线索

吃完饭，陈戎送倪燕归回宿舍。他说："倪倪，我今晚比较累，回去我直接休息了。"

"好，晚安。"倪燕归把脸凑过去。

他贴上去："晚安。"

陈戎没有告诉任何人，自己一人来到了"有脸有面"。

这是一条斜坡路，商铺没有做阶梯式设计，而是统一标高，抬高商铺地面，用商铺和街道的高度差做了地下式储藏。越临近坡底，储藏室高度越高。

灯光亮着，卷帘门拉下一半，里面有人在说话。

他敲了敲卷帘门，卷帘门一晃，"哗啦啦"地从下往上响。

里面传来了声音："谁呀？还没正式营业，过几天来吧。"

陈戎喊："史智威。"

静了几秒，玻璃门被拉开，卷帘缓缓地向上，一个瘦子扶着门把，他瘦得颧骨外突，仿佛骨头上打了高光："你谁啊？"说完，他瞪大了眼睛，朝里面喊，"威哥，是四眼仔。"

史智威披着外套，显得肩膀很宽，但脸长，整体看着像横竖嵌了两个长方体。他咧开嘴："走了一个女的，来了一个男的。我这店也太旺了哈。"

陈戎扶了扶眼镜："听说，你到处找我。"

史智威吊起他的左上唇："知道我找你，你还敢送上门来，是怕自己死得不够快啊？"

陈戎向人来人往的街道望去一眼："你敢吗？"

史智威大笑几声："我是来这里开店，做的正经生意。你三更半夜跑来我的店，这叫寻衅滋事。满十八了没？要负法律责任的。"

"你通知那么多人来找我，而且是重金悬赏，不是很想跟我见面吗?"陈戎摘掉眼镜,随意地放进裤袋,"怎么?我人到了,你不欢迎?"

"欢迎。"史智威伸出舌头,舔了舔自己的嘴唇,"非常欢迎。"他做了一个请的手势。之后,他给瘦子使了个眼色。

瘦子关上门,又按下了卷帘。这一次,卷帘触底,"嘟"的一下停住了。

陈戎见到地上淡淡的影子,倏地转身,擒住了瘦子的手腕,往外一折。

"哎哎,痛……"瘦子手上的针管掉落,针尖戳到地面,弹了一下。

陈戎没什么表情:"你们的待客之道,至今没变。"

史智威抬眼。

瘦子喊:"对不起,是我擅作主张。哎哎,放手……"

史智威吸吸鼻子:"来砸场子的啊?"

"对。"陈戎眉目冷然。

史智威拉过椅子:"坐。我跟以前不一样了,以和为贵。你是大学生了啊,真羡慕。我连高中也没有读完。"他用脚勾住椅子腿,移过去。

椅子的四只腿正好卡在一片瓷砖里。

陈戎放开了瘦子,瘦子用另一只手捂住受伤的手肘,远离陈戎一米远。

陈戎坐了下来:"说吧,找我什么事?"

史智威坐在对面的椅子扶手上,居高临下地说:"三年不见,人长高了,长大了,胆子也更大,一个人单枪匹马就敢来。见到没?"他指指角落的铲子,"我用那家伙往你脸上一割,你这小白脸就毁了。"

陈戎冷漠地问:"你刚出来,又想再进去吗?"

史智威的笑容卡了下:"你提醒我了。我在里面踩缝纫机,你却自由自在。"他走过来,低下身,和陈戎平视,"我讨我的债,你偏偏多管闲事,害我赔了三年青春进去。"

他想来拍陈戎的肩,陈戎一手挡住。

"但是啊。"史智威收回了手,"我坚持我的原则,我就一放债的,只求财,不害命。我这里是装修现场,铲子锤头螺丝刀,样样齐全,弄死你很简单。不过,杀人是低劣手段。你说得有道理,我刚出来,不想再进去。"

陈戎眉峰上挑，目光充满奚落："是吗？"

史智威的左上唇又一次吊起："是啊。"

这时，旁边一直不说话的传单男按下手里的遥控器。椅子下的那片瓷砖突然往下弹开，陈戎连人带椅就要栽进去。椅子砸到地上，发出"咚嗒"的响声。他及时把手搭在洞口边缘，没来得及向上用力，瓷砖里的机关就要合上。他若不松手，就会被直接切断手臂。

史智威知道，陈戎会松手的。

三秒后，瓷砖合上，这里像是不曾有外人来过。

史智威先是从鼻子里喷气，接着哈哈大笑："这不是活该吗？"

瘦子这时才走近："威哥，你真行啊。"

史智威向传单男伸手："拿来。"

传单男把遥控器递过去。

史智威把玩着小小的长方块："天意啊。我正发愁要怎么把他引到这里来，他自个儿找上门了。"

瘦子："威哥，你相中这店铺就是为了这个？"

"当然。"史智威摩挲着遥控器上小小的按钮，"我过去三年不是白熬的。知道人在监狱最怕什么吗？"

瘦子和传单男没进过监狱，只能摇头，等待有经验的史智威开口。

"怕被关禁闭。第一次去的时候，以为睡个觉就行。坐牢嘛，在哪儿不是坐。经历了就不是那回事。后来，我跟狱友交流了经验，才知道这叫感官剥夺。"史智威转向传单男，"这底下的装修，是全部按照我要求来的吧？"

"是的，威哥。"传单男说，"四面墙、天花板、地板，全刷黑漆，伸手不见五指。"

瘦子问："这不就跟瞎子过日子差不多吗？"

"大不一样。瞎子没了视觉，还有其他感知。"史智威指指底下，"这里面是我为感官剥夺专门设计的。那里失去了时间，失去了空间，只有无边的黑暗。感官先会放大，再锐减，最后封闭。人等于困在混沌里，短时间就会崩溃，甚至迷失心性。"

第十一章　新线索

传单男差点儿鼓掌:"这招比拳打脚踢都狠啊。要关多久啊?"

史智威看了眼时间:"到明天早上,有十二个小时。到时再过来看一看。"

瘦子问:"威哥,这人崩溃的话,会不会变成神经病啊?"

"是神经病就最好了啊。"史智威拍了拍瘦子的外套,浓黑的眉毛扭了扭,"摧残人的心智比摧残人的身体更爽。"

瓷砖合上,把最后的光线收走了。

陈戎下落的时候,胫骨撞到椅子,被绊了一下。他迅速调整下落的位置,才没有撞到椅子。

落地以后,他第一时间去看手机。手机没有信号,只剩下37%的电量。他退出所有App,调到最低的亮度,照了照四周。四面八方全都黑漆漆的,感觉像进了一个黑洞。

他扶着墙观察了一圈,四面是砖墙,西北方有一扇门。他把门上下照了照,用手在门的四边摸着。这道门没有把手,很明显当初的设计就是不让人从这里离开。他推了推门,是锁死的。

陈戎伸手,摸不到天花板。按理说,街道的坡度没有这么高,这间商铺应该是和地下车库做了特殊处理。史智威倒是租了个好地方。要说史智威为了他一个人,特意装修这样的一个黑暗空间,未免夸张。陈戎感觉,这里像是史智威设立的私刑室,不只对付他,应该还有其他人会进来。

陈戎扶正椅子,坐了上去。

空间很封闭,听觉变得非常敏锐,但这里隔音绝佳,听不见外面的动静,呼吸声是这里唯一的声音。

国外有感官剥夺的实验。普通人以与外界隔绝的方式被切断五感,几乎都会产生幻觉。譬如,有人会听到动物的叫声,有人会看见闪烁的星光,有人会觉得被重物压得喘不过气。

总而言之,被困者的神经功能大多会失调。

陈戎查阅过相关的资料,他甚至能背下那些实验的结论。

不过,人对黑暗的恐惧是可以训练克服的。

陈戎摸了下自己裤袋里的眼镜,觉得扎手。他拿出来,在手机的微光中,他发现左边的镜片裂了两道痕,像是一个横倒的"人"字。他扯了下嘴角,这可能是一个征兆。

关上手机屏,他发出一声讥嘲:"切。"

没了眼镜,又是独处。他笑了起来,很猖狂,"哈哈哈"的几声,莫名诡异。

笑声持续了一会儿,渐渐止住。

陈戎面无表情,又把眼镜装起来。他走到门边,敲了敲,回声又闷又重。

与其尝试推开这扇钢门,倒不如从那片瓷砖入手。

陈戎站到椅子上,用手机照着上面的那片砖。史智威把心思都花在地下空间里,倒是忽略了给瓷砖上的装置做遮蔽。陈戎看几眼就明白了其中构造。这是一个翻转轴,遥控器推动齿条来控制开合。齿条没有做过特殊加厚,常规尺寸。

他除了手机,什么也没带,身上的金属物件只有皮带上的环扣。他解下皮带,正要去拆齿条的时候,又停住了。他跳下椅子。

这个世界很少有这样与世隔绝的空间,比起小时候被关的地下室,这里更黑更暗。普通人克服不了这样的恐惧,他能。他很享受。这一刻,他是他自己。

陈戎坐下来,打开摄像头,望着自己。光线太暗,谁在这种环境下都会阴影重重。

他自拍了张照片,只看得见自己锋利的唇线。他自语道:"跟怪物似的。"说完,就把那张照片给删掉了,还把相簿的"最近删除"全部清空了。

陈戎熄了屏幕,一个人坐在黑暗中。他想,这个时候要是有一个沙袋,得有多爽快。

他仰头向着上面的瓷砖望了一眼,之后闭目养神。

十二月的天气,夜凉如水。没有窗,却也冷。

陈戎醒了几次。梦见什么,睁眼忘了大半。

早上快醒时,他记起半夜的梦。

"跟怪物似的。"倪燕归从来没有用那样尖锐的语气和他说过话。

他颤了颤,立即醒了。

仓促间,他的第一反应是去摸眼镜,镜框不凉,因为他的手更冷。镜片裂了,没有碎。他用拇指的指腹摩挲着镜片上的裂痕。或许因为夜里降了温,所以,他从头到脚都觉得冷冰冰的。

他拉上外套的拉链,看了看时间。快八点了,手机只剩4%的电量。不久后,上面的瓷砖开了,传来瘦子的问话:"嘿,人在吗?"

陈戎盯着上方露出的唯一亮光,耳边响起倪燕归的那句:"跟怪物似的。"

他一下子分不清她是真的说过,还是梦境。

他的脑海里突然蹿进儿时被关小黑屋的场景,四面八方响起倪燕归的声音。

瘦子向下张望:"不会死了吧?"话音刚落,他见到了一只手伸上来。

那只手骨节修长,指上有茧,摆出了一个类似掐人的动作。

瘦子想要去按遥控器,手却被陈戎拖住。他吓傻了,蹬着腿要去踢陈戎。

陈戎用另一只手撑住瓷砖边缘,爬了上来。他面色很白,额上有汗,脖子上也沁着汗珠。

瘦子来不及细想,心中疑惑,有这么热吗?他见到陈戎的眼睛,宛若鬼魅,嗜杀狠戾。

"啊啊啊——"瘦子跌倒在地,指着陈戎说,"他疯了,他疯了。"

传单男刚才在上厕所,听到瘦子的呼喊,提起裤子就冲出来。他拧眉看着:"四眼仔?"

陈戎甩开瘦子的手,站起来:"我的眼镜裂了。"

传单男以为陈戎是在抗议"四眼仔"的称呼,他叫得更大声:"四眼仔,你人没崩溃啊?"

"有!"瘦子和陈戎同时回答。

陈戎双手插进裤袋,因为冷,从梦里醒来,没有暖和过。他漠然地说:"崩溃才好。"

传单男没有明白陈戎的话。趋利避害是本能,他和瘦子在此之前没有见过陈戎。不过能把史智威给整进牢里的人必定不是泛泛之辈。传单男感知到了危险,连连后退。

瘦子就没眼力见了,偷偷从袋子里掏出一支针筒,打算趁陈戎和传单男说话的时机,给陈戎扎上去。他蹑手蹑脚,谁知陈戎像是背后长了眼,突如其来的一个转身,踹中了瘦子的腰。瘦子的表情一时无法控制,鼻头抽搐着倒了下去,手上的针筒滚在地上。

传单男沉下脸:"昨天一晚上还整不死你?"他握起拳头。

陈戎问:"史智威呢?"

"对付你这种毛头小子,我们绰绰有余了。"说完这句,传单男被一拳头打歪了鼻梁,摔倒在地。

陈戎蹲下,五指一抓,揪住传单男的头发,把他拎到自己面前:"感谢你们昨晚的招待,否则我不好动手。"话很轻柔,仿佛真的感激。

传单男听得头皮炸裂,他明白了,陈戎的意思是,人经过感官剥夺体验,受刺激过度,神经错乱的人失手很合逻辑。

陈戎拍拍传单男的脸:"别抖啊。"

"饶命啊,饶命啊。"传单男发现,不只他浑身发冷。陈戎这个控场的人,手心竟然也冒着冷汗,沁凉沁凉的。

不会真被关成神经病了吧……传单男发怵。

陈戎:"史智威呢?"

传单男:"威哥今天要出海……"

"哦。"陈戎走到瘦子的面前。

瘦子不停向后挪屁股:"别杀我。"

陈戎捡起地上的针筒:"这是什么?"

瘦子嗫嚅着说:"镇静剂。"

"有毒吗?"

"没有……吧。"

陈戎推了推针筒,一手扎在了瘦子身上,他丢下针头,掏出眼镜戴上,回头望一眼,走了。

传单男立即给史智威打电话:"威哥,四眼仔好像被逼疯了,精神失常了。"

昨天临睡前,赵钦书望着陈戎的空床感叹:"有女朋友真好,夜不归宿。"

宿舍里无一人担心陈戎。

倪燕归提前和他说了晚安,之后没再打扰他。早上他没来晨跑。她发信息,他没有回,给他发语音和视频邀请,同样不接,最后打电话过去,发现他关了机。

她在微信上问赵钦书。

赵钦书奇怪:他昨晚不是跟你一起过的吗?

倪燕归心上一跳:他没回来?

没有。赵钦书敛起玩笑,他昨晚有没有不对劲?

她想了想:没有啊。

赵钦书:我去报告老师。

倪燕归快步向校外去。要说昨天的日常有哪里不一样,那就是她遇到了史智威。可能史智威打听到她的男朋友,先对他下手了。

倪燕归狂奔而去,到了校门口,她远远见到了陈戎的身影:"戎戎。"

陈戎一路上虽然走在太阳底下,但冷汗越来越多,把他的整个背都浸湿了。他的气喘得急。

她注意到他苍白的脸以及镜片上的裂痕。左镜片的裂痕看着像是把他的眼睛割破了。

他把头一低,靠在她的肩上:"倪倪。"

不知道为什么,她觉得他比任何时候都要脆弱。她抱住他,触及他满背的冷汗:"发生什么事了?是不是谁欺负你?你跟我说,我给你讨公道。"

"倪倪,我冷。"

半迷糊中他知道自己跟着倪燕归去了医院,但是耳边常常听到那句:"跟怪物似的。"

他按住她的唇:"倪倪,别说话。"

倪燕归没有问，只说："戎戎，不怕哦，有我在。"

他坚持："别说话，别说。"

她只好坐在他旁边："嗯。"

他比她高，却歪过头，在她肩上寻找依靠。

倪燕归不得不挺直身子，让他靠得舒服些。

陈戎那副半破的眼镜被收了起来。他掀着眼皮，面前的少女细腻的脸颊红扑扑的，可爱得紧。他不自觉伸手去抚摸。

倪燕归用脸颊去压他的头，说："你好烫。医生说你发烧了。"

"是吗？"可他明明很冷，冬天的风跟锥子似的，"倪倪，我冷。"

她把自己的外套盖在他的肩膀，双手搓着他的手："护士在配药，一会儿就好了。"

陈戎有点犯困，又不想合眼，突然说："倪倪，我不喜欢黑。"

享受，不是喜欢。唯有黑暗的人是他自己。谦谦有礼的那人是谁？那是全世界认识的"陈戎"，不是他。

从医院出来，倪燕归拦了辆的士。

陈戎还是靠在倪燕归的肩上。车子经过"有脸有面"，路过的瞬间，他掀了下眼皮。

倪燕归摸摸他的额头，问："戎戎，昨晚去哪里了？"

他坐正："倪倪，我和你说，你要保证冷静不冲动。"他担心，凭她的性格，极有可能冲去和史智威对峙。

她有了不祥的预感："好。"

陈戎郑重地说："当心一个叫史智威的人，遇上了就跑。"

她的心跳加快了："是他！"她并不意外，她见过的人之中，只有史智威是真正的恶人。

陈戎搂过她："犯法的人未必是法盲，他们比普通人更懂钻法律的空子。昨天到今早，不满二十四小时，没有实施殴打和侮辱，他可能想好了后路。倪倪，少安毋躁，知道吗？以后别走偏僻小路，一定要往人多的地方去。"

"好……"她见到陈戎满脸疲惫，"你没事就好。"

第十一章　新线索

她张张嘴，想说对不起。史智威是冲她而来的，他见她的男朋友是文弱书生，于是先下了手，是她连累了陈戎。

今天的课上，倪燕归心不在焉。

陈戎回去休息了，她不敢去打扰，给赵钦书发了消息。

赵钦书说：陈戎一沾床就倒头大睡。

傍晚上完课，倪燕归打算去美食街，给陈戎带一份清粥小菜。

到了某个路口，她想起史智威。

她觉得昨天遇到史智威的那一跑太尿了。她凭什么要跑？他是坐过牢的罪犯，该他跑才对。她昨天说不走那条路，今天偏偏要去。她想去会会那个驴脸，故意走向了"有脸有面"。

她到了门前，站定。如果史智威见到，肯定会出来吧。或许也会对付她？

玻璃门开了，出来的不是史智威，而是一个穿着装修工服的中年男人。他说："这里还没开张，以后再来吧。"

倪燕归打量一下里面："师傅，他们快开张了吧？"

装修工："把垃圾清完就差不多了。"

这时，里面传来一个发牢骚的声音："你说这人真奇怪，整一间黑漆漆的房间，又不装门把，人要怎么出来啊？"

装修工连忙进去，呵斥说："拿钱干活，少问少说。"

倪燕归沉着眼，恨不能进去砸店。但她唯有离开。

陈戎的话有道理。他们是不谙世事的学生，要和社会人周旋，需要从长计议。

倪燕归打包了一份白粥和一份猪肚鸡，从书包里拿出保温桶，装了就走。

好在宿舍楼下值班的阿姨见过陈戎被人搀扶着回来的样子，破例放她进了宿舍。

赵钦书晚上要去参加社团活动，另外两个同学有选修课。

她轻轻地放下保温桶，还放了一个礼盒。当时，她想着要送一条另类的围巾给林修，却没有想过可以送一条不另类的围巾给陈戎。她这个女朋友真是不及格。

　　陈戎的床靠近窗，窗帘掩了一半，外面传来了对面阳台的喧嚣。她把另一半窗帘拉上了。

　　陈戎说不喜欢黑。倪燕归熄了顶灯，又打开台灯，调到最低亮度。她站在床边，正好对上陈戎的睡颜。他的睫毛又长又翘，像有层阴影盖下，嘴角很平，少了上扬的弧度。

　　她很是心疼，隔空朝他的脸比了一个捏脸的动作。

　　那一副破裂的眼镜放在桌上。她把眼镜移到一边。

　　她坐在椅子上，四处观察，陈戎的桌上布置得很简单，电脑、键盘、鼠标排了一列，一旁摆了几个专门放素描铅笔的笔筒。她一眼掠过。伸出手掌，盖了盖那几支铅笔，笔芯戳得她痒痒的。真神奇，他能把铅笔削得一样长。

　　高笔筒旁边，有一个矮笔筒。她又拿手心去量，同一个笔筒的铅笔都是同样的长度。

　　倪燕归把笔筒拿过来，里面的铅笔晃了晃。她发现铅笔的倾斜也是有角度的。

　　她和陈戎交往那么久，倒没留意他有这方面的强迫症。

　　从上往下望着笔筒，她觉得笔尖形成的平面，似曾相识。哦，对了，是"十二支烟"。她竟然从陈戎的东西联想到"十二支烟"，荒谬极了。她赶紧中断联想。

　　陈戎的书架上放的都是专业书籍。倪燕归用手指在书脊上敲了敲，见到一本《建筑规范》，她想到什么，拿起书翻着目录，对照着目录翻看内容。读完里面的条规，她心生一计。

　　倪燕归留了张字条，轻轻地走了。之后，她去了派出所。

　　陈戎做了一个很长的梦，梦里出的不再是冷汗。

　　醒来时，他的手搭在额头上，烧已经退了。他摸了下鼻梁——没有眼镜。

　　陈戎一手握住床杆，翻身从床上跃了下来。

　　他一眼看见了桌上的礼盒和保温桶，以及被压着的字条：戎戎，晚安。

他正要去开礼盒，不经意一瞥，突然定住。笔筒被动过了。

他从短笔筒里挑起一支铅笔，在指间转了转。

昏暗的灯把他笼在影子里。

第二天，陈戎还是请假。

倪燕归叮嘱他：**好好休息。**

她今天上色彩课，拿起素描铅笔打草稿的时候，把笔转了转。

转着转着，她失笑。能把铅笔一支支地削成同等长度，她的男朋友真是好耐性。

卢炜在六人小群说：元旦快到了，你们有节目吗？

林修没有在手机上打字，他人站在卢炜边上："以前跟燕归跨年。今年不行了，孤独啊。"

卢炜："孤独的你，有没有想要去热闹一下？"

林修瞥过去："你有什么计划？"

卢炜扫了扫自己的刘海："舞会。"

林修："哦，高大上，那我更孤独了。"

"我要去，肯定拉上你啊。"卢炜抱住林修的手，"不只你，还有我们'大家'！"

林修抽出手："得了吧。军训表演记得吗？董维运、燕归两员大将都上去了。一个弹，一个唱，水平都不怎么样。你觉得我们班有谁是能歌善舞的？"

卢炜笑了："舞会，是个名词。"

黄元亮从画架里探出头："动词是什么？"

卢炜："联谊。"

黄元亮的眼睛又圆又亮："跟谁？"

"你们不知道吧。往年的元旦都有化装舞会。"卢炜说，"我也是受人之托。今年主办舞会的版画班想要整一出重头戏，当然是人越多越热闹。"

黄元亮问："化装舞会？是不是相对眼了，就能抱在一起唱唱跳跳的那种？"

"你那是广场舞。"林修不冷不热地说,"化装舞会,肯定是个个千奇百怪、群魔乱舞。这都能相中,太重口了吧。"

"不是哦。"卢炜伸出食指,摇来摇去,"每年的化装舞会都有风花雪月的故事。"

董维运插话进来:"版画系的系花来不来?"

卢炜摇头。

董维运失望。

卢炜:"李筠是校花,高级别的。"

董维运:"校花来不来?"

卢炜笑笑:"我会拜托我朋友去郑重邀请。"

黄元亮鼓鼓掌:"行,我去。"

林修抬眼:"李筠答应去了吗?你就一门心思往里栽。"

柳木晞听完了,问:"化装舞会,是不是跟cosplay(角色扮演)差不多?"

董维运:"差远了吧。"

卢炜:"cosplay当然没问题。随便你怎么化怎么装。"

柳木晞点头:"我去。"

倪燕归放下画笔,倏地站起来:"我要当灭绝师太,势必在武林中掀起腥风血雨。"

"行。"林修在这方面和陈戎的意见一致。她爱怎样就怎样,他俩从不多话。

"哎,你们的方向不对啊。"卢炜站到几人的中间,"化装舞会的重点是浪漫邂逅。整什么腥风血雨,燕姐,那不是你大开杀戒的场合。"

董维运:"往年有成对的吗?"

"这就到我的专业领域了。有,而且全是金童玉女啊。"卢炜兴致一起,讲起当年的往事。他从二十几年前说起。当年嘉北大学有一个玉树临风的少年,在舞会上惊艳四座。舞了一曲,校园里就多了一双璧人。

卢炜讲得滔滔不绝,仿佛他是那对璧人的电灯泡,什么约会选在紫荆花开的那天,明月星辰为之动容等等。

林修开始在纸上起稿了。

柳木晞问："这俩的结局是 HE（圆满结局）还是 BE（悲剧结局）？"

卢炜话锋一转："BE 了。"

柳木晞："这就对了。"什么金童玉女的故事，全是骗小孩的。

"不过，当年分手也是轰动一时。我整理了往年舞会的资料，有一个重大发现。"

柳木晞："什么？"

"和这个舞会沾边的全是风花雪月。不谈场恋爱，都对不住我们未来几年的生活了。"

林修："有真正成了的吗？"

"神奇的地方也在这里，出名的几对全部分手了。"卢炜发了些照片到群里。

对这些八卦有兴趣的只有柳木晞，其余的人自顾自作画。不知道卢炜是从哪里挖来的图，不仅有舞会的照片，还有生活照。前面的几张年代久远，像素模糊。

柳木晞琢磨着："这个人，你们觉不觉得在哪里见过？"她特地圈出一个人，截图到群里。

几人望了望："没见过。"

柳木晞再仔细观察："奇怪，刚才觉得像，现在又不像了。"

直到下了课，倪燕归说要给陈戎送饭。

柳木晞灵光一闪："燕归，你觉不觉得，这个戴眼镜的斯文人，乍看之下像是陈戎？"

倪燕归把群里的照片放大："不像啊。"这人的线条比较温润，陈戎的眉目锋利多了。

柳木晞嘀咕着："第一眼觉得像，之后就没那感觉了。"

倪燕归正要关上群聊，无意间见到其中一张照片。她心里存疑，再往上翻。

其中一人脸上戴的……是山羊面具？

情报小王子不是浪得虚名。倪燕归问出问题，卢炜自然地接上。

佩戴山羊面具的人名叫李育星，高考失利，借其他特长进了嘉北大学。多数前辈对他的评价是，一个温文儒雅的谦谦君子。

"人贼拉帅。"卢炜说，"但是吧，跟女孩子说几句话就脸红。"

舞会当天，李育星和一个姑娘跳了一支舞，摘下山羊面具时满面通红，羞涩得不敢向对方望去一眼。

倪燕归听在耳里，这场景诡异地熟悉。

她把群里的照片发给毛成鸿。

毛成鸿：你是从哪里拍下这个面具的？

倪燕归：二十几年前的化装舞会。

毛成鸿：？？？

倪燕归：毛教练，你去过化装舞会吗？

毛成鸿：从来不去。

倪燕归：戴面具的这人叫李育星。

毛成鸿仿佛被人拉出了记忆的线头，顺着这个名字，猛然想起：我第一次见到山羊脸的时候，它不是面具。它是一幅画。

这回轮到倪燕归发出三个问号。

毛成鸿发了段语音："这是几年前的事了。当时教学楼到实验楼的二楼连廊挂了知名校友的简介，其中就有李育星。那张山羊脸，是他在嘉北就读时的一个作业。"

至此，倪燕归确定了，山羊面具出自李育星之手。但两个月前出现的"山羊面具"是谁，没有头绪。总不至于，李育星隔了二十几年，回来这里追忆青春吧。

网上有许多关于李育星的资料，他不遮不掩，各个角度的照片都有。

倪燕归往下刷页面，划过去后又觉得哪里不对，她又退回来细看。

柳木晞的话有道理。单看气质的话，李育星和陈戎有相似的地方。温和的笑容，上扬的嘴角，以及一副细边眼镜。

新闻报道，李育星即将举办一场个人建筑设计展，倪燕归记下了个展的时间。

不知道为什么，或许是因为山羊面具，又或许是因为他那和陈戎极其相像的君子气质，她直觉这是一个关键人物。

第十一章 新线索

她要再去买清粥小菜。

陈戎说，他人在外面，见一个朋友。

朱丰羽回了家。

这个"家"，指的是他舅舅的老房子。他真正的老家在其他城市，逢年过节才回去。

房子不仅老，而且破。窗框布满铁锈，用力地推窗出去，再关回来非常费劲。朱丰羽索性让窗户半开着。里面太寒碜，小偷从不光顾。

朱丰羽今天起得晚，披一件半长不短的黑外套，手里抱个暖炉，他吸入一口寒凉的北风。

他从窗户向下望，来这里的方向有一个大斜坡，坡上砌着密密的台阶。

台阶比较陡，来回买菜的老人家，总是要歇上个一两回。

斜坡侧边建了一面围墙，栏杆锈迹斑斑，上边坐了一个少年，迎着风，发丝凌乱。

是陈戎。

陈戎面向斜坡。

这里无人认识他，他掏出烟盒，抽出来一根。

底下有个喘气的老人向他喊："后生仔，别坐这里，很危险的，掉下来可不是好玩的。"

陈戎扯了扯笑，拿出打火机，金属打火机的声音在寒风里清脆地响起。

火苗燃起，北风扑过来，他以手挡风，低下头去点烟。

接着，他又把两手插进衣兜。

老人家心惊胆战："用手扶一扶呀。"

陈戎伸出手，却不是扶栏杆，他夹下了嘴里的烟："老人家，谢了。"

"太危险了。"老人家叹气，拖起买菜的小拖车，继续往上走。

陈戎又把手放回兜里，没有再夹烟。

上下台阶的人朝他打量了几下。

抽完了一支烟,陈戎又拿了一支,这一次没有点着。不是因为风,而是他拿打火机的时候,不小心弄掉了。他懒得下去捡,就那样把烟放在嘴上咬着。

朱丰羽骑着单车,到了栏杆边。

"来得正好,打火机掉了。"陈戎的烟咬了好一会儿,烟嘴上洇出了点儿牙印。

朱丰羽把打火机递过去,同时接过了陈戎递给他的烟。他一手撑住栏杆,腰部用力,两腿一蹬,翻过栏杆。他和陈戎一样,面朝台阶,高高地坐着。两人各自沉默地吐了会儿烟圈。

朱丰羽问:"什么事?非得亲自过来。"

陈戎转头:"你一个星期没去学校了。"

"忙。"

"有麻烦吗?"

"我自己能行。"军训剪了头发,朱丰羽没有再染,这个时候差不多全黑了。他五官棱角很分明。正如柳木晞所说,朱丰羽不是用帅或不帅来形容的,他有个性,站在人群里,亮点是他的气场。

陈戎的头发被吹乱了,刘海晃来晃去的,脸格外突出。他抽烟抽得比较急,烟雾飘散,五官模模糊糊:"我有破绽,生活习惯很难改变。"

在学校里,大概只有三个人真正了解陈戎——朱丰羽、杨同以及李筠。朱丰羽和陈戎每回见面都跟卧底接头似的,匆匆聊几句,说完便走。杨同更离谱,几乎和陈戎没有说话的机会,只能恋恋不舍地喊一声"老大"。陈戎却不理他。杨同没意见,老大追嫂子,当兄弟的为了老大的形象要义不容辞靠边站。朱丰羽更是见到倪燕归就闪。

朱丰羽好奇:"她直接来问了?"

"没有。"陈戎拿出一个盒子,打开盒子,里面整整齐齐排着六支烟,这是他抽剩下的,和大槐树下的十二支一模一样,一盒十八支烟剩了三分之一。"这个你拿着,有机会的话暴露给她。"

"你想一直瞒下去?"

"暂时是这样的打算。"

"听说她很喜欢你。"朱丰羽压下声音,"你尝试走出来,也不是没

第十一章 新线索

有机会。"

陈戎笑:"你听谁说的?"

"她的同学柳木晞。"

"柳木晞跟你——"

朱丰羽打断了陈戎的话:"她跟我没什么关系。"

"你要跟人家说清楚,免得误会。"

"说清楚了。"

风越来越大了,凌乱的发丝遮住了陈戎的眉眼。他没有伸手去拨,只是安静地抽烟。

烟雾里,他有安全感。不是喜欢烟味,他只是享受这样烟雾弥漫、万物迷离的时刻。

台阶下走来了一个小姑娘,清秀可人。她先是抬眼向朱丰羽,之后迅速略过陈戎。

朱丰羽拧掉了烟,一手撑起,翻到栏杆后:"我先走了。"

陈戎望向小姑娘。她怯生生地迅速走到朱丰羽的单车旁,握住车把,像是握住了安全感。

陈戎说:"她每次见到我,就跟见了鬼似的。"

朱丰羽难得笑了下:"她以为你人格分裂,是精神病。"

朱丰羽跨着大步,下了台阶,他在她头上摸了一把,然后上了单车。小姑娘侧坐在后座,轻轻拽住了他外套的衣摆。

陈戎抽完第二支烟,他去了眼镜店,拿到了配好的新眼镜。

倪燕归承认自己重色轻友,她很久没有陪柳木晞吃饭了。

柳木晞倒是不介意:"我跟着林修混。"

混,就是真的混。

她非常闲,坐不住的闲。她的漫画已经停更了,或许以后也不会再继续更新。不仅是她自己的漫画,她连追更的漫画也统统都弃了。

决定就在一念之间。某一刻,不想了,就停止了。

关于朱丰羽的东西她全部删除了。无论是他的人设图还是她给他拍下的照片,就连那张拳击社的宣传单,她也丢进了垃圾桶。唯有他欠她的债,至今没有清。

她不爱折腾相机了,曾经热爱的、沉迷的,统统戒断了。她有了很多的时间,跟着林修混。她不想自己一个人坐下,一个人用脑。她希望面前有形形色色的人来扰乱她的思绪。

网络上的朋友问她是不是要退圈了。

她懒懒地回一句:"大概吧。"

柳木晞这个人很讨巧,读者要什么,她就给什么。和她同期的一个画手,早就因为任性妄为被喷到注销账号了。过去了一年半,还时不时被拖出来鞭尸。柳木晞当时觉得惋惜,后来想想,也未必。好比现在,她就是人没劲了,懒得弄了。

食堂阿姨握着大勺子,问:"吃什么?"

柳木晞说:"烤鸡翅、烤鸡腿。"

她端着盘子回来,一坐下,倪燕归问:"你和朱丰羽接触的过程中,有没有发现他有强迫症?"

柳木晞没料到,生活中突然又冒出这个名字。她咬一咬唇:"他这种人,给一块木板就能躺下睡着,能有什么强迫症?朱丰羽很散漫,什么都不上心。"

倪燕归不知道自己为什么问这个问题。明明之前她已经认定了"十二支烟"是朱丰羽,可她又否定了自己的想法。

"对了,燕归。"柳木晞用筷子挑起一片青菜叶,"我以后不会跟朱丰羽见面了。"

倪燕归问出关键:"他还钱了吗?"

"他写了欠条。"柳木晞笑笑,"分期付款吧。"

陈戎发消息说,他已经回来了。

倪燕归外带了一份炖汤,和陈戎在校道上会合。

"戎戎,你还记得我上次告诉你,有个戴山羊面具的人吗?"

"嗯,他怎么了?"

"我有了新线索。"

"是什么?"

"不过是一条零散的线索。"倪燕归说,"那个山羊面具,竟然是二十几年前，嘉北的一个叫李育星的学生画的。"

陈戎很是期待："你有什么推理吗？"

倪燕归高深莫测地一笑："我是这样想的。"

他竖起了耳朵。

"那人不是有心理疾病嘛。"

陈戎："……"

"他讨厌自己，想要掩藏自己。"

"嗯，对。我想起来了。"他点点头。

"我怀疑，李育星在当年的舞会过后，把山羊面具藏了起来。这人发现了，欣喜若狂，立即戴上了。之后就接上我上次的推理。"

陈戎附和说："有道理。"

倪燕归起了兴致，又说："还有另一个推测。"

"什么？"

"我从二十几年这个数字展开，我爸妈就是那个时期相恋结婚的。李育星的孩子，可能和我们差不多年纪。"

陈戎："……"

倪燕归陷入沉思："两个戴山羊面具的人，会不会是上代人和这代人的关系？"

陈戎不置可否："倪倪，你的推理能力这么强，一定可以查出其中的因果关系。"

"对了。"倪燕归玩起陈戎的手，"李育星在这个周末有个人建筑设计展，我想过去看一看，或许有线索。"倪燕归想起什么，从手机里打开李育星的照片，"这个就是李育星。"

照片是二十几年前的了，李育星牵着一个女同学，虽然像素低，但仍能看出他很腼腆。

"说起来，戎戎，李育星和你是一类人，气质很接近。"

"是吗？"陈戎都佩服自己的演技。

倪燕归回了社团，大摇大摆走进教室。

和遇上史智威这个人渣相比，输给何思鹏这事儿就微不足道了。

她坦坦荡荡的，一来就成了众人的焦点。

温文的惊喜写在脸上:"小倪同学,你回来上课了?"

毛成鸿拍了拍手靶:"小倪同学,终于想通了?"

倪燕归郑重其事地说:"毛教练,我决定了,我要练就铜墙铁壁,好好保护陈戎。"

毛成鸿:"……"

温文:"陈戎有你这个女朋友,真是他的福分。"

毛成鸿摇摇头,嘴上却说:"我同意这句话。"

倪燕归走到何思鹂面前,说:"我荒废了三年,上一次输给了你。"

何思鹂点头:"你要再练。"

"我们先来个约定吧。"倪燕归抱手,"等我活络了筋骨,我会再来下挑战书的。"

"我一定迎战。"

对此,毛成鸿还是那句话:"我们社团从来没有这样热闹过。"

武术有套路、有表演,也有真功夫。

毛成鸿曾经问过何思鹂,她说曾经练过武术套路,还参加过比赛,得过冠军。与此同时,她也练格斗术。

毛成鸿仿佛抓住了最后一根稻草,给何思鹂递过去一张散打比赛的申请表。

他准备好了,要从社团堪忧的前景说起,然而何思鹂没有给他滔滔不绝的机会:"行,我报名。"

她的回答太干脆,毛成鸿反而接不住她的话:"你……真的要去?"

"嗯。"她是说一不二的人。

毛成鸿吃下了一颗定心丸:"谢谢你,小何同学。"

"我叫何思鹂。"

"嗯。"毛成鸿说,"对了,小何同学——"

"我叫何思鹂。"

"这个报名表有截止日期,在此之前,你考虑清楚。"毛成鸿招招手,"温文,你过来。小何同学是学武术的,她要去报名散打比赛,为社团争光。你给她捋一捋比赛规则和招式。"

温文笑着点头:"没问题。"

"小何同学。"毛成鸿又说,"你有什么不懂的,多和温文商量。"

何思鹏最后一次强调:"毛教练,我叫何思鹏。"

毛成鸿欣慰不已:"知道了,小何同学。"

倪燕归和朱丰羽自演习一战后,很久没有见过面。

两人这天相遇,是在初见时的树下。

朱丰羽和杨同不知在讨论什么,他抽着烟,听一句说一句,烟雾慢吞吞地飘散。

她走近以后,他转过头望她一眼,眼神沉静无波。杨同也向她投来了目光。

朱丰羽弹了弹烟灰:"杨同,走了。"

倪燕归注意到了朱丰羽的脚下,她额上的神经跳了跳。地面有六支烟,全都只抽了三分之二,摆得整整齐齐。她握起了拳头,冷然说:"果然是你,'十二支烟'。"

朱丰羽留下一个背影,连行走的步伐都无比嚣张。

"朱丰羽。"倪燕归想要喊住他,他却没有停。

倒是杨同,回头看她。自从上次受了她的威胁,他似乎对她畏惧起来,肩膀不如从前开阔,凶煞的脸也变成小绵羊似的。

倪燕归深吸一口气,说:"朱丰羽,我读检讨书的时候,你是不是心底很得意啊?"

"那件事。"朱丰羽终于回头了,"我很抱歉。"

"就这样?"

"不然你想怎样?"他转过身。

"给柳木晞赔一个相机,就你摔坏的那个。"

"我和她的那笔账,我会跟她算。"

"可是。"倪燕归眯眼笑着,"当初她买这部相机的时候,问我借过钱。我算是出过钱的一分子。况且……"倪燕归的停顿不怀好意,"朱丰羽,你不是想跟她撇清关系吗?背着这个债,你觉得撇得清?"

朱丰羽面无表情:"行,我赔给她,十二支烟的事情就算了了。"

"成交。"倪燕归不乐意柳木晞赔了夫人又折兵。芳心丢了,无可奈何，但朱丰羽欠下的钱必须追回来。

倪燕归低头望着地面上的烟头。她看着那个长度，翻出手机中的照片，望了一眼，比了一比。稍稍控制，确实可以把烟纸抽到差不多的长度。但每一支都这样计算，太费劲了。

她对着烟头踩上一脚："神经病，没治了。"

李育星个人建筑设计展的前一天夜里，突然下起雨。雨滴绵细如针，缠绵不休。

冬天里一旦下起雨，又湿又凉。

倪燕归和陈戎约好一起坐动车过去。见她穿了条裙子，他问："冷不冷？"

"有你就不冷。"她笑，"对了，我们是去你的城市，今天的午饭就由你请客吧。"

"不只午饭，晚饭我也请。"陈戎戴着围巾，是倪燕归送的那条。和林修的大红围巾不一样，陈戎的这条很素雅，淡淡的浅灰格子，不狂也不浪。

"今晚不行。我爸下午回来，晚上订了餐厅，一家人吃饭。"她枕在他的肩上，"明天我们在学校里吃吧。"

嘉北大学的建筑学专业没什么名气，但李育星对学校很有感情，展厅门口的个人简历上，第一行就写明他毕业于嘉北。

听见有人在问："嘉北在哪里？"

有人答："可能在北方吧。"

她问检票的工作人员："请问李育星建筑师会过来吗？"

工作人员笑着说："李育星老师工作很忙，不一定有时间。"

一般来说，这样的回答表明李育星不会出现。

个人建筑设计展不只展出了李育星设计的建筑，还展出了李育星在学生时代艺术的作品。可惜，倪燕归没有见到山羊面具的那幅画。

"山羊面具"自吴天鑫事件之后，没有再出现，学校也不曾公示哪个学生失踪或投湖。往好的方面想，或许这位同学已经不厌世了。

今天来这里，倪燕归的主要目的还是给她和陈戎添一个约会的好

第十一章　新线索

去处。

她特意装扮了一番，穿着假两件套的冬装上衣，配一条不规则的米白小裙。裙子长至膝盖，但侧边有开衩，短到大腿。

陈戎路过展览馆玻璃门时望去一眼，她的长腿若隐若现，又直又白。

见到这一幕的不只陈戎，还有坐在展览馆对面咖啡厅的陈若妧。

陈若妧说她不会去李育星的个人建筑设计展，说了不去就肯定不去。虽然她不进展馆，却可以来欣赏展馆的室外布置。

她把展馆门口的李育星个人照打量了几次。他西装革履，戴一副金丝眼镜，人看着斯斯文文的。

陈若妧端起咖啡，抿一口说："金玉其外，败絮其中。"咖啡冷了，口感有变。她放下杯子，抚眼角的时候，望见对面出现了一对男女。青春年华，少年少女的脸上满是坦然的甜蜜，坦然到旁若无人了。

两人手牵着手，女的在撒娇，还用食指戳戳男生的脸。男生不躲不闪，笑得很乖。

陈若妧手上的咖啡顿时洒了出来。顾不上擦拭白裙上的污渍，她匆匆走到马路边。绿灯迟迟不亮，她等不及，见来往车辆不多，直接跨步穿过人行道。她追上了那对小情侣。

不，不对。陈若妧纠正自己，这只是一对男女，并非她认同的小情侣。

"陈戎。"她叫住那个少年，声色俱厉。

陈戎的笑意在一两秒的时间里，淡了又淡，之后温和地回头。

陈若妧打扮得很精致。她来这里不是为了欣赏画作，纯粹是想在李育星出场的时候，恶心他一下罢了。李育星没有来，被恶心到的是她。

离得这样近，陈若妧看清了少女的模样。一张脸妖里妖气，眉目狭长，唇色涂得鲜红。大冬天的光着腿，活脱脱是勾引人的样子。

陈若妧的目光转向陈戎和倪燕归相牵的手，问："这是谁？"

陈戎推推眼镜："妈，这是我的同学。"

陈若妧轻笑："这位同学有哪里不方便，需要我儿子搀扶着走路吗？"

换作是别人,倪燕归会直接甩一记眼刀子过去。但面对男朋友的母亲,她唯有敛起性子,礼貌地喊:"阿姨。"

倪燕归生来轮廓深刻,眼睛上挑,媚色无边。

陈若妧的怒气渐渐变得旺盛,她生平最讨厌狐狸精。

"妈。"陈戎平静地说,"她叫倪燕归,是我的同学。"

"哦?"陈若妧扬起唇,缓缓地问,"只是同学?"

陈戎补充一句:"也是我的女朋友。"

陈若妧没料到,儿子会当着她的面承认他浅薄的眼光。或许是天意,陈若妧常常遇到狐媚子。李育星,她的前夫的现任妻子就是一个狐狸精。儿子相中的也是一张妖艳脸。

陈若妧只觉得,她被扇了一记耳光。

陈戎温和地笑笑:"妈,我回家跟你说。"

"不用回家。"陈若妧望一眼倪燕归,"现在就放手。"

陈戎的手指动了动,松了,但没放。

倪燕归先挣开了手,说:"阿姨、陈戎,你们先聊。我口渴,去买杯饮料。"

她直奔对面的咖啡馆。她还是学生,就算再喜欢陈戎,也不愿在这种情况下见家长。

咖啡厅的玻璃门宛若灰黑的镜面。倪燕归看了看自己,即使身段再标致,也难与陈戎高雅的气质相配。身上的这条另类的小裙反而显得轻佻。

倪燕归了解自己的缺点,陈戎大概也了解的吧,她的骨子里可能不太温柔或可爱……

刚才,陈戎的手指动了,她的心顿时跳出来。她害怕他会放开她,于是主动放开。

她和陈戎才认识几个月,羁绊比不上亲人。同学和亲人之间,他肯定优先选择亲人。

倪燕归故意躲着对面,找了个背向玻璃门的座位。她点了一杯蓝莓汁。

坐下没多久,服务员过来了:"您的蓝莓汁。"

第十一章 新线索

倪燕归急急地尝一口，果然酸酸的。

尝了味道后，倪燕归不急着喝了，把蓝莓汁放到旁边。

她以为要在这里坐上很久很久，谁知几分钟过后，陈戎就进来了。

"倪倪。"他坐下，双手交叠搁在桌上，"抱歉，让你受委屈了。"

倪燕归的一只手藏在桌子下，扯了扯不规则的小裙子。她发现了，一旦坐下，就会露一截白花花的大腿，早知道不该穿这裙子来的。家长都喜欢贤淑的女孩，她成了男朋友母亲眼里的不良少女。

"戎戎，我是不是连累你挨骂了？"

陈戎笑笑："和你交往是因为我喜欢你。今天我妈的情绪起伏比较大，你别放在心上。"

话虽如此，可突如其来撞见男朋友的长辈，她仓皇又茫然，没了对约会的期待。

去西餐厅吃了午饭，倪燕归要坐车回家了。

分别时，陈戎抱了抱她："倪倪，我妈只是一时间无法接受。"

倪燕归回搂他的腰："以后我会改正我的坏习惯。"

他用额头抵住她的额头，说："你不用改，我喜欢真实的你。"

"戎戎，你真好。"正因为如此，她要更努力改掉坏习惯，做一个更好的自己。

陈戎回到家时，天又下起雨。

陈若妧不在。她有另外的一个家，今天闹得不愉快，她应该去找丈夫寻求安慰了。

陈戎卸下了伪装，气质骤变，变得和外面的雨雾一样阴沉。

他去了小卧室的阳台。阳台在北面，冬天的风在这里张狂呼啸。陈若妧一般会把阳台门关得紧紧的，陈戎却敞开了门，站在栏杆边，风卷着雨直向他扑过去。他点了支烟，烟雾和雨雾蒙在他的眼前，世界逐渐变得模糊。

他近来常常需要烟来压制那些不能向外发泄的情绪。

他垂眼望着楼下。雨点打在水坑，波纹接连不断，把倒影荡得看不出形状。

半支烟刚过，传来一声叫唤："陈戎。"

他迅速拿下嘴里的烟，用掌心拢住，假装把手靠着栏杆，将烟按熄在扶手上。

然而，陈若妧站在阳台的门边，将这一切看了个仔细。上午见到儿子有了女朋友，陈若妧觉得生气。到了看见他抽烟的这一刻，她浑身的血直冲脑门，冲得她头晕眼花。

陈戎收拢了拳头，把剩下的烟握在掌心。

她深呼吸，说："别藏了，我看见了。"

他开口了："妈。"

她两步到他的面前，双手去掰他的拳头："是什么？拿出来！"她的力气不大，使了劲也抠不动他的拳头。

她喊："你还叫我一声'妈'？"不知是因为雨雾飞到了她的脸上，还是因为她止不住怒气，她的脸颊上有了水珠。

陈戎松开了拳头，摊开掌心，剩下的半截烟像是和他的一段智慧线重叠了。

陈若妧怒气冲冲地攥起拳头，接着伸直了手掌，猛地向他甩了过去。

"啪"！清脆响亮。陈戎被扇得偏过脸，白皙的皮肤很快变红了。

"你什么时候学会抽烟的？"陈若妧的声音在颤抖，"什么时候？"

"前不久。"陈戎这样说。

"是谁让你抽烟？"陈若妧喘不过气，急急地说，"是不是结交了不三不四的人？告诉我，是不是你那个女朋友？"

"不是她，也不是别人。是我自己无聊抽烟玩。"

陈若妧又想甩一巴掌过去，高高地举起手，陈戎没有躲。

她的手停在半空，之后像是卸了力气，垂下来："你刚上大学就学会了抽烟、拍拖，然后呢？还有什么？你那个女朋友还带坏你做了什么？"

"这是我的事，你要骂我打我，我都知错，跟她没关系。"

"你还为她说话？"陈若妧捏起自己的裙子，"我看她的打扮就知道她不是个正经人。"

"妈,她是我的女朋友,你要相信我的眼光。抽烟是我的错,我对不住你。"

"你的眼光?"陈若妧指指他的眼睛,"对了,你的眼镜呢?"

没等他回答,她冲出了房间,然后拿着眼镜回来他身边:"戴上。"

陈戎重新戴上眼镜,陈若妧打量儿子:"你戴上眼镜的样子,特别帅。"

"妈,我抽烟……是因为见到电视上的人很潇洒,要试一试。"他脸颊的红没有褪去,浮出的笑很浅,声音很轻,像是怕吓着她。

陈若妧喊:"戒烟,戒烟!"

陈戎点点头。

"禁止吸烟。你是我的儿子,以后要当知名建筑师的,知道吗?"

"我知道。"陈戎给母亲抹了抹脸上的水珠,"妈,你吃饭了吗?要不要给你煮东西?"

陈若妧从早上到现在都没怎么吃东西,确实饿了:"煮碗面就好。"

"嗯。"陈戎抬一抬眼镜,去了厨房。

陈若妧锁紧了北阳台的门。她到客厅的沙发坐下,望着儿子在厨房忙碌的背影。

以陈戎的高考成绩,完全可以去公立大学。陈若妧送他进嘉北,只因为那是李育星的母校。她要告诉李育星,她陈若妧的儿子,就算走和他一样的路,将来也会比他更有前途。

烟他答应戒了,陈若妧想起另一件事。她扶住厨房的门框:"你的那个女朋友,赶紧断了。"

"是我先喜欢她的。"陈戎望着锅里的开水。

"你——"陈若妧走到他旁边,抬头看着他,"你被迷惑了。"

"妈,这是我的感情。我希望你祝福我。"

陈若妧没了表情:"我只祝福听话的孩子。"

水烧开了,陈戎把面放进锅里:"今天想吃腌面还是汤面?我给你调配料。"

陈若妧娇生惯养,又长得美丽,是众星拱月的公主,她不愿在儿子这里受气,从沙发上拿起包:"不吃了,我回家。"她说完离开了。

陈戎用筷子挑着面的手突然放下,之后把锅里的东西全部倒掉。他关了所有的灯,人倒在沙发上。

陈戎从前觉得,他可能有多重人格。后来,他姐姐陪他去看心理医生,医生说他只有一个人格,其余时候是笑里藏刀,通过面具与世界交流。

李筠问:"怎么治疗?"

医生说:"解下面具就好了。"

李筠:"这不是解不掉嘛。"

陈戎却不介意,因为他已经完美地嵌进这一副面具里了。然而今天,他感觉这里的每一寸空间都令他窒息。焦躁烦闷的时刻,他把手机里女朋友的照片看了又看。

倪燕归是大胆的、俏丽的。他很多时候想和她一样做些出格的事,但他不能。

今天他的火气堆积如山,他用手指在照片上重重地擦过,脑海里幻想着她肌肤的触感。

手机里还留有她的语音:"戎戎,漂不漂亮?"

倪燕归吃了晚饭,从餐厅回到家。她这会儿想通了,上午撞见长辈的时候,起码陈戎明确表态站在她这边。她一扫沮丧,整理着衣柜,把那些暴露的短裤短裙压到了箱底。

之后,她收到陈戎的消息:我回来了。

她乐了:现在在哪儿?

陈戎拍了一张快餐店套餐的照片:吃晚饭。

倪燕归:你也吃垃圾食品了?

陈戎:我让你少吃,不是不许吃。

倪燕归:明天星期天,你一天都有空吧?

陈戎:嗯,一天都陪你。

她在床上滚来滚去:你想去哪里玩?

陈戎:听你的安排。

第十一章 新线索

倪燕归念及他来回奔波，比较累。她按捺住了今晚见面的想法，说：明天见。

陈戎吃完了汉堡包，很久没有动。他回来不是为了"明天见"，他不想独处，他要"今晚见"。

他坐了一个小时，夜幕降临了。

陈戎又发消息：我忘记带宿舍钥匙了，几个同学都不在。

倪燕归刚要建议他，问问其他宿舍能不能将就一晚，突然，她拍了下额头。他落单的大好时机，她才不会推给别人。冬天的天黑得很快，现在才八点半。她说：戎戎，要不我陪你到处逛逛，再看看今晚去哪儿住。

陈戎：好。

倪燕归穿上外套："爸、妈，我出去一下。"

倪景山正在玄关花园擦拭钓鱼竿，望一眼时钟："这么晚，去哪里？"

"同学约我去玩。"倪燕归从鞋柜里挑鞋子。

"哪个同学啊？"倪景山放下了鱼竿。

"柳木晞。"倪燕归换上高跟短靴。

外面风大，她拉紧了外套拉链。

远远望见陈戎，她止不住奔跑的步子，直到扑进他的怀里。他笑着把她抱了个满怀。

周围有两个老人走过，向着拥抱着的小情侣望过来。

陈戎从背包的侧袋拿出一顶帽子，盖到她的头上。

她拉了拉帽檐："我们去电影院。"

临近的场次，最后一排的座位，两人从来都不是来欣赏电影的。

倪燕归抓着陈戎的手："为什么突然回来了？"

"想你了。"他实话实说。

"上午才见过。"但是，她靠在他的肩上，"我也想你。"

"我知道。"只有她才是属于他的人。她会无时无刻，如他对她的思念一般，对他念念不忘。

她问："你今晚住哪里呢？"

353

"我问问其他同学。或者，"他低声说，"我去酒店住一晚也可以。"

电影虽是烂片，但讲的是爱情，常有肉麻兮兮的台词。

倪燕归听到了一句，贴近陈戎说："我对你一见钟情。"

他一转头，两人的脸将要贴在一起。她在他脸颊上亲一亲，他在她唇上碰了碰。两人的唇瓣紧紧纠缠，一个吻持续了二十秒。

分开时，倪燕归细细地说："要不，就住对面的酒店吧？"

"嗯。"陈戎看了看手机，"刚刚问了相邻寝室的同学，他今晚也不回来。"

听听他的话，住酒店的理由只是因为找不到宿舍住，面对她这个大美人女朋友，他居然没有邪念。倪燕归不服气。

酒店的前台服务员接过陈戎的身份证。面前的少年少女手牵手，一看就是情侣。前台服务员亲切地说："两位入住的话，需要出示双方的身份证。"

倪燕归以为陈戎会澄清，说他是一个人住。但他默不作声。

她上前问："能用电子身份证吗？"她出来得急，只拿了手机。

前台服务员笑："没问题。"

倪燕归回头望陈戎。他也看着她，沉静悠然。她窃喜，木头开窍了。

第十二章

真相

何思鹂在这个周末回了家。

上周赵钦书说陈戎一夜未归，回来之后突然发了高烧。何思鹂觉得蹊跷，于是通过群聊和陈戎加了微信。

这时，她从何凌云的口中得到了新线索，立即给陈戎发来了消息：史智威有再来找你的麻烦吗？

陈戎回得还算快：没有。他店铺的门一直锁着，装修工具被收起来了，原定的开张计划突然中止了。

何思鹂：我哥告诉我，史智威遇到了麻烦。几天前他的店铺因为消防不过关，被查了。

消防是一个综合性的问题。对于史智威来说，他刚从监狱出来，又有前科，不愿意和有关部门打交道，于是暂时躲了起来。

何思鹂：陈戎，是不是你去报了案？

陈戎：不是。小打小闹是动不了史智威的。三年的刑期都无法令他洗心革面，消防的事只能暂时绊一下，奈何不了他。我原想等待机会，等他闹一场大的，再送他去坐牢。既然他不敢现身，暂时搁置了。

何思鹂暗想，闹到什么程度才能再送史智威去坐牢呢？

陈戎：你不要和他硬碰硬。

何思鹂性子很直，功夫是好，但正如史智威所言，杀人是低劣的手段，折磨心智的法子多的是。陈戎担心何思鹂一个人去单干。

何思鹂：好，我和你结盟。

陈戎：另外，麻烦你和你哥套套话。

何思鹂：知道了。

星期一。

除了散打社，实验楼里的其他社团都申请到了新教室。有的已经

第十二章 真相

搬走,有的下学期再走。终归是要走的。毛成鸿觉得这个教室如一片孤舟,在风雨之中飘摇。

上一回,散打社的同学帮曲艺社的女生搬了教室,这次又有一个女生社团来求助。

黄静晨见状,问:"温社长,这里是不是只剩下我们了?"

温文:"还有两三个没有搬走,大概会撑到学期末。"

毛成鸿没有隐瞒,直接说:"温文提交了新教室的申请,暂时没有得到回复。另外,格斗社团比较重复,拳击社、跆拳道社都有,项目分得散,学校正在考虑要不要合并。"

"合并?"温文也吃惊了。

毛成鸿:"如果是合并,我们自然就会被并到别人的社团去了。"

黄静晨:"毛教练,到时候你还当教练吗?"

毛成鸿:"这个说不清楚。总之,现在不是完全没有希望,小何同学的综合能力非常强,有望在下次比赛中崭露头角。"

何思鹂没有再纠正毛成鸿的叫法,小何同学就小何同学吧。她在沙袋前练拳头。

温文拎着手靶过来:"小何同学,今天开始你要进入实战内容了。不要光打沙袋,我来当你的对手,顺便分析一下得分的技巧。"

倪燕归拉过陈戎问:"对了,何思鹂为什么因你而来?"

"她和我解释了,因为在军训演习那天我帮过她。习武的人可能比较讲情义,她说来报恩。"这话不完全对,但又不算撒谎。陈戎说一半留一半,给了一个合理的解释。

倪燕归因为其中的字眼想到了别处,她咬了咬唇:"戎戎,我想去打散打赛。"

社团面临解散,很是棘手。她要是不尽一份力,感觉对不住毛成鸿和温文。毛成鸿的教学水平并不低,只是为人耿直严肃,不如马政能言善道。要说散打社真的排在倒数第一,倪燕归是万万不能接受的。

"好的,我尊重你的决定。"陈戎拿了一个袋子,"这是你的玩伴送的两份礼物。原封不动,物归原主。"

倪燕归想赶紧把烫手山芋丢出去。训练完毕,她喊了林修出来,交给了他。

林修视死如归,两指捏过袋子的绳,捏得紧紧的。

倪燕归幸灾乐祸,拱手抱拳:"你保重。"

与其担惊受怕,不如速战速决。

林修回到宿舍,叮嘱其他三个人:"危险,禁止靠近。"

他关上阳台门,把两个盒子放到地上,拿起剪刀,剪断了第一个盒子的结,再用剪刀尖挑起了盒盖。果然,有东西从里面弹了出来,伴随着声响:"修啊。"

居然是一只仿真鹦鹉。鹦鹉爪子扣在弹簧上,弹簧摇摆,鹦鹉跟着左晃右晃。

林修检查一遍,没有发现其他的机关。

另一个盒子弹出来的也是鹦鹉。

第一个盒子的那只有着蓝色翅膀和橙色小肚子,第二个要花哨一些,翅膀上有黑白斑纹,肚子是渐变的绿色。

他捏住一只小鹦鹉,发现尾巴处有一个小开关,他拨下去。

鹦鹉的嘴巴一动一动,发出了语音:"林修不要怕,我来保护你。"

林修:"……"

这声音很稚嫩,听着不过是三五岁的儿童,很明显这是倪燕归。

林修明白了,他的母亲之前拍摄过他和倪燕归的生活记录。这是把语音安在鹦鹉的发音器上,当礼物了。

林修听着小朋友的吵架。

小林修:"你好凶,我不要跟你玩。"

小倪燕归:"不玩就不玩,我要去和罗嘉木排排坐。"

等等——倪燕归那时候经常和一个男生排排坐,就是小白。但她说小白是陈戎,那这个罗嘉木是谁?对于幼儿园同学的名字,林修完全想不起来。

之后的音频,倪燕归说的人始终是罗嘉木,没有说起其他名字。

林修在脑子里换了一个问法。如果罗嘉木是小白,陈戎是谁?

林修给甘妍丽打了个电话:"妈,是我。"

"知道是你,有来电显示。"

"谢谢你的礼物,我很高兴。"他没说出心里那句"以后别送了"。

"哎,我还有你和燕归初中的片段。你俩啊,一直都是迷人的小可爱。"

"呵呵。"林修也不废话了,"妈,我听燕归念叨罗嘉木,这人是谁啊?"

"没印象了。"

"那记不记得我们幼儿园班上有叫陈戎的人?"

"哎呀,早忘了。你这小子,燕归再喜欢什么罗嘉木,也是幼儿园的事,你计较这个?"

"没事了,没事了。妈,你早点睡觉。"林修正要挂电话,甘妍丽突然说:"对了,你们幼儿园不是拍了合照吗?照片背面一一写着名字。"

"合照在哪儿?"

"我收着呢,改天找找。"

"别改天。妈,就现在,拍照片的正面、背面给我。"

甘妍丽却说:"不是想找就能找,这可是翻箱倒柜的工程哪。"

挂了电话,林修问卢炜:"你有关于陈戎的消息吗?"

"没有。但是……"卢炜想了想,"没什么。"

林修查了查课程表,明天他和李筠会在相邻的教室上公共课。

星期二。

李筠没有坐在窗边位,林修从窗口朝里张望。美女就是美女,哪怕挤在人堆里,他也一眼捕捉到了。但他在这边站了近一分钟,李筠都没有转过头来。倒是她身边的一个同学,见他目不转睛的样子,给李筠打了一个眼色,李筠这才发现了他。

除了陈戎的事,她和林修之间没有其他交集,她连忙出来了。

课间休息,时间很短。林修开门见山地说:"我先前说,假如我找到证据拆穿陈戎,就不算食言。"

李筠的心突然跳了一下:"什么证据?"不是她吹,她家弟弟伪装的功夫可谓是炉火纯青了,能留下什么证据呢?她与陈戎,对外从不以姐弟相称,应该不是她这边露出的破绽。

林修不和她明说:"这就不劳师姐费心了。"
"你过来……只是为了跟我说,你没有违反约定?"这恰恰说明,她没有看错,他确实是一个重承诺的男孩。
他不置可否:"我去上课了。"

星期四。
上午的课结束,卢炜走到林修身边:"'十二支烟'有消息了。"
林修张望。
倪燕归早跑了。她沉浸在甜蜜的恋爱里,每天中午都要和陈戎去吃甜蜜餐。
卢炜:"那人很谨慎,非得让我们亲自去见。"
林修:"去见见吧。确定了人,再跟燕归说。"
刚走出教室,林修收到了甘妍丽发来的幼儿园合照。

今晚的影视鉴赏选修课,陈戎请了假。倪燕归和柳木晞一起去上课。
课上放的是恐怖片,教室门一关上,灯暗下来,到处阴森森的。
柳木晞说:"可惜陈戎不在,否则这样的气氛,你正好可以扑上去。"
倪燕归笑起来:"或许他的胆子比我的还小。"
柳木晞调侃:"你俩恨不得天天腻在一起,他今天去哪儿了?"
"他有个朋友过生日。"很正当的理由。林修生日那一天,倪燕归也没有陪陈戎吃饭。
柳木晞却联想到,她认识的一个人也是今天过生日。她不小心瞟到过他的身份证,记了下来。她假装不知道,没有给他发祝贺语。
这一堂课就在时不时的尖叫声中度过了。
才走出教室,倪燕归接到林修的电话:"燕归,今晚有空吗?"
"刚刚上完选修课,怎么了?"
林修说:"出来聊一聊。就你一个人。"
倪燕归和柳木晞说:"你先回吧,我有点儿事。"
倪燕归和林修遇到重大事情,就会约在操场观众席上见面。这里

第十二章 真相

空旷,人少,而且黑。底下跑步的人如果不仔细搜索,不会发现上面坐了人。

风比较大,倪燕归戴上了兜帽:"什么事?这么郑重其事的。"

"你知道我们幼儿园班上有个人叫罗嘉木吗?"

"幼儿园?"倪燕归摇头,"早忘了。"

"你为什么说陈戎是小白?"

"他自己说的。幸好他不记得掐他脸的女生叫什么名字了。"倪燕归捏一下自己的脸,"我可不能让他知道我从小就很霸道。"

"有件事。"

"嗯?"她等着林修的话。

"我们幼儿园同班的男生之中,没有叫陈戎的。"

她愕然:"你怎么知道?你记得?"

"我当然不记得。但我妈留着我们幼儿园的合照,和你站在一起,常被你掐脸的男生,名叫罗嘉木。"

"那……"倪燕归有不祥的预感,"陈戎是谁?"

"我也想知道,我更想知道,他谎称他是小白,目的何在。"

她低下了头。

林修拿出一支烟在指间转了转:"对了,还有件事。柳暗花明,有人拍到了'十二支烟'。"

风袭来,帽子坠下,倪燕归立即掀起来。

"一个同学是无人机爱好者,那天他也在小树林。无人机差点儿飞到大槐树上,他控制得及时,躲进了密林,没有被学校查到。"林修点燃了烟,"无人机拍到了你去的前一刻的情景。"

"真的?"

"这个同学知道你受罚的事,但他的飞行计划没有向学校递交申请,而且又是校方巡视的那一天,他不敢讲。上周说漏了嘴,才被卢炜盯上了。"

"视频呢?"

"他不肯发过来,也不允许我们翻录,他怕我们去揭发他。卢炜好说歹说,才拿到几秒视频。"林修把手机给她,"自己看。我想把视频导出来，比对看看是谁。我猜，其中一个是朱丰羽。"

无人机飞得较高，画面一闪而过，拍到两个少年的背影。一个染了金色头发，头发乱得像野草。另一个人，一手夹着烟，微微向上望。

虽然是背影，虽然距离远，虽然……

无论有多少"虽然"，但是，倪燕归凭一眼就知道，这是她的心上人。

兜帽挡不住风，寒风从四面八方灌进来。夜里真冷。

夜里潮湿阴冷，江边更甚。

以前朱丰羽来这里，狮子头会被吹得跟稻草一样。剪短以后，他迎风而坐，会露出高阔的额头，利落分明。

夜宵档里烟雾弥漫，有炒菜的油烟，也有顾客吐出的烟雾。老板站在门口炒菜，左手握住锅柄，向上翻三下。海蛎子壳和锅撞击，发出清脆的爆炒声。

坐在朱丰羽左边的是陈戎，右边是杨同。

三人面前摆了几个盘，有椒盐濑尿虾、紫苏炒田螺、蒜蓉海蛎子和酱汁拌通菜。

今天是朱丰羽的生日，由他来请客。他负债累累，这是他掏空了所有钱包请的一顿饭。

陈戎面前放了一瓶可乐，朱丰羽和杨同各自备了两罐啤酒。

杨同夹了一个海蛎子："老大，我跟你坐在一起吃饭，好像是上个世纪的回忆了。"

杨同认识陈戎的时间不长，他是跟着朱丰羽玩的，因朱丰羽的关系才认识了陈戎。

杨同是圆脸蛋、圆身材。他打小就幻想自己瘦下来，幻想变身为一个特立独行的酷哥。朱丰羽很酷，面无表情，拳头狠辣。陈戎更酷，一个全方位伪装自己的人，并非泛泛之辈，这难度系数比面无表情更高。所以杨同说，朱丰羽是他的偶像，陈戎是他的老大。

老大挑选女朋友的眼光和常人不一样，杨同只能远远地站在老大背后，每次见面很悲壮。

陈戎拨着手里的花生,先按下去,花生壳"叭嚓"一声破裂,他说:"以后有机会的话,我把你们介绍给她。"

朱丰羽敲了敲桌上的烟盒,提醒说:"她对我恨之入骨。"

杨同舀了一勺子的田螺:"正因为如此,你更要把这事扛下来。我观察过嫂子,这人是暴脾气,要是知道老大才是害她检讨的人,指不定她会干出什么来。"

朱丰羽横过去一眼。当事人就在面前,哪壶不开提哪壶。

杨同说:"老大,我这是风险预测,你得未雨绸缪。古人有云,天下没有不透风的墙。古人又有云,纸包不住火。古人还有云,若要人不知,除非己莫为。古人——"

朱丰羽弹了个花生壳过去,正中杨同的脑袋瓜子。

杨同"哎哟"一声。

朱丰羽说:"别云了,他读的书比你多。"

"但是古人有云,当局者迷,旁观者清。老大是困在局里了。"杨同振振有词,"老大的女朋友,将来要跟老大共度余生。难不成老大半夜睡觉还得戴上眼镜,对她笑眯眯的?影帝也有卸妆的时候,是不是?"

"话糙理不糙。"朱丰羽看向陈戎。

"我不谨慎不行。跟你们认识是一场赌博,你们接受了我,我赢了。如果你们不接受,赌局就散了,但我不亏什么。"假若把赌局设在他和她之间,他输不起。

至少在现阶段,别说十成的把握,他连五成都没有。尤其倪燕归几次强调,她喜欢乖巧听话的男生。

朱丰羽用筷子串起一撮通菜:"我同意杨同的观点。"

杨同的圆眼睛挤了两下。

朱丰羽说:"我是觉得,如果在自己女朋友面前都要强颜欢笑,这场恋爱不如不谈。"

陈戎又剥了一粒花生,放在嘴里,"咔嗞"地嚼着。他说:"这场赌局,我不想输。"不能输,所以也不想赌。

杨同:"老大,你怎么一眼相中了这脾气的女孩?"难伺候。

陈戎:"感觉到了。"

杨同托起脸颊，仰头望天。朦胧的月亮挂在天边的一角："我什么时候才能恋爱呢？"

朱丰羽扯起了笑："思春了？"

"你们俩成双成对的，只有我一个人顾影自怜。"他捂起胸口，"我这里酸溜溜的。"他嘴里分泌的口水大有酸味，又见到一个女孩骑着单车来了。

这下，杨同的眼角都发酸了。女孩单车的篮筐里放着一个小盒子，上面缠了条半红半粉的蝴蝶结。杨同猜，那是生日蛋糕。

陈戎也见到了女孩，他站起来："生日快乐，我先走了。"

杨同跟着说："生日快乐，我也走了。"

女孩远远地停了车，惊疑地望着陈戎。

陈戎瞥过去，用手指顶了一下鼻梁的眼镜，女孩吓得脸色都白了。

陈戎问："我很可怕吗？"

杨同点头："老大太可怕了。"这在杨同的眼里是一个褒义形象，可怕才有气势嘛。

倪燕归裹紧了外套，半晌都没有说话。

林修了解她，凭她的性格，知道"十二支烟"不是朱丰羽，铁定要去找正主算账。但她默不作声，把帽子的扣子给扣上了。她低着头，很不倪燕归。

林修解下自己的围巾："天气冷了，不知道自己多穿一件。"

倪燕归确实冷，把围巾抖开来，当是披风披在自己的肩膀上："回去吧，这里的风太大了。"

"就这样？"林修顿一下，问，"那要不要继续打听'十二支烟'？"

"不用了。"她感觉自己说话时嘴唇在颤抖，"我上次教训了朱丰羽，这事就当了结了。"

跳下观众席，借着路灯的光，林修才看见，倪燕归面色变得苍白，嘴唇像失去了血色。"这么冷？"他脱下风衣，递过去。

她望着深紫色的布料："你不是很怕冷吗？"

"这几年身子骨强健，变得耐寒了。"林修笑，"小时候你把衣服给

第十二章 真相

我穿,终于风水轮流转,我能威风一次了。"

倪燕归想跟着笑,扯了扯嘴角,终究笑不起来。

林修知道她的低落是因为陈戎:"幼儿园的照片,我发到你的手机上。你仔细想一想陈戎的话,以及他这个人。"

"陈戎说,他的白月光是当年掐他脸蛋的女同学。"她的人裹在林修的风衣里,衣摆长及她的膝盖。

儿时,她和林修身高差不多,但林修肉嘟嘟的。她总是央求妈妈买宽大的外套,因为这样,林修穿起来才合适。后来林修长高了,人也跟着修长起来。

没想到,有朝一日,她要套在他的衣服里取暖。

"瞎扯吧。"林修直想笑,"谁会把幼儿园小朋友当成白月光?倪燕归,这种弥天大谎你也信。"

她张张嘴,失去了辩驳的勇气。她不仅相信,甚至得意扬扬,以为自己在陈戎心里占据了十几年的时光。她当时乐得不行。

倪燕归拖着沉重的步子,回到宿舍,坐了下来。

林修的风衣很厚,压得她的人都垮了,否则镜中的人照起来怎么是没有生气的样子。

柳木晞端着水果盘过来:"新鲜的草莓。"

大草莓映着晶亮光泽,嫩得令人垂涎欲滴。倪燕归咬一口:"酸的。"

柳木晞不信,又挑了一个:"不酸啊,很甜。"

倪燕归靠在阳台栏杆上,向外面的天空望去。

经林修提醒,她之前被蒙蔽的,或者说不愿细想的东西,忽然一点一点,就像刚刚蹿起的火苗一样,从她的记忆里跳了出来。

从第一次和陈戎见面开始,以及之后在跑道上的冲突。

橘色小圆头嘴里喊着老大。老大是谁呢?是朱丰羽,或者,在场的另一人?那天遇到的小白兔姑娘,为什么见到陈戎就露出惊惧的表情?陈戎腰上坚硬的质感,真的是腹肌神器吗?一个手无缚鸡之力的人,能否在短短三月里练成那样紧实的肌肉?他醉酒时念叨的白月光,是谁?毛教练说,陈戎飞跃的动作为什么那样迅捷灵敏?无人机拍到的画面,陈戎和朱丰羽为什么站在一起?

一个接一个的问题，向倪燕归堆积而来。

她曾经闪过些疑惑的念头，因为对方是陈戎，那些不合理的部分她会忽略，会为他打圆场。

就连现在，她也拼命地想要说服自己，那不是陈戎，只是一个背影极其相像的人。而且金色头发的人不一定是朱丰羽。只是两秒的画面，她极有可能看错了。

倪燕归重新拿出视频，来来回回看了又看。这人太像太像陈戎了，连微仰的角度也一样。

柳木晞洗完澡出来了，倪燕归还在阳台发呆。

柳木晞敲敲阳台门："燕归，不要站在这儿吹冷风啊，会着凉。"

"对了。"倪燕归突然问，"朱丰羽有什么朋友吗？"

柳木晞一愣："那个叫杨同的吧，形影不离。"

"还有别的吗？"

"没听他说过。"柳木晞耸肩，"我和他不熟。"

倪燕归的手机振了振。

是陈戎的消息：我买了一份热的姜撞奶，在你宿舍楼下。

像是要最终确认什么，她还是坐电梯到了楼下。

陈戎向她微微一笑，笑意在见到她的风衣和围巾时，略微淡了。他提了提手里的外卖袋。

她站在走廊外，用手机和他说：你转过身去，仰头看上面。

他有些疑惑，但依言照做了。

倪燕归望着他的背影，打开手机，比对画面。悲哀的是，她太喜欢陈戎了，喜欢到凭一个背影就能判断，"十二支烟"真的是陈戎。

她突然转身，跑上去了。

陈戎回头，见到她飞扬的衣摆，以及脖子上绑得结实的大红围巾。

紫色风衣很宽，是男款。围巾也是林修的同款，或者……就是同一条。

林修像是一个定时炸弹。

李筠告诉陈戎："我和你去酒店的事，林修抓到了把柄，不过他保证过不说出去。"至于林修是否还知道别的,她就撬不开林修的口了。

倪燕归今晚见过林修。陈戎动了动手指,闭了一下眼睛。

夜色渐深,不知从何处漫来浓重的花香,他觉得自己被束缚得厉害。

他不能赌,赌输了可能前功尽弃。他的脑子里闪过理智的一切方法,然而实际上,他把手指掰得"咔咔"地响。

他今天没有围围巾。他的围巾很淡很雅,她那样娇美的脸蛋,红色衬着更妩媚。

"哎。"经过的一个女生投来奇怪的目光。

陈戎调整了呼吸,把手放进外套的口袋,走到宿管处,笑着把姜撞奶送给了阿姨。

临走时,他望了望楼上,给倪燕归发信息:倪倪,今晚怎么了?

她没有回应。

他滑下眼镜,拧了拧鼻梁。

这一晚,他一条回复也没收到。

倪燕归又照了照镜子,气色比刚才更灰败。

她用消毒湿巾擦了擦镜子,镜子亮起来,但人的面色仍然苍白。

她问:"我是不是灰头土脸的?"

柳木晞从床上探出头来:"你这件是不是林修的紫风衣?搭配大红的围巾?"

倪燕归对着镜子整了下风衣和围巾。她没有林修的气质,无法驾驭这么另类的配色。她解下围巾,将风衣的链子从上拉到下。脱掉了额外的装备,但垮掉的肩膀也没有立即摆正。

她当然不理会陈戎的信息。怒气上头的时候,她点进他的主页,在加入黑名单的按键上开启、关闭、开启、关闭。重复了数次,终究不舍得把他拉黑。

洗完澡,吹干头发,倪燕归如一朵蔫了的花,萎靡地爬上床,拉过被子把头盖住了。

心神不宁的还有柳木晞,她在床上左翻身、右翻身。

马上，十二点一过，就不是朱丰羽的生日了，她犹豫要不要发生日祝福。

但是，她和他之间，除了债务关系，没有其他交葛了。

柳木晞把漫画书翻来翻去，翻了几分钟，什么都看不进去。

时间慢慢接近十二点。她咬了咬牙，在仅剩的一分钟里发去信息：生日快乐。

过了一会儿，朱丰羽回复说：谢谢。

柳木晞百感交集，不知道是该后悔发出这条祝福，还是该庆幸。她知道，明年她就不会再祝福他了。

于芮最后一个上床，她关了宿舍灯。

倪燕归陷入黑暗中，半梦半醒。一会儿梦见陈戎和悦地牵起她的手，一会儿又梦见他忽然捂住了她的鼻子。她无法呼吸，惊慌地醒过来，原来她是被被子憋得几乎透不过气。

她从棉被里冒了个头，自言自语说："爱情，完了。"

她梦回到了两人的那一次。陈戎毫不留情，凭着原始的蛮力，掐住她的腰。她从迷离中望去。他冷静又沉郁。她沾沾自喜，是她的魅力勾得神仙下了凡。

梦醒以后，她自嘲一笑，陈戎也不过是凡夫俗子罢了。

倪燕归很懒，总是踩着上课铃声进教室。

陈戎比她还熟悉她的课程表，早早到了楼前的树下。

她双手插兜，装看不见，想要绕过他。

他温和一笑："倪倪。"

倪燕归觉得讽刺，没想到"笑里藏刀"这个词会用来形容他。可他不就是一把口蜜腹剑的锋刃吗？

闹矛盾的小两口仿佛冻结了空气，柳木晞不想当电灯泡，正打算溜走，倪燕归却拉住了她："去吃早餐吧。"

柳木晞读出了好友的意思，对陈戎笑了："一大早的，站在这里聊什么天，人来人往的，而且上课时间很紧，有话还是等燕归空了的时候再说吧。"

第十二章 真相

陈戎置若罔闻,去拉倪燕归的另一只手。倪燕归索性把两只手都搭在柳木晞的手臂上。

柳木晞发现,陈戎眼神冷硬。他不让路,柳木晞没法走,唯有横在小情侣之间。

倪燕归吐出一口气:"我正在非冷静期。见到你的人,我冷静不下来。"类似的说辞,全是陈戎在摘果子那天讲过的。

这下轮到他理屈词穷,他忍耐地笑笑:"好,倪倪。你先冷静,中午我再来。"

不知道谁在画室里耍着画笔玩,一滴颜料溅了过来。

倪燕归伸手去挡,手背落下一抹绿色的颜料。

"不好意思,不好意思。"黄元亮战战兢兢地道歉,察觉到倪燕归的低气压,生怕她暴怒。可她只是用纸巾擦了擦,继续调颜料。

"燕归。"林修喊人。

"嗯?"倪燕归不抬眼皮,低头拿各色颜料勾兑。

林修:"你来不来元旦的化装舞会?"

"来呀,我要当灭绝师太。"倪燕归忽然咬牙,"杀光天下男人。"

黄元亮用手指捻了捻自己的鼻尖,偷偷挪远了画架。

卢炜站起来:"对了,化装舞会赶不上元旦了。今年的规模比较大,有些班的道具来不及准备。而且湖心广场有跨年表演,跟舞会撞了,日期改到一月三日吧。"

董维运:"没有跨年,少了气氛啊。"

卢炜:"联谊嘛,过了新年一样能秀恩爱。再说了,我们的化妆道具还没准备呢。"

柳木晞:"对了,化装舞会一年才办一次,有一次性道具吗?"

卢炜:"有专门出租服装道具的店铺,什么时候我领你们去。"

"就中午吧。"倪燕归发话了。

林修:"今天中午吧。"

倪燕归突然说:"林修,你的衣服和围巾,我干洗之后再还你。"

林修摸了摸脖子:"凉透了。"

她想打趣几句,但没心情,又画画去了。
林修悄声问:"小白的事问了吗?"
"没问。"
"为什么?"
"没劲。"她现在对什么都提不起兴趣,她最想做的是脑袋放空,睡他个天昏地暗。可是,陈戎总是出现在梦里。她睡得也不安宁。

陈戎翘课来画室找人,可倪燕归比他翘得更早。
于芮的画架临近教室门,她问:"来找倪燕归?"
陈戎抬起眼镜:"是的,她去哪儿了?"
于芮:"和柳木晞、林修几个去准备化装舞会的道具了。"
"哦,谢谢。"
于芮是第一次近距离见到陈戎,觉得瘦瘦高高,彬彬有礼。于芮莫名想起了唐僧肉,倪燕归这个妖精确实好这口。于芮没有注意到,这个白净男生的脸上一闪而过的,是戾气。

到了店铺,几人在里面排队,空间特别窄。
衣服很多,足足将三面墙挂满。这里有假发、面具、服装,做的是租赁生意。
几人各自挑了服饰,卢炜签了合同,付了定金。老板交代了保管衣物的注意事项:"这些衣服每次都有消毒的。"
老板的头顶上方吊了一个山羊头。
门面入了风,羊角慢慢旋起来。
这只山羊造型偏西方,眼睛向上吊,下巴往里收,整张脸呈倒三角形,特尖锐。
学校里的"山羊面具"可爱多了。
像是被什么牵动了线,倪燕归想起来,吴天鑫被抓的那天,陈戎姗姗来迟……

倪燕归回宿舍收拾了东西,说:"下午的课我不去了,我回家。"

第十二章 真相

柳木晞似乎不是太吃惊,问:"明天的课上不上?"

倪燕归背起了书包:"再说吧。"

这几天可真冷,地铁站在北面,她把外套拉链拉到顶,挡住自己的嘴巴。寒风凛冽,她的脸颊像是滚了刀子。

转到另一条路后,风速骤减,她却裹得更紧。因为她远远见到有辆三轮车向这边驶过来。她见过这辆三轮车,上一次,是一个女孩在蹬车。今天蹬车的人是朱丰羽,女孩和几个铝桶坐在一起。

倪燕归躲到了商铺外的石墩边。

朱丰羽停了车,女孩轻轻地跳下来,她要去搬铝桶,被他拦住了。他一手拎起桶,一手从车里拿下一块木板,架在车后,当作操作台。他把锅炉和调味料按顺序摆好,然后叠起一列碗盒。

他干活很利索,应该不是第一次帮忙了。

女孩乖得像小媳妇,站在一旁望着他。他的身上可能沾了东西,她拿出纸巾递给他。

朱丰羽接过,捻住纸巾的一角,忽然手上一探,握住了她的手腕。

女孩吓一跳,左右张望,生怕被人笑话,拍拍他。他却抓住不放,她连忙自己挣开了。

朱丰羽的背影很挺拔,姿态放松,被甩开的时候,他的手指在女孩掌心里蹭了一下。

女孩低头,跟他说了什么,朱丰羽离开了。

女孩绑上围裙,开始经营这个小摊档。

倪燕归从石墩子后面走出来,到了三轮车的跟前。

女孩做的生意比较简单,卖的是炒饭。桶里装的是已经做好的米饭,有人点餐,她只要在锅里炒几下就能出炉。

边上放了三个调味罐,倪燕归看不出是什么东西,可能是自制的酱料。

"你好。"女孩浅浅一笑。

"你好。"倪燕归拉下外套拉链,拽下竖起的领口,"记得我吗?"

女孩略带歉意:"不好意思。"在这里做生意的,一天不知道接触多少人,女孩和倪燕归只见过一面,一时间想不起来。

371

倪燕归直截了当地说:"我是陈戎的女朋友。"

听到这个名字,女孩的脸色霎时就变白,漂亮的杏眼露出了戒备。

倪燕归暗暗叹了一口气。曾经有这样那样的疑点摆在她的面前,但是她一一忽略了。她早该知道,这个女孩了解某些真相:"放心,只有我一个人。陈戎不在。"

女孩收回游移的目光,战战兢兢地问:"你有什么事吗?"

"你认识陈戎。"倪燕归用的是陈述句,而非疑问句。

"不认识。"女孩下意识地擦拭着面前的一块垫板。

"你认识。"倪燕归强调说。

女孩连连摇头:"不认识。"

"他是个什么样的人?"女孩一再坚持说不认识,倪燕归也很坚持。

女孩惊诧于她的问题:"你是他的女朋友,难道你不知道他是个什么样的人吗?"

"不知道。"

女孩更诧异了:"你没有去问问他吗?"

"就算我问了,也不知道他的哪些话是真,哪些话是假。"这两天以来,倪燕归一直身处雾里,陈戎的身影一会儿在东,一会儿向西,她什么都看不清。

或许是倪燕归的话触动了女孩,女孩问:"他是不是骗了你?"

倪燕归轻声说:"是。"

女孩很是怜惜:"亡羊补牢,为时未晚。"

"他是个什么样的人?"倪燕归绕回了这一个问题。

女孩东张西望,确定没有见到陈戎,她咬了咬唇,说:"他很可怕。"

可怕?倪燕归怔怔地站着。

"你现在认清了也好,你不要和他说是我告诉你的。"女孩很胆怯,"我要做生意了。"

倪燕归问:"陈戎和朱丰羽是什么关系?"

"我能说的已经说了,别的我不知道。"女孩又开始擦拭那一块垫板。她见识过陈戎的可怕,前一秒笑眯眯的,后一秒顿时化作恶魔。她总觉得,陈戎有某方面的精神疾病,一旦病发,不堪设想。

第十二章 真相

她劝过朱丰羽,不要和陈戎来往。他说,那是他的兄弟。

朱丰羽重情重义,既然已经称作是兄弟,她就不敢再劝了,只能自己远离陈戎。

没想到的是,陈戎连自己的女朋友都欺骗。女孩说:"你有什么问题,就去问陈戎吧。"

问是要问的。倪燕归觉得,情侣间的信任是莫名的,是不可名状的,是一种气氛,是一种直觉。对某些捕风捉影的事情,她一旦向他盘问,那份直觉可能就随风飘散了。然而,当她得知越来越多的真相,她明白,一旦她问出口,她和他就完了。

倪燕归一个人在家。

她用晾衣竿挂起了那套和陈戎一样款式的情侣装,拿笔在纸上写下了他的名字,贴在领口处。她拿这套衣服当靶子。

她摆出架势,用力抬起一脚,踹中了衣服。接着,使出一记冲拳。

衣服轻飘飘地摆来摆去,她的攻击像是打在了棉花上。

但她忍不住,发出怒吼:"骗子!"

心乱如麻,招式毫无章法,她和空气大战几轮,徒劳无功。这样训练,赢不了何思鹂。

乱发脾气的结果是,衣服上沾上了好几个脚印,领口贴的字条被风吹落下来。她捡起来,泄愤一般地撕碎。

露台终究不够宽敞,倪燕归去了公园。

公园里的健身器材被一群老大爷占领了,单杠上悬着一人,像风车一样转着圈。

树下有一个蓝牙音箱,老太太们跳起舞来,一点儿也不输年轻人。

倪燕归走了一圈,发现自己只能去人烟稀少的北门湖边。

她的师父习武的年纪比较晚,他戏称自己是花拳绣腿。这是谦逊了。

他练的是南派武术,精通龙、蛇、虎、豹、鹤五形拳,五形合一,攻势凶猛,大开大合。他又讲究武术的形、意、气、力、声。

形,顾名思义,招式套路要漂亮,自然流畅。

在倪燕归的观念里，只要能打赢，管他美不美，因此没少挨训。

从何思鹂的身姿，看得出她是从武术套路起家的，肌肉反射很连贯。

倪燕归想心无旁骛，然而闭上眼睛，思绪总是岔到陈戎那里。

她怒从心头起，大有把陈戎大卸八块的气势。

"嘿、哈。"她一连做了三个凌空翻，凌空跃起时大喊，"陈戎，纳命来。"

把一个路过的小男孩吓得瑟瑟发抖。

陈戎不停打电话，倪燕归不接，任由铃声响着。然后，他找到了柳木晞。

柳木晞说："别来找燕归了，她想明白了自然会去找你的。"

柳木晞听倪燕归讲了一句，陈戎是个骗子。至于骗了什么、过程如何，倪燕归没再说了。

男人行骗，无非骗财或者骗色，而陈戎的吃穿用度不像穷人。柳木晞诧异，陈戎生得一副清心寡欲的样子，竟然会骗色？

"柳木晞。"陈戎好声好气，"我想见一见倪倪。"

"我已经转达了她的话，没有其他了，你要站就站吧。不过，我提醒你，别缠着燕归，她不吃这一套。"不知道陈戎听进去多少，柳木晞上楼时，他没有走。

树下阴影重重，他像是藏进了暗影里。

乔娜从选修课回来时，说："倪燕归不在吗？陈戎在等她。"

柳木晞望一眼时间，陈戎居然从傍晚等到了现在？

陈戎以为倪燕归在楼上，直到晚上九点多，宿管阿姨念及昨晚的姜撞奶，爆料说："你的姑娘啊，她不在，下午背着书包就走了。"

他的姑娘，这句是中听的。后半句就不怎么样了。

第十三章

别扭

陈戎、赵钦书、柳木晞，三人都选修了摄影课。陈戎不会因为倪燕归的关系去和柳木晞套近乎。赵钦书就不一样了，他把班上的女同学当红颜知己，一个都不例外。

陈戎交给赵钦书一个任务："和柳木晞套套话，我想知道我的女朋友去了哪里。"

赵钦书思索一下，问："跟大姐头吵架了？"

"没有。"陈戎说，"是冷战。"

"因为什么？"

答案未知，但导火索是林修没错了："因为她的青梅竹马。"

"青梅竹马特别麻烦。你要是介意，对方觉得你狭隘，万一他俩真的是纯洁友谊呢？但你说不介意吧，最怕他俩中的一方越了界。"赵钦书叹气，"这个问题很刁钻啊。"

陈戎没空理会这些废话，说："倪倪不在学校。"

赵钦书很欣赏柳木晞的摄影作品，觉得她有天赋也有技巧。但这阵子，她的作品不如从前有灵气了。

和柳木晞聊了一会儿，赵钦书说："大姐头生气了，是暴怒。"

陈戎冷然。

赵钦书不经意问了下柳木晞的室友的情况。

柳木晞不设防："一个回家两个在。"

"大姐头回家了。"赵钦书完成了任务。

和陈戎的聊天框里，消息未读的数字越堆越多，倪燕归自动忽略了。

她冷笑："幸好我没有强迫症。"

朱丰羽那个头发乱得跟草一样的人，怎么会仔细量烟支的长度，

第十三章　别扭

把烟排成同样的角度？

罪魁祸首是陈戎。

第二天早上，倪燕归没有回去上课，也没去公园练功。她很久没有练了，昨天用力过度，她肌肉酸痛，实现了在床上放空自己的想法。然而，脑子里想来想去的，还是陈戎。

柳木晞说，昨天陈戎在宿舍外站了几个小时。她问倪燕归："陈戎骗色了？"

倪燕归哼了一声。

他骗了她整个人。如果陈戎是"十二支烟"，她不会去倒追，不会去偶遇，她和他走不到一起。这场感情，从头到尾是一个骗局。她喜欢的人，从来不是他那样的。

梦里乱七八糟，但身体疲惫，倪燕归睡到了下午。

林修发了信息过来：叔叔阿姨是不是出差去了？我妈问，你要不要来我们家过元旦？

她向下刷，见到陈戎的话：我在你家楼下。

她惊醒了。

倪燕归偷偷地下楼，没有到一楼，而是停在二楼的窗户玻璃边。

或许由于楼外墙身上的阴影，他没有发现玻璃边的人。

陈戎还是从前的样子，玉树临风，谦谦公子。

摆摊女孩说得有道理，他很可怕。倪燕归垂着眼。她已经和他躺在同一张床上，却不知道他的真面目，简直令她毛骨悚然。

他继续发信息过来。她犹豫要不要赶他走，突然，林修从另一边走了过来。

来得正好。倪燕归和林修说：让陈戎回去吧，过几天我会跟他谈谈。他死皮赖脸来这里，反而麻烦。

林修：哦。

林修面对陈戎没有好脸色，似笑非笑地说："都追到这里来了。"

陈戎敛了笑，这个林修像是来撞枪口的。

林修："要说假深情，还是你强。一般人演不到这种程度。"

陈戎："这是我和倪倪的事，外人别插手了。"

377

林修嗤笑:"我跟她从小玩到大,小学她没在这里读,但每个星期和我通电话。你说,我是不是外人?"

倪燕归听不见两人的对话。陈戎面向林修,她看不到他的表情。但林修得意扬扬的样子,她可是了如指掌,猜猜就知道他会讲什么,肯定把逐客令下得很嚣张。

陈戎的手指动了动。倪燕归恍然发现,那个"动"不是单纯的动,而是在掰指关节。

上一次,要不是李筠的阻拦,陈戎早对林修出手了。后来见了几次,林修总是以倪燕归的保护者自居,浑然没把陈戎这个男朋友放在眼里。

君子动口不动手,那是"面具"的座右铭。

对于真正的陈戎来说,那些令他不痛快的、不舒畅的,最好的解决方式就是一场酣畅淋漓的打斗。他忍耐林修已经够久了,是林修屡屡挑衅,怪不得他。

林修又说话了:"世上最了解燕归的人是我,你和她不过认识几个月。"

几个月又如何?她的肩背上留有他的狐狸,感情世界从来不是比谁先来、谁后到。

但是这些道理,陈戎不愿和林修动嘴皮子讲。他轻轻一笑:"如果我在这里不走呢?"

林修说:"那我只好赶人了。"

陈戎气定神闲:"如果你赶得了的话。"

林修一把揪住了陈戎的衣领:"我不知道你和燕归说过多少谎话,你能骗她骗得团团转,但是骗不了我。收起你的伪装,你这一刻的眼睛把你暴露太多了。"

陈戎拿下了眼镜,盯着林修说:"这样是不是看得更清晰?"

确实,林修从这双眼睛里见到的是"凶戾",一切和"斯文"无关的词语都聚集在其中。

倪燕归恨不得趴在玻璃上。毛成鸿说过,陈戎敏捷利落,她不应该担心陈戎。但是林修耍阴招的功夫同样不在话下,她担心陈戎应付不

第十三章 别扭

过来。

着急的时刻,她给林修发信息说:别动手,劝劝他走就好了。

两人剑拔弩张,林修哪里有时间看手机,他扯着笑:"所以这就是你的真面目吗?伪君子。"

陈戎猛然擒住了林修的下巴,他相当克制,不让自己的手继续往下掐住对方的喉管。他说:"我警告你最后一次,这是我和倪倪的感情,不要多管闲事。"他狠厉得仿佛要掰碎林修的下颌骨。

林修也不是吃素的,抓住陈戎衣领的手突然改成握拳,拳头向上一顶,目标也是对方的下巴。陈戎偏了偏头,灵敏地闪过了。

林修牵起了嘴角:"早就看你不顺眼了。"接着,他的拳头挥向了陈戎。

陈戎擒住他下颌骨的手突然用力,林修紧咬牙关,忍下了那阵疼痛。

陈戎回了他一句:"彼此彼此。"

倪燕归直跺脚。保安呢?平时来个陌生人都要盘问半天,今天眼见两人打起来了,却没了保安的影子。

林修直接挥了拳头过去。

陈戎瞥过去一眼:"雕虫小技。"他一把抓住林修的手腕,另一只手把林修的手肘一顶。

林修反应很快,脚下猛然攻了过去。

陈戎抬脚后退,手上把林修的手腕转了一下。

疼痛传来,林修险些要脱臼。他腿长,一脚就要踹上陈戎的腰,陈戎松了手。

倪燕归忍不住了。家里的几扇玻璃窗都被锁住,无法开启。电梯刚刚上去,她冲进了消防楼梯间,"噔噔噔噔"冲下楼来。正要冲出去的时候,外面有一人走过来。她收住了脚步,躲到大堂角落里的玻璃边。

走过来的人是甘妍丽,她非常严厉:"怎么回事?你是什么人,对我儿子动手动脚的?"她要去保护林修。

林修生怕陈戎的拳头不长眼睛,跳过来拦住了甘妍丽:"妈。"

见他的下巴又红又肿，甘妍丽怒气冲冲地问陈戎："你是谁？住在这个楼盘的吗？哪家的？什么房号？成年了没？我要找你们家长算算账，居然敢在这里打人。"

在甘妍丽的眼里，林修是个孩子，对面的男孩看着和林修差不多年纪，当然也是个孩子。管教孩子的第一责任人是父母，所以甘妍丽要找对方父母谈谈。

陈戎眼神冷冽："没有。"

"什么？"甘妍丽说了一大堆，对方只回了两个字，她不知道他是回答她的哪一个问题。

陈戎："不曾受过管教。"

甘妍丽："什么话？难道你是野孩子吗？"

陈戎发出很轻微的一声"呵"，不回答了。

保安不知从什么地方溜了出来，看见角落里鬼鬼祟祟的倪燕归，他喊："什么人？"

倪燕归转过头。

保安认出她是这里的住户，松了口气："站在那里做什么？吓我一跳。"

倪燕归微笑一下，既然外面的打斗已经停止，她就没必要观战了。有长辈在，会解决的。

保安提了下裤子，走到玻璃门边，朝外面的几人喊："请问，有什么事吗？"

不经意间，林修瞥到玻璃边的模糊身影，他一眼认出是倪燕归。

树影深深，反射在玻璃上，挡住她的大半个身子。

"保安，你来得正好。"甘妍丽扬头向陈戎，"查一下这是谁家的孩子，太不像话了。"

林修站在陈戎面前，用独特的磨牙方式说："家长在场，这事闹大对你没有好处。"林修并非照顾陈戎，他是考虑到倪燕归。陈戎拍拍屁股能走人，她却要留在这里当左邻右舍的谈资。

陈戎明白，林修的母亲大有不肯罢休的架势，要是发现他和倪燕归的关系，说不定会传到倪燕归父母的耳中，那对他俩关系的修复没有好处。

陈戎向上望去一眼。明知他看的不是她的方向，倪燕归还是后退几步。

林修趁其不备，狠狠踩了陈戎一脚，皮笑肉不笑："一报还一报，扯平了。"

甘妍丽拉过林修，问："怎么回事？"

林修向着陈戎挑眉，示意他赶紧滚。陈戎一言不发，向外走去。

甘妍丽喊："你给我停下来，留下你的联系方式。"

陈戎充耳不闻。

甘妍丽拽住林修："你认识这人？是什么人？"

林修："算了。"

甘妍丽："哪能算了。你伤得不轻，让他赔医药费，以及精神损失费。"

"阿姨。"等陈戎的身影消失在转角，倪燕归才出来。

"燕归。"甘妍丽说，"哦，我们家林修刚刚被打了，你没在场，那个人简直没家教。"

倪燕归抬眼看向林修。

他意会过来："妈，我踩了他一脚，他的脚背肯定比我的伤更红更肿。"

甘妍丽又要说什么，倪燕归岔开了话："阿姨，我爸妈不在，元旦我去你们家过好不好？"

"好啊。"甘妍丽立即眉开眼笑，招呼她，"想吃什么？"

倪燕归笑了笑："什么方便吃什么。"

甘妍丽："我去买菜，你们俩先玩。"

剩下青梅竹马两个人，林修耸耸肩，说："任务完成，把他赶走了。"

倪燕归细细一看，他的下巴局部已经有了瘀青色："你没事吧？"

"有事。"林修捂住下巴，"你赔偿我医药费以及精神损失费。全是因你而起的。"

"我让你赶他走，谁知你跟他打起来。"

"你没见到他那嚣张的样子,你如果看见,估计比我打得更狠。"

倪燕归无言。

"不过——"林修问,"就因为他骗你他是小白,你就跟他怄气?"

"不止,他骗了我……好多好多。"说出来,会显得她特别笨。

"你不早说,刚才让我妈拉他进派出所啊。"

"感情纠纷扯上家长干吗?我爸妈要知道,受罪的还不是我。"

"我说你恋爱脑,你还不承认。眼睛蒙了滤镜,跟瞎了一样。"见她郁闷,林修不好再数落,"走吧,上我家去。"

"我一会儿再去。"

林修挥手:"我回去了。"

倪燕归刚才见陈戎有点跛脚,以为他走不快。但她跑出来,不见他的人。站了一会儿,她把手揣进外套口袋,低头踢了踢脚,不死心地再从左到右扫视一圈。

对街有个人走出便利店,脚步不再跛,去的方向是地铁站。中途,他拐个弯,转到了另一条街。他去哪儿?人行道的绿灯亮了,倪燕归匆匆走过马路。她左边躲躲,右边躲躲,不远不近地跟着。

直到陈戎进了公园。

倪燕归停在门口,想着彼此冷静一下也好。

陈戎刚才握了个盒子,她没仔细看。这时他松了手,换作一个夹的姿势。是烟盒。

她的心儿乱跳,不由得跟了过去。

公园很热闹,闲逛的、跳舞的、练拳的,形成了几方门派,各占各的山头。

陈戎向着人烟稀少的路走,之后进入一条林径。他撕开新买的这包烟。

倪燕归身边的林修最近抽的是薄荷味,他也跟着换了。烟味很淡,他感觉不到尼古丁的味道。

他的牙尖轻轻咬住烟嘴,给倪燕归发信息:倪倪,我想你。

仅仅两天,想得受不了。他拥有过的人只有倪燕归。她不知所终,

第十三章 别扭

他陷入了莫大的空虚里。到了这时，他猜出了她生气的原因——只有一个理由能令她生气。

烟的白雾随风向上飘起时，他察觉到什么，转过头去。朝思暮想的人儿停在树下，不知站了多久。她望着他——不，她望的是他的烟。

五步外有一个垃圾桶。

陈戎三步就走过去，灭了火，丢了烟头，向她笑笑："倪倪。"

他戴着细边眼镜，很温和，仿佛刚才和林修动手的人根本不是他。

倪燕归第一次目睹他抽烟，他抽烟的样子很熟练，把玩烟支的指尖利落流畅。

这人是谁啊？真的是她的男朋友吗？

她慌得要跑，可脚上很沉重，慢了几秒，他站在她的面前："倪倪，我找了你两天。"

倪燕归审视着他。多么可怕，到了这一刻，她从他的眼睛里仍然看不出破绽。他怯弱、茫然失措，像一个脆弱易碎的乖娃娃。

她背脊发凉："大槐树下的十二支烟，是不是你抽的？"

闻言，陈戎猛地拽住了她的手。她立即挣扎。

他的手牢牢不放，嘴上轻声细语："倪倪，我不是故意陷害你。我当时不知道……"不知道她会来，不知道她正好被校董撞见。

他庆幸的是，她没有因为检讨而伤春悲秋。她照常欢快地大笑，灿烂明媚。

他没有预料到的是，她会这么快知道真相。杨同的那张乌鸦嘴，把一切都说中了。

"我相信你不是故意陷害我。"倪燕归用另一只手去拍他，仍然挣不开他。

陈戎握得很紧，他觉得心上有个角落渐渐要崩塌。他如果放开了，可能再也握不回来了。

"你一直在欺骗我。"倪燕归低吼，"你害我上校会，读检讨。你和朱丰羽是朋友，橘色小圆头喊的'老大'，不是朱丰羽，而是叫的你。你不是运动白痴，不是文弱书生，你所谓的腹肌神器，其实是你真实的肌肉。那么多那么多的谎言，你嘴里究竟有几句是真话？"

"我没有恶意。倪倪，我真的喜欢你。"陈戎低声下气，"我会戒烟的。我们和从前一样好不好？"

"你居然有这么荒诞的念头。"她气得笑了，"腹肌很结实嘛，又和朱丰羽一起混，以前没少动手吧。你假装是个乖学生，我眼睛瞎了才喜欢你。如今明知你不乖，我还往火坑里跳？"

"我骗了你，是我不对，我认错。"陈戎想抱她，又怕惹她更怒，收敛着脾气，"倪倪，但你也骗了我……"

她冷冷一笑："对，我骗了你。那就打开天窗说亮话，我蛮横无理，从小就是个霸道人。"

"那我们当扯平了，重新开始好不好？"

"陈戎，我不是美丽大方的淑女。但是我为了你，好好学习，天天向上，努力成为一个好学生，想要配得上你。"

"我可以为了你，改掉我的坏习惯。"

"坏习惯？"倪燕归指着他，"你这副伪装的嘴脸，就是你最大的坏习惯。伪君子，真小人。"

陈戎暗暗做了一个深呼吸，缓和语气："这是我的另一面，是我的一部分。"

"谎话连篇。"她仰头，"你一直都知道我是什么样的人，对吧？我上去读检讨的时候，你不可能不知道，说不定你在心里嘲笑我呢。我真是傻，给你背了一口黑锅，还被你骗得团团转。"

"我没有，我不会嘲笑你。这件事我真的很抱歉，我可以去学校认错，我当着全体师生的面也读一次检讨。"

"谁稀罕。"早干吗去了？

"这两天我想过了，你喜欢善良可爱的，我不是。我喜欢乖巧听话的，你也不是。我们一开始就是个错误。"

"倪倪。"陈戎的语气变得急切，"你在我心里一直是善良可爱的女孩，我不是哄你。"

"我不是。"倪燕归生硬地说，"前两天我不见你，是因为我如果见到你，会忍不住把你狂扁一顿。"因为有了那套衣服当靶子做缓冲，加上她练了几天功，那股沸腾的杀气渐渐平息，现在才能站在他面前，用嘴说话，而不是直接扇他巴掌。

"你打我吧，只要你别生气。"

她摇摇头："我想过了，最好的爱情是我们喜欢对方本来的性格，互相不委屈。为爱改变的想法，太幼稚了。"

"别人再善良再可爱，也不是你。"陈戎手心冒汗，"我只喜欢你一个。你是什么样的人，我都喜欢。"

"我喜欢书生气的男孩子。"倪燕归一狠心，"我对你没那个感觉了。"

陈戎握了下拳头。掌心黏湿，全是他的冷汗。

"放手！"倪燕归甩不掉他，恶狠狠地说，"我告诉你！把我逼急了，让你吃不了兜着走！"

可陈戎的手扣得很牢。她甩来甩去，他就是不放。

"小姑娘，是不是有麻烦？"近处传来一声粗喊。

一个老大爷一手勾着外套领子，披在背上。他穿一件短袖上衣，露出手臂的腱子肉。健身老大爷不是盖的，冬天不怕冷，夏天不怕热，能上单杠转风车，也能下地翻筋斗。遇到一对少年少女纠缠不清，他上前来问一声。

倪燕归撞了下陈戎，压低嗓子说："放手，不然我让他抓你。"

陈戎不松手。

老大爷眉毛花白，但一双眼睛炯炯有神："耍流氓是吧？"他步子轻且快，瞬移一般冲到了两人面前，一手的五指摆成爪子状，攻向陈戎的手腕。

陈戎搂过倪燕归的腰，向后一退。

老大爷"咦"了一声："练过的？"

动静闹大了，引来了几个人围观，偏僻的林径突然热闹起来。

倪燕归到底是顾虑陈戎的面子，解释说："这是我们的私事。"

陈戎抓起她，向林子更深处走去。

公园不是植物园，没有太深密的林子，树与树之间的距离较宽。没什么人，只有鸟雀偶尔啼叫。

陈戎把倪燕归的手握得紧,他想着她要走,力道变得大了。倪燕归吃疼,更加用力去挣扎。她有些后悔,刚才就该让健身老大爷帮忙,把陈戎赶跑。

突然,她的脑海里闯进了某些细节。摘果子的那天,她傻愣愣坐在土坡上,听到温文的话,来不及反应。陈戎却飞快地抱起她,远离危险区域。

他若是手无缚鸡之力,又怎么抱得动她?她这时才真正听懂了毛成鸿那天说的话。

现在陈戎不想放,她真的挣不开的。

倪燕归用另一只手攻向他抓着她的那只手,想去敲击他手肘的神经。他闪得敏捷,另一只手也抓住了她。

她恨恨地咬牙。刚才老大爷说陈戎是练过的,有了这话当基础,她觉得自己没必要手下留情,忽然起脚要去踢他的脸。陈戎松了一只手,倪燕归的拳头接着又袭来。

他还拉着她,两人的距离摆不开,他闪躲的范围很有限。她以为他会就此放手,但他没有。她收不住拳头,狠狠地砸中了他的胸口。陈戎闷哼一声,喘了两口。

倪燕归心虚地收回手,他平了平气,说:"我知道你生气,我让你打,你什么时候气消了,再停。"

她低下头去,也不挥拳了:"我见着你的脸,气就消不下去。"

"其实我和以前一样。"他捧起她的脸,给她顺了顺头发,轻轻地说,"你忘掉另一个我,我们好好的。"

"我怎么可能忘得掉。再说了,你现在这样又不是真正的你,戴着假面具谈恋爱,当我是傻的啊。"

"你不会再见到他,在你面前的一直是我。你喜欢的不就是这样的我吗?"如果不是林修所谓的证据,她永远不会发现真相。

"你到底明不明白,你在我面前假装另一个人,这才是最可怕的事。不知道你真实的想法,不知道你真实的性格,我为什么要和一个假人谈恋爱?我又不缺爱。"

她有幸福的家庭,有要好的朋友,社团里毛成鸿和温文对她格外照顾,她什么都不缺。

但陈戎不是。她是唯一对他付出全部身心的人,她的喜好和他的母亲一样,要乖顺的、听话的。他非得从里到外裹好那层面具,否则他什么都得不到。

他的嘴角扯了下,像是要失控似的。

倪燕归终归还是喊了声:"疼。"

陈戎如梦初醒,见到自己手背因为用力而鼓起的青筋,他放开了手。

他的五指在她的手腕留下了清晰的五个红印。他低下头去道歉:"倪倪,对不起。"手心空了,冷汗又要冒出来,他想轻轻拉住她。

她对他避如蛇蝎,把两只手背到身后,娇俏的脸上没有妩媚,全是怒意。

"对不起。"他道歉了,他愿意弥补之前的过错,就算开一场直播朗读检讨书,他也是乐意的。

她又退了两步。

陈戎扶了扶眼镜:"倪倪,回来我身边好不好?"

"你都被我拆穿假面具了,还装什么深情。"倪燕归醒悟过来了,"那天,你说你失去了冷静,其实那是你的本来面目吧。"

冷淡、疏离,这才是陈戎。他的眼镜像是一柄刀鞘,蒙住了他的刃口。

冬天的风把她整个人都吹凉了,他说的再诚恳的话都是一种欺骗手段,她会信才怪。

"陈戎,谁都可以是'十二支烟',就你不行。"她以为"十二支烟"是朱丰羽,和他打了一架,赢了,舒畅不已。

但那个人不能是陈戎,绝对不能。最亲近的人是"十二支烟",隐藏极深。她没有踏破铁鞋无觅处、得来全不费功夫的想法,只感到慌张。

她不是天不怕地不怕,他的笑脸很深情,但那只是深渊的微光,底下全是灰,茫茫一片深不见底,诡秘莫测。

他在道歉,他在请求,仿佛两人的和好仅在她的一念之间。她假装不知藏在底下的他，他就还是温柔憨厚的男朋友。不是的，她的爱情如泡沫一般，全碎了。

她咬牙，控诉他："假深情、伪君子、真小人。"

陈戎没有反驳。他确实戴着面具过活，但是"假深情"这三个字，他万万不能答应："我对你是真心的。"

倪燕归偏头，细细张望树上的枯枝，她不听。

他又拽住她的手。还是刚才的那只手腕，腕上的红印都没消。她又喊："疼。"

他不得不放开，把手插进了外套口袋："我说过很多谎话，但对你的感情是真的。"

"你在我这里，信誉度为零。你一句话，我要转十八道弯，剖析你是不是又给我挖坑。我很笨的，想不来这么复杂的事。你说我骗了你，但是比起你的演技，我的那点道行都是不入流的东西。我想了想，感情不只是喜欢或不喜欢，性格磨合更重要。我们之前的磨合全是假的。真正的你我站在一起，可能就和现在一样，不是吵架就是动手。"倪燕归走了。

陈戎没有拦，这一刻他可能要维持不住这副面具。

她手上的红印还在，他极有可能在她的其他部位留下了更深的印记。他已经吓坏了她，不能变本加厉。

满腔血液中有种遏制不住的野蛮冲动。

他该庆幸她跑得快，否则窥见他的戾气，她会跑得更远。

丁建龙的格斗馆，节日里的气氛非常淡。

到了十二月底，他的第一想法是，过两天就要付下个月的店租了。

他低头算账，顾客突然说了一句："新年快乐。"

丁建龙才恍然，一年结束了，日历要换新了。

那个叫"陈非"的少年又来了。丁建龙望过去，新年了，少年的压力似乎更大了。

少年的杀气很重，眼神都是昏黑的。他丢下书包，扩了扩肩膀，用力缠紧手上的绷带。

第十三章 别扭

丁建龙担心，少年会把他自己的手指给捆死。他提醒："不用绑太紧，太紧了不好出力。"

少年依旧捆得结实，戴上拳套，去了沙袋那边。人一站定，就挥出一记重拳。

丁建龙正在教学的会员听见声响，打了一个激灵，问："教练，他练的是什么拳啊？"

丁建龙听着"哪哪哪"的撞击声，说："他啊，自学成才，练的是……散打吧。"

会员："我们这儿有散打课啊？"

丁建龙摸了摸鼻头："主要是拳击、跆拳道之类的。这两个项目名气大。"

下了课，丁建龙送走了会员，回来收拾练习道具。

馆子里的闷响更大了，沙袋摇得厉害，凌空旋转起来。

丁建龙拧开矿泉水瓶盖，边喝边看。以前不觉得男人的脸有什么重要，这会儿静下来发现，人帅，出拳快，确实赏心悦目。某个瞬间，沙袋飞了起来。上面的钩子滑动几下，脱开了绳子，"砰"地掉下来，在地上滚了几圈。少年这才歇了歇。

丁建龙放下矿泉水瓶子，从角落里搬出一个速度反应靶，喊："虽然团购叫暴击沙袋，但是沙袋也很可怜啊。来，用这个练练速度吧。"

少年回头，说了今晚的第一句话："谢谢。"

丁建龙摆摆手，过去捡回了沙袋，竖起以后说："下次我换个立式沙袋，滚不了。"

少年脸上沁着密汗，沾湿薄薄的刘海，站在速度反应靶的面前。

丁建龙对了对少年的身高，调整立杆的高度，说："你之前就是打沙袋，没练过这个吧，一开始速度不要太快，调个最低的。"他说着要去调速。

少年昂了昂头："不用调，按正常训练就行。"语气很自负。

丁建龙不意外，这很符合少年的性格。少年长得不近人情，说的话做的事同样不近人情。

年纪轻轻就练成一副孤傲的性格，可不是好事。

"行,那就不调。"丁建龙拍了一下拳靶子。

少年:"既然不是团购项目,一会儿我额外付钱。"

丁建龙笑着,想去拍少年的肩,少年闪了一下。

丁建龙蹭到了少年的手臂,轻微的触感里,他感觉到少年紧实的肌肉:"新年快到了,这个就是今天送的项目,我不当陪练,就不收你的费用了。"

丁建龙坐在软垫上,把矿泉水瓶放到旁边,摆明了要当观众。

比起悬吊的沙袋,速度反应靶的反弹更快,练拳的同时还能提升肌肉反射能力。丁建龙有段时间沉迷这类训练器材。后来上了实战,发现人的攻击比机械角度更刁钻,他练得更痛快。

但拿来当泄劲的道具,这个反应靶比悬吊沙袋更适合。

丁建龙:"还在上学吧?"

少年:"嗯。"

丁建龙:"是不是要期末考了?"

少年:"嗯。"

丁建龙:"有学习压力吧?"

少年不答。

"前段时间,我见你的拳头变得轻快了,以为你有了其他发泄压力的方式。"然而今天,少年脸上的阴影厚重,别说拳头,他人站在门口就像来拆馆子的。丁建龙又说:"说起压力,我也有。春运开始了,其他几个教练研究抢票回家,心思都飘了。"

少年闪过拳靶子的反弹,偏了偏头,问:"过年暂停营业吗?"

"当然啊,年二十五六就关了。之后没什么人来练,个个忙着过年呢。"丁建龙说,"我一年才回一趟家,我就盼着过年。当店长就是啊,店租、水电,一项项支出扛在肩上。你现在是学生,以后进了社会,四面八方的责任都要用自己的肩膀去扛。试着跟自己沟通,拳头不是解压的好方式。我们学格斗的,上课第一天老师就教育我们,不可以暴制暴。"

少年沉默,继续练拳。

他的肌肉用力时紧绷,之后放松,线条锐利。

丁建龙沉吟半响："你要不要去比赛什么的？我年后会开展一个新项目，实战演习。不贵，我言传身教，绝对物超所值。"

少年："我不比赛。"

丁建龙："只为打沙袋才练这一身肌肉？"

少年又不答了。

来了一个新会员，丁建龙拿起矿泉水瓶，过去招呼。

到了九点，少年解下拳套，背起书包。他看了看手机，拨了个电话。

丁建龙听见少年远去的声音："妈，我回来了。对，刚刚才下车……"

陈若妩给儿子打了几个电话，他没接。直到九点多，他才回电。

陈若妩抱怨说："你们学校的课程特别晚。"

陈戎简单应声："嗯。"

"课程很熬人？"

"是的。"

"我吃完饭再过去了。"

"好的。"他温和地笑。

爱情摇摇欲坠，至少要维系住亲情。

一天下来，陈戎像是打了一场仗。感情里的短兵相接，是场败仗。

他回到家直奔卫生间，拿掉眼镜，打开水龙头，手掌截住水流，不停地往脸上扑。冰冰凉凉，是冬天的温度。洗了一把脸，陈戎觉得还不够，低下头，伸到水龙头底下。水柱直往他的脑袋冲，将他的神志浇了个彻底。

关上水龙头以后，他用双手撑住台面。从头发顺下来的水珠，沿着他的脖子向下，灌进他的胸膛。这下可真是透心凉了。

陈戎从镜中看着自己的冷眼。如果倪燕归是个贪图美色的人，凭他的样貌能过关。坏就坏在，她迷恋谈吐和气质。她对他一见钟情，钟情的人是他，也不是他。

陈戎戴上眼镜，无须大脑指挥，面部肌肉像是条件反射一样，自然地露出一抹笑容。

他在手机上搜寻了李育星的照片，摆在自己旁边，进行比对。

两人的笑容很像，嘴角弧度也相似，好一对温文儒雅的长辈和晚辈。

之后，陈戎的表情变得讽刺，只要脱下这一副面具，他将一无所有。

外面传来开门的声音以及陈若妧的说话声。她哄着人，说："哦，好棒呀。"

关上了门，陈若妧对着手机，声音很亲切："妈妈今天不回家哦，你要乖乖的。"

视频里的女娃娃奶声奶气地说："妈妈不在，我和爸爸一起玩。"

陈若妧："听爸爸的话。"

女娃娃点头："听话。"

陈戎出了卫生间。

陈若妧见到他满脸的水，略有惊讶，她拍了拍脸。

陈戎会意，用纸巾擦了擦头上、脸上的水珠。

陈若妧对着那边的小朋友说："囡囡，爸爸呢？"

女娃娃东张西望，向后喊："爸爸。"

没有声音。

女娃娃嘟嘟嘴："爸爸不在！"

其实他在，在远处背景里。他讲着电话，偶尔看看女儿。

陈若妧问："囡囡，见一见哥哥好不好？"

"哥哥是谁呀？"对于这种一年见不到几次的人，女娃娃毫无印象。

陈若妧把镜头对准陈戎的脸："这就是你的哥哥。"

陈戎温柔地看着女娃娃。

女娃娃有张圆脸蛋，养得精致，又白又嫩。她的脸趴得很近，使劲瞪大眼睛："哦，这是哥哥啊？"像是发现了什么惊奇的东西。

陈若妧："对呀，下次我让哥哥陪你玩，好不好？"

女娃娃不知道哥哥的意义，但听到"玩"，她很高兴，点着头说："好，我要玩。"她用稚嫩的童音唤着，"哥哥，哥哥。"

陈戎轻轻地"嗯"了一声。

第十三章 别扭

陈若妧见丈夫望了过来，没有再让儿子入镜。她继续跟女儿逗着玩。

关上视频，陈若妧把袋子里的餐盒拿出来，说："我给你带了私房菜，你叔叔说，这是人均几千的套餐。过新年，吃顿好的。"

"妈，谢谢你。"

"凉了，去热一热。"陈若妧说着就要端去厨房。

陈戎接了过来："我来吧。"他把几个餐盒摆出来，依着菜色，用微波炉加热，或者烧开水，准备蒸熟，动作有条不紊。

陈若妧倚在门边："你能独当一面了。"

"嗯。"他轻轻应声。

她倚在门边，问："对了，那个女朋友的事，处理了吗？"

陈戎敛了敛笑："我和她各自冷静一下。"

"是啊，要冷静。"知道儿子听话，陈若妧没有再逼问。她把热好的菜端到了桌上："今晚我和囡囡说好了，在这里住一晚，我陪你跨年。"

"谢谢妈。"陈戎坐了下来。

菜色精致，分量小巧。他舀起几勺子，就空了一道菜。

陈若妧："改天我把囡囡带出来，你跟她玩玩，免得她认不出你这个哥哥。"

陈戎："嗯。"

陈若妧："囡囡很可爱吧。"

陈戎："很可爱。"

陈若妧："之前我以为你叔叔非要儿子不可，幸好，他很喜欢囡囡。"

陈戎的筷子抖了一下。

见他不吃，陈若妧问："这菜怎么样？"

他尝了一口："味道很好。"其实食不知味。

"这家店的食材贵。我在餐厅吃的时候，见厨师摆盘很精致。不过经过外卖盒的折腾，变得像是大排档了。"

陈戎低着头去挑菜，挑了一小口，他突然问："妈，你是不是想生个儿子？"

陈若妩愣了愣："我已经是大龄产妇，生下囡囡都很费劲。你叔叔很疼爱囡囡，我知足了。"

陈戎放下筷子，怀着对母亲深深的愧疚，说："对不起，妈……"

陈若妩讶异："好端端的，怎么道歉了？"

"你原来……可以有一个好儿子的。"

陈若妩脸色一变："这么多年的事，你怎么还记着……"

"对不起。"今天是道歉日，他就把心中的愧疚一股脑倒出来。

"陈戎，这么多年过去了，妈已经没事了。"陈若妩叹气，"你别惦记着。妈有你一个儿子，也知足的。再说了，你就是小时候调皮，长大以后，性子跟着转变，我不知道多高兴。"

陈戎抬眼。

陈若妩语气温柔，但脸上失去了血色："吃饭吧。别想这些。"她的手紧紧握住了儿子。

她很久没有回忆过当年的细节了。

要从什么时候讲起？或者就从陈戎出生说起吧。

把他生下来，就是她操劳的开始。

陈戎的性子，说好听点是调皮捣蛋，其实是顽劣不堪。

陈若妩不喜欢闹腾的孩子，偏偏陈戎就是。

当年李育星正处于事业上升期，顾不上孩子。他是半路出家的建筑设计师，而且嘉北大学不是名校，想要在建筑行业站稳脚跟，必须加倍努力。陈若妩理解丈夫的辛苦。但是，管教儿子的任务落到她的肩上，她无能为力。她觉得，她在那几年老得飞快。

好不容易熬到儿子上幼儿园去，陈若妩以为能舒心些。然而她常常收到老师的抱怨："这个孩子太难教了。"

老师都教不了，那能怎么办？

陈若妩结婚结得早，她才二十出头，自己又是一个娇生惯养的小公主。面对陈戎，她见到就头疼。打了，他能乖几分钟；骂了，他只当耳边风。气得她提前往脸上抹抗衰老的精华液。

陈戎即将上小学的时候，陈若妩听朋友介绍，知道了一家全封闭的私立学校,对管理顽劣的孩子很有一套。朋友说:"这就是独特的人性化教育了吧。"

陈若妧像是丢烫手山芋似的,把陈戎送了进去。

儿子在学校的日子,她终于能喘口气。她抱着女儿讲故事,感受着女儿的贴心。

陈戎每次一回来,家里就跟遭过劫似的。他像猴子一样蹿上树,勾住树杈,一脸坏笑。谁喊他,他都不听。

陈若妧忍不住吼他:"为什么像个野孩子?"

一年以后,她突然得知,那所学校被人投诉,校方经常体罚学生。最过分的时候,会把孩子锁到伸手不见五指的地下室。所谓的"人文教育",就是用极端手段逼迫孩子顺从。

学校被调查了,陈戎的性格却扭不过来了。李育星指责陈若妧,为什么听信他人,轻易把儿子交给外人管教。陈若妧解释,她被骗了。

其实李育星也不喜欢这个儿子,他说:"我们李家没有这样顽劣的基因。"

他每次发出这样的感叹,陈若妧就沉默不语。

李育星在建筑界崭露头角,时间空闲下来,和妻子恩爱的机会就变多了。

不久,陈若妧又怀孕了。她问李育星,这次想要女儿还是儿子。

他说:"李筠很懂事,我非常喜欢。至于……"没有说出的那个人,是陈戎。

李育星想了想:"要是有一个和女儿一样懂事的儿子,可能就没有遗憾了。"

医生透露说,陈若妧肚子里的是个男孩。

李育星说:"龙凤,龙凤,就是要儿女双全。"

陈若妧想说,已经有一个陈戎了,但她始终说不出口。

后来的那天,陈若妧每每回想,心里就止不住疼痛。

那日临近中午,陈戎在前院里踢足球,而她去医院做了产检。她一时疏忽,忘了家中有一个捣蛋鬼,她就那样推开了门,空中旋起的足球冲着她的肚子砸了过来。

其他的细节她不愿回想。她只知道,眼前弥漫着血雾,她对肚里孩子的期待化为了乌有。

她的第三个孩子,被她的第二个孩子用一个足球踢掉了。

没有人会喜欢陈戎。没有人。

陈若妩打了一个激灵。

陈戎吃完了饭,在厨房洗锅洗碗。

她望一眼他的背影,觉得刺眼。她捂了捂眼睛,拼命把陷在回忆里的自己拉出来。浑身疲乏,她去洗澡了。热腾腾的蒸汽里,她为自己失去的孩子落了泪。要是没有那个飞过来的足球,她的生活会很不一样。

事情过去了十来年,她如今又有了一个女儿。不调皮,很可爱。

陈若妩轻轻拭去眼角的泪珠。

电视台的跨年晚会节目,一个接着一个。

陈若妩无聊地看着电视上的人影晃动,像是在等待任务完成。只要钟声一响,她就可以去休息了。她打了个哈欠,扛不住困意,缩进沙发里睡着了。

醒来时,陈若妩听见电视上在喊:"五、四、三、二、一!新年快乐!"

陈戎靠着沙发,闭着眼,应该是累坏了,也睡着了。

陈若妩坐起来,想要去叫醒他。

他歪了歪头,鼻梁上的眼镜滑落,掉在沙发上。他闭着眼睛,长长的睫毛跟扇子一样。遗传基因真是强大,他的眉目和她心底的那个人,简直是一个模子印出来的。

那个人,她爱极了,她也恨极了。

"五、四、三、二、一!"甘妍丽喊,"大家新年快乐!"

"新年快乐。"倪燕归和林修笑着碰了碰杯。

世事难料,和她一起跨年的人又是林修。

聊了一会儿,甘妍丽说:"林修,送燕归回去吧。太晚了。"

两家人住在同一个楼盘,从他的家走到倪燕归家,短短两分钟的事。

林修问:"跟陈戎谈得怎么样?"

"啊……"倪燕归模棱两可地说,"就那样吧。"

"他有没有为难你?"

"没有,我揍了他一拳,用的力气很大。"

林修嗤笑:"他活该。"

"我上去了。新的一年,祝你早日脱单。"

林修看了看她:"脱单很好玩吗?把一个叽叽喳喳的小燕儿磨得郁郁寡欢。"

"你谈之前要选好啊。"

"肯定的,我的眼光比你的准。"

倪燕归对林修举了举拳头。

林修闪过:"走了。新年快乐,祝你除了快乐,还是快乐。"

"年年都这句。"

"人快乐一辈子是好事,这叫由衷之言。"

这个新年,倪燕归是快乐不起来了,她很茫然。

陈戎的那句"倪倪,我想你"挂在聊天界面。这一句想她,是他的面具讲的,还是他真的想念?他究竟有没有真心?她以为她找到一个老实巴交的好男人,却闹了一个天大的笑话。

她和一个戏子谈了一场虚无缥缈的恋爱。

倪燕归想来想去,没想出个所以然。她一跃而起,忽然要去拜见自己的武馆师父。

当年出了意外以后,她和师父道了一声别,之后很少联络。这时再打电话,她很忐忑。她安慰自己,倪燕归嘛,没脸没皮的。她捏一下自己的脸,拨出了师父的号码。她的心跳得比电话里的"嘟嘟"声还要快,那边"嘟"一下,她的心能跳两下。

响了六声,那边接通了。

"喂。"师父中气十足。

"师父,是我。我是倪燕归。"师父的徒弟众多,生怕他记不住,她补充说,"东倪西何的东倪。"

那边沉默片刻,笑了:"知道,倪燕归嘛,三年前跑没影的那个。"

"师父……对不起。"

"我是开玩笑的。"师父收起笑,"背上的伤怎么样了?"

"就留了疤,文了只九尾狐狸。无伤大雅吧。"倪燕归轻描淡写。

师父"嗯"一声。

"师父,新年快乐。"

"新年快乐。知道你活蹦乱跳的,我就放心了。"

"师父,我有两天的假期,想去探望你老人家。"

那边顿了几秒:"武馆已经关了。"

倪燕归讶异:"关了?为什么?"

"前几年我就有退隐江湖的打算了。身上有伤,上了年纪以后,一下雨、一刮风,这把老骨头比天气预报还准。况且,现今没人练武了,都玩洋把式了。大城市里好像叫格斗馆吧?"

"师兄他们呢?"

"各奔东西了。"

"师父,我记得你以前的愿望是有一亩田地,自给自足。现在该是安享晚年了吧?"

师父哈哈一笑:"不止一亩,我这儿有几亩地。感谢现代耕种技术,否则我真忙不过来。我这里离你很远,你才几天短假期,别来来回回跑了。"

"师父,我重新练武了。"

"走出来了?"

"遇到一些事一些人,突然想通了。我不该惧怕恶势力,把自己缩在乌龟壳里。"

师父叹了叹气:"你有天赋,但活络筋骨就行了。好好读书,这不是逞凶斗狠的年代了。"

"书是要读的。"倪燕归本想说她要参加散打比赛,但师父既然已经退隐,她就收口了,"以后有空,我过去看你。"

光是在社团训练的话,她是赢不了何思鹂的。战书是她下的,她不可能认输。

倪燕归又去了公园。

还是北门湖边,又以三个凌空翻作为今天练习的开始。

肌肉记忆减退,她的动作变得迟缓。恍神的时候,她又见到了健身老大爷。

老大爷还是一件短袖外套,外套挽在手里,刚刚运动完,他的脸上有些汗。他眯了眯眼睛:"昨天的小姑娘?"

"嗯。"

"也是练过的?"

"嗯。"

"没被昨天那小子占了便宜吧?"

"没有。"

老大爷想要走,走两步又转过身:"武学讲求行云流水,招与招之间连绵不断。你的停顿太长了。"

倪燕归眼睛一亮:"老大爷,你也是练过的?"

"我啊。"他指向健身器材那边,"刚才在那儿练着。"

"老大爷,您是哪个门派的?"

"没门派,我一老头子,来公园玩玩。"

倪燕归擦了擦汗:"老大爷,我小时候是练武的,中途荒废了几年,现在再捡起来,少了点味道。要不我要一套给你看看,你给我指点一下?"

老大爷摆摆手:"我早不练了,也不收徒。"

"我有师父的,当年的武馆赫赫有名呢,不过现在武馆关了。"

"武馆出来的?"老大爷挑了挑白眉。

倪燕归点头:"我学传统武术的,我师父学的是南派的洪拳。"

"哦,行家啊。"

"我只学了点皮毛,主要是练技巧方向的。对了,我练过软兵器。"倪燕归见老大爷对传统武术有兴致,立即套近乎。

老大爷忽然弯爪,探向倪燕归。她的细腰一旋,将将避过。

"刚才练的是生硬了些,不过,腰是灵活的。我在公园练了个把月,第一次遇到练武的。武术练的是意念，入门先练气，气匀则意定。意气合一，才能动静双修。"老大爷摆开架势，指点了几招。

"还不知道老大爷您怎么称呼？"

"区区小名，不足挂齿。"

倪燕归跟着老大爷练了几招，倒是入迷了。

一个练得不过瘾，一个教得不过瘾。

老大爷说："你这小姑娘是有天赋。我这趟是来访友，过两天要回去了，给你留个地址。"

他跟她合照了一张，以此为凭："你要是还想学，拿着照片来找我。"

倪燕归满口答应："我一定去拜访您。"

卢炜在群里发了化装舞会的时间通知。

董维运：李筠有没有来？

卢炜发了一个拆礼盒的表情：我也不知道。

柳木晞冷不防冒出一句：李筠是你们宿舍四个人的理想对象？

巧了，就是如此。

柳木晞：要是你们中的谁追到李筠，其他三人会怎样？

董维运：想都别想，李筠眼光很挑剔。

黄元亮多嘴了一句：李筠只跟陈戎亲近。

倪燕归的眼睛像是被刺了一下，她调暗了屏幕的灯光，但"陈戎"两个字一映入眼帘，她就头痛。

柳木晞发了个私聊窗口：你跟陈戎还闹着吗？

闹着，但倪燕归又觉得，已经闹完了。

公园里吵的那一场架，也不叫吵架。她单方面在闹，他一直赔笑脸。

倪燕归：闹完了。

柳木晞：和好了？

倪燕归：不会和好了。

柳木晞以为是情侣间的小打小闹，这时才意识到了问题很严重：你决定了？

倪燕归：性格不合。

第十三章 别扭

柳木晞：你不是喜欢他这样的吗？没情趣、书呆子、钢铁直男。

倪燕归：鬼知道他是不是真是这样的。

柳木晞：他骗完色就走人了？

倪燕归：他不只骗色，他骗的是我的心。

柳木晞：他坦白了和李筠的关系吗？

倪燕归：你有没有试过一种感觉，对面的人一说话，就要开始费脑细胞，分析什么是真的，什么是假的。

柳木晞：他会玩心机？

倪燕归：我斗不过他的。不是说了吗？最先喜欢的人是输家。

到了化装舞会的那一天。倪燕归对着镜子，化了一个妖媚的蛇蝎妆。墨绿眼线，眼角处铺了层混着松石绿和靛青绿的淡影。她本就生了一双狐狸眼睛，勾勒以后，妖气重重。

林修到了楼下，问她什么时候走。

她穿了一身的黑，仿佛是为了一种仪式感，就连内衣内裤也全挑了黑色。深黑色外套裹得紧，在腰上扎了一条宽宽的亮黑色腰带。

乍看之下，杀气四现。她向镜中抛了一个飞吻。

大堂的玻璃门自动打开，林修望过来，忽然一个哆嗦。

倪燕归在生活里会刻意淡化妩媚的气质，一旦披上艳丽的外衣，俨然像是灭世的狐妖。

林修问："你不是要当灭绝师太吗？"

"不错，我就是灭绝师太。经过闭关修炼，我功力大增。"她伸出五指，再紧紧握拳，陡然用力，"今日我来，明教定是血流成河。"

林修："……"

倪燕归张狂大笑："哈哈哈。"

保安听到动静，过来望了望。

林修道歉说："不好意思，她中邪了。我这就送她上医院。"

柳木晞染了一头的金发，配上了浅绿的美瞳，轻轻将头发扎起，穿上亚瑟王的衣服，箍住了腰。

倪燕归换了套古装，盘起头发，戴了一顶尼姑帽。

黄元亮悄悄跟林修说："我觉得，她们理解错了化装舞会的意思。"

林修戴上大坏蛋面具："没关系。我们学校多的是奇人。相信我，误会化装舞会的人肯定不止她们俩。"

卢炜凑了过来："说是化装舞会，其实跟群魔乱舞也差不多。"

灯光如昼，照亮了每个同学的装扮。

有埃及木乃伊打扮的同学蹦跳着走过，也有人拖一把黑剑，一步一步走得缓慢："谁定做的道具，这么重。"黑剑在地上刮过，传来尖锐的声响。

倪燕归听见这话，忽然挽起剑花，倚天剑在她的手里灵巧绽放。

拖黑剑的人停住了，转过了头。

她扬眉回望，不经意地看到另一边站着一个人，戴了副山羊面具。

之前的山羊面具和夜色融为一体，倪燕归、毛成鸿和温文认不出人。

这一刻，这个人真真实实地站到了灯下。长身玉立，从上到下全是黑色系装扮。

刚才走过的木乃伊，虽浑身缠满绷带，但整体看上去不会令人恐惧，只会让人觉得好笑。

然而这一张山羊脸，红墨细长，黑墨上勾，余下的白色调偏苍凉，莫名诡异。

倪燕归利落地抖了抖倚天剑。既是在冷战期，她对他视而不见。

她心里止不住地骂他，大骗子！她分析的犯罪画像与陈戎这个人半点都不相符。她在他面前一阵推理，他还称赞她"堪比福尔摩斯"，她那时笑得灿烂极了，以为遇到了知音。

曾经多么甜蜜，这个时候就有多么讽刺。她像一个可笑的表演者，在他这个漆黑观众的面前糗态百出。

她恨不得用这把倚天剑切开那张虚伪的山羊脸，她执剑的手抖了几下，薄薄的面纱盖不住杀伐之气。

黄元亮向林修求助："燕姐那把剑晃得厉害，她不会真的要大开杀

第十三章 别扭

戒吧？"

林修伸手去摩挲下巴，被面具上的塑料刺刮到。他缩回手，插进了裤袋里。脸上装不了深沉，他用力压低了嗓音说："我猜，陈戎就在这里。"

"在哪里？"黄元亮把手掌拍在眉上，四处张望，像是一只猴子。

林修扫了一圈场上："谁知道。"

踮起脚尖的黄元亮突然撞了一下林修："是李筠。"

林修顺着黄元亮手的方向看过去，李筠戴了一个蝴蝶形状的半脸面具，水蓝色晚礼服裙勾出她完美的曲线。这装扮确实是化装舞会上应该有的，就是太正常了，站在奇形怪状的人之中，她倒成了不正常的一个。

黄元亮整了整服装，他今天披着一丛塑料草，因为他扮的是泰山："待会儿有一个邀舞环节。"他扯了扯自己的杂草外衣，"我想李筠不会和人猿跳舞吧。"

董维运："别想了，这是高级美人。"

卢炜也走过来。

四个男生并成一排，齐齐望向李筠。

卢炜目睹过李筠和陈戎去酒店的场景，对李筠的憧憬减了几分，不过他欣赏清新美人。

董维运和黄元亮的幻想泡沫明显更大，简直把李筠奉为女神了。

一个男同学和李筠谈笑风生，之后做了一个绅士的邀请手势。

李筠弯着唇，和男同学说了什么。

男同学收起手势，又继续和她聊天。

她的一来一往，有分寸、有礼貌。

董维运："李筠果然是女神。"

林修收回了视线："对了，燕归呢？"

才一会儿，杀气腾腾的灭绝师太不见了。

林修问柳木晞。柳木晞的裙摆很宽，为了避免被利剑割到，没有靠近倪燕归，她张望四周："奇怪，跑哪儿去了？"

"哦。"林修摆正了自己的大坏蛋面具，"希望不要真的血流成河。"

剑不入鞘，倪燕归提着剑，剑尖漾着一抹冷光。

同学们纷纷躲闪。

湖心广场的西南方向，是美术研究楼，楼前有块二十年前的书法牌匾。虽然名字叫楼，实际只是两层高的一层平房。木式结构，藏匿林中。庭院雅致，假山廊亭外围着一排或疏或密的冬青。

倪燕归挥剑砍着冬青叶子。倚天剑是道具，没有开刃，她砍了半天，叶子左摇右摆，只落了几片。习武练心境。她收剑，长长地呼出一口气。

"倪倪。"身侧传来了一个声音。陈戎站在外面一会儿了，见她收剑才喊。

听到这一声，倪燕归呼到一半的气哽在胸腔，她被自己呛到，咳了两下。

陈戎的声音隔着面具，有几分压抑，更添了深沉。

这几日，倪燕归觉得自己确实如福尔摩斯，猜什么就中什么。

"十二支烟""山羊面具"，眼前的男人谎话连篇。她推理的半夜投湖，应了她此时的心境，她才想半夜投湖呢。她咬牙切齿："陈戎，你究竟骗了我多少？"

"我骗过你的，你知道的，不知道的，我都和你坦白。"所以，他戴上面具来到这里。

"是你。"她举起手里的剑，剑尖直指山羊的鼻心，"全都是你！你到底有几副脸孔？还是说，你至今都没有向我暴露过你的真面目？"面具一层叠一层，她见不到他的心。

他低声说："倪倪，我对你没有恶意。"

"你的欺骗全是善意的谎言？其实你知道的吧，你如果摘下假面具，我正眼都不会望你一下，所以你伪装得憨厚朴实，把我骗得团团转。我以为，这个世上真的有一个男人完全切入我的审美，像是为我量身定做的一样。"倪燕归冷笑出声，"可不就是为我量身定做的吗？"

"我承认，当初在你面前装害羞、装孱弱，是为了让你看向我。"她介意他的欺骗，他就坦白一切，"倪倪，我知错了。希望你给我一个赎罪的机会。"

她望着那副面无表情、不喜不悲的山羊面具。

第十三章 别扭

他的语气听着像是真心的,但她很是怀疑,说:"给你什么机会?难道你觉得我喜欢不良少年吗?我和林修有十几年的交情,我俩一块儿长大,小时候他还在我面前光屁股呢。青春懵懂期,有同学传我和林修的绯闻,但为什么我和他没有走到一起?因为我欣赏老实人,林修是个不良少年。我要是喜欢那类型的,哪里轮得到你?"

山羊的红黑色漆在夜色里变得暗淡,羊脸的惨白色调尤为突出。陈戎的脸躲在面具下,跟着发白。

倪燕归从面具孔洞里望他,面具底下的他黑得不见光:"你别说只要我愿意,你就能还我一个老实巴交的男朋友。用假人设谈恋爱?假的就是假的,你嘴上说出花来,也成不了真。我这么笨的人都知道行不通。"

"行得通,其实那也是我。"陈戎说,"相信我,你不会再见到你不喜欢的样子。我可以陪你很久,当一个乖乖的男朋友。"

"我才不要。我要去找真正的老实人,你一肚子坏水。"直到这个时候,她才把倚天剑收进剑鞘,她昂着头,瞪了瞪他,"我的话说得很明白了,用你这个入学成绩全校第一的脑子仔细想一想。"

这时,舞会的主持人在那边宣布化装舞会开始。

倪燕归:"我劝你不要在一棵树上吊死,今晚就在这场上搜寻一下有没有契合的对象。"

就像卢炜说的,化装舞会举办了这么多年,给同学们留下深刻印象的只是几对男女的绯闻。至于别的,什么都没有传下来。

她就要走人,陈戎拦住她:"你来这场舞会是为了找新对象?"

她鼻子朝天:"嗯哼。"

"你已经收拾好,可以重新上路了?"

"我心理素质高。摔一跤,爬起来又能走了。"

他挡在她的面前,堵住她的去路,沉默地望着她。

倪燕归刚刚没有呼出的气,又飘了上来。她左手握住剑鞘,右手握住剑柄,直接将剑抽出来一半:"挡我者,杀无赦。"

既已撕破脸皮,她就不假装淑女了。她以前傻气,觉得自己配不上陈戎,想把自己变得更好。这时回想,心火烧得很旺。

他一动不动。

她恼火至极，但记得刀剑无眼，剑虽是道具，也是有重量的。她怕真伤了他，剑又入了鞘。之后，她迅速摆出弓步，猛然出拳。

陈戎硬生生地扛住了这一拳。不得不说，这一拳力气不弱，大概要有瘀青了。

假期练了几天，倪燕归正是手痒的时期："就让我来会会你这个伪君子。"她把左手的剑抛到右手，一记左冲拳，攻了过去。

陈戎闪了闪，一只手格挡。紧接着，她右腿踢击。他侧身，闪避她的攻击。一个猛攻，一个化解。然而，陈戎向来以进攻为主，他练的不是武术，时刻惦记着要收力，担心误伤她，所以他的动作畏手畏脚的。

倪燕归丢下了那把倚天剑，赤手空拳朝陈戎抡了过去。拳头上过了十来招，她改变方向，从下路快速突入，以膝盖进攻。

陈戎转腰，一闪。

她动作快，却是个假动作，这条腿放下，她换条腿向上抬。

陈戎一边防着自己被打，一边防着打到她。顾此失彼，被她撞了个正着。当下，他的身子一僵。同时僵住的还有倪燕归，她踢到了不该踢的部位。她本意是要踢他的上腹，但预判错误了。她收回脚，连连后退两步。

陈戎弓起背，半蹲下身子。

散打有规定，比赛中禁止击打后脑、颈部以及裆部。若非她求胜心切，上下夹击，他不会受这一遭。她后悔了："你还好吧？对不起，我不是故意的……"

陈戎的牙关直打战，背脊拱成了一道弧。

倪燕归跟着蹲下去："怎么样？"

他没反应。

她去扶他，手指感觉到他的微颤。她心惊，不会这一下把他踢得断子绝孙了吧……

陈戎像是重伤病人，声音低不可闻："扶我去……坐一坐。"

倪燕归觉得，他这时一定面色苍白，可能比面具上的白漆更白。她挽住他的手，他把大半的重量压向她。她凭自己的力气，把他送到了亭子。他靠着亭柱坐下，坐姿称不上洒脱，像是浑身被卸了力气。

第十三章　别扭

倪燕归左手抓右手,右手再抓回左手,小声地道歉:"对不起……"

陈戎粗喘不止:"你不知道这是禁止部位吗?"

"我失误了……"她没了之前的气势,嗫嗫地说,"我送你到医务室吧。"

他有气无力:"说什么?说我被女朋友踢的?"

倪燕归哑口无言,她也坐下了:"对不起……"

第十四章

深渊

切磋武艺,讲求点到为止,互留余地。

若是在比赛中,凭刚才的动作,倪燕归分分钟要被禁赛了。

师父曾说,人有几处致命穴位,男性的关键部位是其中之一,此处极易受伤。师父语重心长地教育徒弟:"轻则拘留十五天,重则……这就难说了。"

总而言之,这是损人不利己的凶险之处,击打此处是武学大忌。

倪燕归按了按膝盖。她明明要撞陈戎的腹部,没料到他突然倾前,她的膝盖被卡在致命的边缘。终究是她学艺不精……

"不是杀无赦吗?"陈戎的双腿打着战,他动了动嘴皮,声音轻细,跟没了半条命似的。

"你也……罪不至死。"她是生气,然而一旦他受伤,她又不知所措了。

他的呼吸慢慢地由粗变细。他忽然很粗鲁地取掉了面具,面具的绳子勾起他的头发,有两小撮头发被勾得翘了起来。

月亮照出他惨淡灰白的脸。他绷着表情,抿紧了唇,唇线锋利清晰。

这个人像是刀,像是刃,能将一把利剑伪装成一块豆腐,真是好本事。

"刚用没多久。"陈戎突然开口了。

"啊?"倪燕归缩在亭柱边上,好像她也痛得蜷缩起来了。

他指了指伤处:"刚用没多久,就折了。"

"还疼吗?"她关心地问,"不会真的折了吧?"

"谁知道。"陈戎向上望夜空,淡漠得仿佛不是在说自己的事。

"我陪你去医院。"倪燕归掰了掰手指,安慰说,"比如我们的手指,断了的话,及时就医是可以接回去的。"

陈戎伸直了腿。他一个动作,吓得她站起来,半弯着腰,问:"怎么样？"

"阵痛过去了。"他大喘了口气，扶着柱子想要站起来。

倪燕归两步走到他身边，挽起他的手："去哪儿？我扶你。"

陈戎倒也坦白："试试功能坏了没。"

她瞪起眼睛。

他的步子略有些蹒跚，她紧紧扶住他，下台阶的时候，提醒说："小心。"

到了研究楼的门前，要上三级台阶，她又说："慢慢来，别着急。"

陈戎看她一眼："担心我坏了？"

"你不担心？"

"你力气很大。"他叹气。

闻言，倪燕归面色煞白。她要是个普通姑娘，撞就撞了，他应该没什么大碍。但她自幼习武，比一般女孩要暴力。意外发生得突然，她想不起来她踢他的那一下用了几成力。

别说十成，她就是只用五成力，陈戎出事的概率也不低。

风从另一边钻进廊子，再吹出来时凉飕飕的。

倪燕归特意挡了挡风，四下无人，她却也压低声音："你要去试哪方面的功能？"

他淡淡地看着她："你说呢？"

她噎住："去哪里试？"

研究楼不是上课的地方，二楼是师生开发项目的场所，一楼有一半是架空层，另外两间展览室做成果汇报之用。非工作时间，这里各个房间都锁了门。

陈戎说："去洗手间。"

倪燕归扶着他到了门前："我就不进去了。我在这儿给你把风。"她还叮嘱说，"没问题的话，就不要拖拖拉拉。"

"嗯。"他关上了门。

倪燕归停滞的思绪这时才活络起来。她忘了纠正他，他那地方不是"女朋友"踢的，因为两人快要成"前任"的关系了。

经过一场打斗，倪燕归的腰带有些松了。古装繁缛，她把衣襟别来别去，又整了整腰带，摘下了尼姑帽。她扎起散乱的头发，绕几圈盘成团，重新戴上帽子。

过了好一会儿，陈戎没有动静。

她暗暗思忖，怎么弄这么久，是真的伤到了吗？

她来来回回地踱步，裙摆太长，差点儿绊住了她。她提起裙子，卷几下，用腰带箍住了。古装襦裙变成了九分裙。

踱了几圈，她忽然想到，之前那些网站广告，个个夺人眼球，刚才应该推荐给陈戎的。

走廊另一端突然传来了男人的声音："哎，对，我回来拿资料。好，我让学生明天过去。"

来的是一位老师。

倪燕归敲了敲洗手间的门，问："陈戎，完了没？"

没有回应。

倪燕归推开门，迅速地闪进去，轻轻关上门。她低喊："陈戎？"

第一个隔间里响起"嗯"的应声。

她靠近那扇门板，说："快点儿，有老师来了。"

话音刚落，老师越走越近："是啊，时间很赶，年前完成吧。"

来不及出去，倪燕归连忙要去第二个隔间躲，陈戎突然开门，将她拉了进去。

隔间关上，老师走进来，电话在继续："幸好今年过年比较晚，否则我也愁啊。"

洗手池的水龙头被打开，水柱"哗哗"直流。这个过程中，老师都在说项目内容。之后，他人出去了，声音还在走廊里回响。

倪燕归绷紧的弦放松下来。隔间是无障碍设计，很宽敞，是个可施展拳脚的空间。但她贴近门板，把余下的空间让给了陈戎。她说："等老师走了，我就出去，你继续。"

走廊的老师已经走了，倪燕归转身去开门。

门锁刚一拧动，她的腰就被身后的人紧紧搂住了。她回头："你敢！"

她低估了陈戎。他的喘息已经如兽一般，他怎么会不敢。他的牙尖轻咬她的唇，之后，直接用唇封住了她余下的话。

她偏过头，想要避开他，他的另一只手扣住她的下巴。她无处可逃，只能去掰腰上的手。他搂她的手松了，转为擒住她的手腕。

陈戎细细地勾动她的牙齿，说："倪倪，帮我。"

她骂："你个坏心的东西。"

他啄一下她的唇："我怀疑是被踢肿了。"

他一句话，扫光了她的理直气壮。

"倪倪。"他忍不住了，低声唤她。每每这个时候，他特别性感迷人。

倪燕归咬了咬唇："这一次我当将功补过，帮你一把。说好了，最后一次了。"

经过检验，一切安好。

"没事，很正常。"倪燕归又昂起了头，"走吧。"

褪去深沉，陈戎戴上眼镜，又是斯文的样子。他拉住她，低头亲了亲，再给她整理尼姑帽："谢谢你，倪倪。刚才我差点儿以为我折了。"

她怔了怔，忽然问："陈戎，你照过镜子吗？"

他笑笑："嗯？"

"跟我在一起的时候，伪装人设很累吧？"

陈戎的手指抚过她艳丽的眼影，浅绿墨绿，颜色衔接得自然，漂亮极了："我很开心。你在我身边，我就很开心。"

"你不能做你自己，怎么会开心呢？"

"你喜欢什么样的，我就是什么样的。"至于他是谁，温和也好，叛逆也罢，一个人长时间嵌进面具，真正的自我已经不重要了。

倪燕归拉了他出去，指着镜子："你和刚才判若两人。"只一两秒的时间，陡然换了个人似的。

镜中上扬的微笑，是训练完美的弧度。他说："倪倪，你喜欢的，不是吗？"

"我不喜欢。"倪燕归说，"陈戎，你真的很可怕。"

倪燕归曾期盼自己和陈戎之间存在转机。刚刚的一念之间，她恍然大悟，原来没有机会。

她以为他是迷雾，然而，迷雾是朦胧的，深渊才会望不见底。

这个少年，她喜欢过，现在也不是完全厌恶。但他像一颗洋葱，她剥开这一层，另一层之下依旧错综复杂，她猜不透望不穿。光是想想，她就被辣得直想流泪。

长痛不如短痛。事发至今，他们吵过、打过，都无济于事。所谓的甜蜜是一座空中楼阁，两人从欺骗开始，当然没有牢固不牢固一说。她眼睁睁看着空中楼阁坠落，不堪一击。

陈戎安静地笑着。

倪燕归从镜中收回视线，退了两步："陈戎，我们分手吧。"她说过很多"两人不要一起""不合适了"等等的话，但始终没有直接划开关系的口子。

讲出"分手"的人，原来也会不舍。

陈戎摘下眼镜，目光凛冽。

倪燕归不知道从什么时候开始变得特别怕冷，这个冬天寒风刺骨，止不住钻心的冷。她低下了眼睛。

陈戎的气息渐渐地不稳："倪倪，你不相信我。"

"不是信或不信，如果我照着你的喜好把自己变成另一个人，你觉得我会开心吗？"

"我不介意我自己，只要你喜欢就好。"

"但是我介意。我想，如果你只是凭一个人设在恋爱，那你还算是一个人吗？你的情感真实吗？你口口声声说喜欢，是你的人设喜欢，还是你的心里喜欢？你把自己藏得太深了，我斗不过你，所以我认输，我退出。"

风光明媚的倪燕归，哪怕当众读检讨，她都不当回事。她会懊恼、会沮丧，但在此之外，总有一份俏皮。

陈戎是第一次见到她悲伤的眼睛。她慌张、低落，这不是无忧无虑的她。

他忽然觉得，他的母亲才是真正参透世界的人。

他的一切都是支离破碎的，他流着恶人的血，遗传了恶人基因。

所以，他喜欢的姑娘对他说害怕、恐惧。

"倪倪，我喜欢你的笑。"之后，陈戎再想说话，却说不出来。他最想做的，是去格斗馆继续那一个名叫"暴击沙袋"的项目。

倪燕归扯了扯嘴角，又给闭上了。他喜欢，但她为什么要为了他喜欢而笑？

陈戎把手插进裤袋里，手背青筋显露。他冷冷地说："你走吧。"

"啊？"倪燕归点头，"那个……你要是不放心，就再去医院吧。"

他避开了她的问题，说："我数到五，你如果再不走，就来不及了。一、二、三……"

倪燕归站在原地，一动不动。

"四。"陈戎停住了，手上握拳，"还不走？"

她呼出一口气："陈戎，再见。"

陈戎看着她的襦裙消失在了门边，喊下最后的数："五。"

李筠听同学讲起嘉北的校花评比。

同学讲得煞有其事。二十进十、十进五、五进三，最后她的票数遥遥领先。

李筠觉得好笑。但不可否认，她在这场化装舞会上，的确桃花朵朵开。她后悔把这里当成传统的舞会现场——其实这是妖怪的联谊。

李筠收到舞会的邀约，跟李育星打了招呼。李育星忆起当年，说嘉北大学的舞会多么惊艳、多么绝伦。不得不说，李育星老了。他不了解，在嘉北一年一年的传承里，舞会早已变质。他送给女儿一副镶钻的面具，到了现场，钻石却不抢眼。

李筠的旁边站了一个绑着僵尸辫子的二郎神，他额头上的第三只眼睛装上了电池，藏在其中的灯泡发射光芒。她脸上的钻石顿时变得暗淡。

面罩似有或无，李筠被同学认出来，成了众人的焦点。

"李筠，有没有荣幸邀请你跳一支舞？"男同学优雅地弯腰。

李筠正思考如何婉拒，手腕间的小袋子微微振动："抱歉，我接个电话。"

"哦，你请。"男同学微微一笑。

小袋子太小巧了，她费了劲，才拿出被压在底下的手机。对方已经挂断了。是陈戎。

之后，他发了消息：姐，我在美术研究楼，谈谈。

李筠的这个弟弟，做事情有他的一套想法主张，她极少过问。

弟弟偶尔征询意见，她会斟酌、会商量，更多的时候，她保持沉默。

从她的角度讲，弟弟的观念和李家家规不合。好比他后腰的印记，她当初知道后吓了一大跳，九尾狐的尾巴朝天勾，也向下撇，藏进他的裤头。

弟弟说："妈不知道。"

幸好母亲不知道，否则不知道闹成什么样。

李筠也不赞同，但她说："你喜欢就好。"

她是深受李家教育观影响的人，她不认为自己能给弟弟指明方向。她盼着，盼着弟弟飞出去，飞得远远的，那里才有自由。

她对弟弟的女朋友很好奇，但陈戎没有介绍她们认识，李筠就不会主动去见倪燕归。

李筠想去照顾弟弟的生活，但她生于李家，长于李家，她怕李家家规给弟弟套上更深的枷锁。她宁愿当一个旁观者，或观众，或听众，更希望成为弟弟的树洞。

李筠想要离场，可同学一个接一个地和她攀谈。她焦急，借故去了自助餐区。

自助餐区很冷清，因为只有开水和饼干。但在这里，李筠脱离了烦闷的社交，得以喘气。

饼干区站了一个男的。他戴一顶黑白相间的高帽子，披着深紫披风。面具掀开一半，他咬着饼干。

然后，他转过头来："李筠师姐。"吃完饼干，他扣下了面具。

面具呈竖长的方形，有一道从上至下的裂缝，划开了左右两边脸。两只眼睛一大一小，嘴巴歪了一边。这副诡异的样子才是舞会的主流装扮。

后面两个男同学跟了过来，其中就有刚才邀舞的那个。

第十四章 深渊

李筠看着林修的方向,说:"我已经答应这位同学了。"

林修捻了捻手里的饼干屑,事不关己。

男同学看看林修,又转向李筠:"好的,我预约你的下一支舞。"

李筠浅笑。男同学把她的沉默当默许,满意地离开了。

没了闲杂人等,林修说:"实不相瞒,师姐,我不会跳舞。"

"一个理由罢了。"

换言之,林修是个工具人。

趁着躲在自助餐区的机会,李筠想走,谁知又被一个同学喊住:"李筠。"

她觉得烦闷,但讲不出气话,嘴巴动了动,把话都咽了回去。

林修了然,原来这是一个疲惫的公主。

李筠调整自己,露出娇美笑颜,和同学聊了几句。同学走了。

林修又吃了两块饼干:"师姐,其实拒绝是不需要维持礼仪的。"

李筠犹豫一下,悄声说:"林修,你有办法能帮我偷偷离开吗?"

"当然。"林修拿纸巾擦了擦手,"走吧。"

她想要跟过去。

他伸出手,掌心沾了片饼干屑,她拿开了那片饼干屑,把手交给了他。

他的手很凉,她的很暖和。

"师姐,抱歉,"林修的道歉没有诚意,"我气血不足。"

她笑了下:"没关系。"

他握得很松,虚虚地用两只手指钩着。

有个同学撞过来,一下子把两人撞散了。

李筠连忙搭上林修的掌心。

他有样学样,摆出一个跳舞的架势,低声说:"我没学过舞步。要是踩到你,纯属意外。"他拽着她往暗处走,转了几圈,或许有人留意到这两人,但光线暗淡以后,谁也看不清了。

林修解下了披风和面具:"师姐,你是天之骄女,想走确实不容易,伪装一下吧。"

李筠戴上了歪嘴斜脸的面具,绑紧深紫色披风。

417

林修觉得不够,把高帽子轻轻放在她的头上。他上下打量一遍:"行了,你可以走了。"

"你呢?"他的装备给了她,他只剩下一件黑毛衣。

"我回宿舍睡觉。"

"林修。"李筠说,"衣服帽子,我干洗以后还你。"

他摆了下手,向着西边的生活区走了。

李筠裹紧披风,哪里灯光昏暗,她就往哪里去。藏藏躲躲,好不容易到了研究楼。

陈戎坐在廊亭里,靠着柱子。

他在学校都是谦和的模样,这样清清冷冷的少年,很是罕见。

见到她的面具,陈戎也戴上了面具。

李筠抚抚裙子,坐到他身边:"没想到,你戴的是这副面具。"

李育星的这副山羊面具放在了陈若妩那里,也就是陈戎的那个家。

陈戎觉得,就算在学校,偶尔也有想喘气的时候,就拿了这副面具当伪装。

"真帅。"李筠抚摸着面具。

山羊没有表情,底下的陈戎也是。他向李筠靠近:"姐,我和她分手了。"

李筠一惊:"因为林修?"

"因为我。我早知道,她最厌恶我这样的人。"

"你很喜欢她吧?"

陈戎沉默。

"你们之间是不是有误会?"李筠想了想,"要不,我出面跟她谈一谈?"

"没有误会,就是她不喜欢了。如果说,斯文的我对她没有吸引力,那就没办法了。"

李筠有些气恼:"她逼你变成她喜欢的样子吗?"

"没有。"

"陈戎,委屈迁就的不是真正的爱。"李筠轻声地说,"将来一定有人喜欢你,喜欢本来的你。"

山羊面具歪起头,看着大坏蛋面具。

李筠:"这个姑娘走了,说明你和她没有缘分。但别绝望,你一定能遇到更好的,最好的。"

"姐,谢谢。"他知道,这些是安慰之词。

"姐弟间说什么谢或不谢。"李筠拍了拍自己的肩膀,"难过吗?给你靠。"

陈戎把头枕过去。

难过是有的,但不意外。当倪燕归说可怕的时候,他突然释然了。被关进地下时,他做过一个梦。梦里的倪燕归说:"跟怪物似的。"现在不过是梦境成真了。

之前恨不得一天二十四小时腻在一起的情侣,一旦双方不联络,就没有遇见的巧合了。

过了两天,卢炜要去归还租借的服装。黄元亮仍然沉迷人猿外衣。

董维运:"有艳遇?"

黄元亮:"披着人猿泰山的外衣,哪能有艳遇?我遇到了一只比我还胖的大猩猩。"

董维运:"你好歹能遇到一只大猩猩,算是英雄惺惺相惜。我呢,全程寂寞空虚冷。"

黄元亮问卢炜:"我们今年的这一场化装舞会,有没有什么劲爆的料?"

卢炜高深莫测地一笑:"时代变迁,今年的同学热衷于对峙冲突,浪漫情怀比不上往年了。不过,也不是完全没有料。"说完,他向倪燕归望了一眼。

董维运:"是什么料?"

卢炜斟酌了一下:"边边角角的消息,可能误传吧。什么花前月下的约会,诸如此类的。"

"谁跟谁呀?"黄元亮问。

卢炜的舌尖向着左上方的牙槽抠了抠,他没有说出是谁。

但这些边边角角的料,班上不止卢炜一个人知道。有同学在八卦。当然,顾及倪燕归,他们的八卦都是私下传递的。

倪燕归发现,有同学向她投来怜悯和探究的眼神。每当她望过去,那几个同学就东张西望,假装聊着天气,向着窗外的小鸟招手,一副"此地无银三百两"的做派。

倪燕归问卢炜:"最近有关于我的谣言吗?"

卢炜又把牙槽顶了一下:"没有,没有啊!"

她出了教室。

林修敲了卢炜一记:"刚才的样子很心虚啊。"

卢炜摸了摸脸:"真的?"

"说吧,关于她有什么事?"

"其实不是关于燕姐,是关于她的那个人。"

"陈戎?"

"啊。"卢炜拽住林修到窗边,低声说,"舞会那天,李筠偷偷地溜出去跟陈戎约会。"

"李筠?"林修像是人名复读机。

"有人见到陈戎从美术研究楼出来,之后又有个戴着面具的女孩出来了。"卢炜说,"本来有面具,不知道女孩是谁,但是李筠那条水蓝色的礼服裙太漂亮了。他俩的事瞒不住了,传得尽人皆知。"

林修点头:"对了,道听途说的东西,不要说给燕归听。有证据的话再发给我。"

卢炜不讲,林修不说,但总有人要议论的。

倪燕归到了宿舍楼下。

张诗柳正在高谈阔论。她哈哈笑了两声:"我就知道,女孩子身段放得太低,肯定没好结果,还玩倒追。男人哪,太容易到手的东西都不会珍惜。"不到二十岁的女生,讲起八卦来跟三姑六婆似的,一只手摆出了兰花指,左摇右晃。

她对面的女孩儿见到过来的倪燕归,忙给她打眼色。

张诗柳转过头,"呵呵"两下。

倪燕归也"呵呵"两声,歪了歪头:"我的感情生活不劳你费心。"

第十四章 深渊

张诗柳抿嘴笑:"我可不费心,就是茶余饭后的谈资罢了。不过你不算丢人,输给李筠这样的校花大美人,我能理解。"

倪燕归到了张诗柳的跟前,一把揽过她的肩:"你说李筠?"

张诗柳的嘴巴刻薄,但人比较柔弱。被倪燕归按住,她觉得肩膀都展不开了。

倪燕归斜斜瞟着张诗柳,手指扣住对方的肩。话不用多说,她用肢体动作表明了。

张诗柳缩着,动弹不得:"是啊……"

"说来听听。"倪燕归拍了拍张诗柳的肩。

张诗柳把听到的传言说了出来。

"再被我听到你嚼舌根,我就撕烂你的嘴。"倪燕归觉得,之前是恋爱拔了她的刺,以至于别人以为她是好欺负的了。

她已经和陈戎分手,他和谁幽会,她没有立场去质问了。但她的脚步很沉,一下一下的,鞋子和地面摩擦,发出沉闷的声响。真想狠狠地踢陈戎一脚。

晚上,倪燕归趾高气扬地走进散打教室。

如果遇到陈戎,她会给他一个大白眼,不过赵钦书是一个人来的。

"哦,陈戎很忙。下星期有个建筑设计的竞赛。时间紧张,他这几节课都请假了。"赵钦书拿出一张纸,"有正式的请假条。"

温文:"其实请假的事,口头说一下就行了。"

赵钦书:"陈戎行事比较古板。"

听赵钦书的意思,似乎不知道陈戎的真面目。又或者赵钦书知道,只是帮忙打圆场而已。联想到后者,倪燕归抱起手,靠在墙上,盯着赵钦书。

赵钦书背脊一凉,左右挪着步子。

毛成鸿站到中央:"集合了。"

他注意到,除了请假的陈戎,还有一个人没出现:"何思鹂呢?"

温文:"她请假了。"

毛成鸿:"她也请假?"

温文:"说有家事。"
赵钦书也在张望,问:"何思鹂今天没来?"
温文:"她元旦前就跟我请了假。"
赵钦书:"哦。什么时候回来?"
温文:"怎么了?"
赵钦书:"我们选修的摄影课,这次的作业是同学生活照,我想请何思鹂当模特。她的气质很出挑,在我的镜头下,绝对可以出类拔萃。"
黄静晨凑过来:"你有这样的拍摄功力,拍谁都漂亮。"
赵钦书听出了黄静晨的言外之意,但他没有表示,只是笑笑。
黄静晨活泼可爱,拍她当然漂亮,但不出众,不独特。赵钦书想挑一个特立独行的模特,最优选当属何思鹂。
倪燕归很沉默,训练很卖力。
毛成鸿拍了一下掌:"小倪同学,你的动作比之前更连贯了。"
"毛教练,我要为社团努力一把。"
毛成鸿严肃的脸上扯了一下笑,又绷紧了:"尽力而为。比赛别有压力,重在参与。不要因为训练而疏忽了期末考。"
倪燕归点头:"知道了,毛教练。"

又过了两天,何思鹂没有参加社团活动,陈戎也没有。
或许社团里有人知道了什么,倪燕归觉得胡歆投过来的眼神充满同情。
倪燕归对陈戎喜欢得明目张胆,当陈戎和李筠的谣言越传越大的时候,那些议论重点自然放在她那边。
柳木晞得知这事后发了火,直言陈戎是个渣男。
倪燕归不再提起陈戎。她说:"就当梦一场,梦醒了就忘了吧。"
"陈戎"成了宿舍里的禁忌词。
林修和卢炜瞒着不说,当不知道。
倪燕归觉得很安宁,就像回到了认识陈戎以前,她惦记的只是一日三餐。
班级群公布了期末考试的时间。

第十四章 深渊

黄元亮按起了计算器，惊呼："补考费这么贵！"

董维运："万一你考得比想象中更砸呢？补考费翻倍。"

卢炜动员大家去图书馆复习，发出了"废寝忘食"的口号，可倪燕归担心饿坏了复习更没力气。

她去了超市，一件一件地往购物车里搬东西。

到了果饮区，她掂了掂购物车里的重量，放弃了。以前她一个人扛这扛那，力大如牛，自从有了男朋友，什么苦力活都推给他。现在分手了，由奢入俭难，她竟懒得提重物了。

迎面走来一对情侣，男的从后面抱着女的，两人步调一致，一步一步，慢得像蠕动。碍眼极了，倪燕归岔去另外一条道。她漫无目的地在货架上扫了几眼。

一个人到了她的面前。

她低头看空气清新剂的说明，听见那人喊："小倪同学。"

她抬起头："温社长。"

温文不了解陈戎的八卦，见她一个人，随口问："陈戎呢？"

倪燕归预料到了。她跟陈戎秀恩爱的时候声势浩大，如今少了一方，在外人眼里就像拼图缺了一块。她说："他忙。"不是撒谎，陈戎忙着备战竞赛，很忙很忙。

情侣或分或合，一直是两人的事情。无论她喜欢他，或者将来不喜欢了，都是她自己的事，无须向外人解释什么："温社长，我去买单。"

"好。"温文向另一边走，"我买一袋洗衣粉。"

倪燕归买完单，又听到了温文的喊声："小倪同学。"

温文来超市只是为了买一袋洗衣粉，省时高效。

两人同时走出收银台，见她拎了四个袋子，温文说："小倪同学，我帮你提。"

"谢谢，温社长。毛教练常说我们要经常锻炼，这不就是锻炼吗？"

"现在不是上课，女孩子提几件东西，我一个大男人手指勾一袋洗衣粉，那像什么话？"

倪燕归最终还是分了两个袋子出去。

温文掂掂重量："那两袋也给我吧。"

倪燕归摇头："温社长,我是报名散打比赛的人,不至于连这点东西都拎不动吧。"

听她这么说,温文笑了。

途经一间便利店,里面有人出来,却是陈戎。

倪燕归假装没看见,把脸转向另一边,温文喊人："陈戎。"

"温社长。"陈戎还是斯斯文文的,见到前任女朋友,似乎也不尴尬。

温文将手里的两袋东西递过去："来,你要多锻炼。小倪同学的东西交给你了。"

倪燕归刚想说不用,陈戎已经接了过去。

温文："听说你要去参加竞赛?"

陈戎："对。这几天社团的课,我先不来了。等忙完了,麻烦温社长和毛教练给我补课。"

温文："没问题。我要准备期末考了,但是毛教练闲得慌,他能把三堂课的内容给你一次性补完。"

陈戎："我会努力的。"

倪燕归一个人走在后面,瞪着陈戎的背影。装,让你装,把温柔善良的温社长当傻子一样耍呢。她瞪,使劲地瞪。

陈戎忽然回头,她的眼睛瞪得更大了。他向她伸手："那两个袋子也给我吧。"

免费的苦力,不用白不用,她给了。

到了校道的分岔口,温文往另一边走。剩下陈戎和倪燕归,气氛骤变。

"东西给我,你的宿舍在那儿。"她昂着下巴,朝男生宿舍的方向点了点。

陈戎很听话,把袋子递了过去。

倪燕归再一次感受到四个袋子的重量,暗想,必须找一个比陈戎更帅的苦力。她连再见也没有说,从前依依不舍半天才分别的两个人,这时说转身就转身了。

天色阴沉,月色也淡。

她大步流星。没一会儿,左右手被重量拽得生疼,得缓缓了。但是后面跟了一个人,她不愿意示弱,继续走。

到了树下,她忍不住了,回头呵斥:"你跟过来干吗?"

"我回'我的'宿舍。"他强调,他的宿舍和她的,是同一方向。

"离我远点儿。"倪燕归用下巴给他指路,"路这么宽,干吗非得跟我走一边。"

"路不是你的。"

这人气死她了:"行,你留在这儿,我走。"

陈戎叹了叹气:"袋子很重,给我吧。"

她忍了一路的话终于出口了:"就会装无辜,你真是假透了。"

他已经被她拆穿了真面目,但还是装得像只小绵羊。她以前有多想捏他乖巧的脸,现在就有多想撕。

陈戎到了她的面前,背向校道,她的眼前罩下一个巨大的黑影。

"你说得对,我装得很累。"他的尾音扬起钩子。

"你也知道累?"倪燕归讥讽他,"我以为你很喜欢把大家耍得团团转呢。"

"有想做的事,却拘泥于外在人设,我也不爽。"他礼貌地问,"你来猜猜,我要是不装了,会怎么做?"

"爱滚哪儿,滚哪儿去。"

陈戎的唇边像是有轻笑,之后低下头,猛然吻了下来。她刚刚酝酿起来的狠戾瞬间被他吞噬了。他就是吃准了她双手提着购物袋,腾不出手来推人,他的舌尖毫不客气地探进去,牙齿咬着她的唇,似乎要把她整个人给吞下去。

他的双手紧箍住她双臂,将她牢牢地扣住,她无法挣扎,被动地仰起了头。

陈戎太放肆了。倪燕归甚至觉得,如果这里不是公共场合,他可能立即把她放倒。

他周身的气息在诉说着他的渴望。他暂停一下,离开一会儿,接着又覆上来。这人是熟悉的,也是陌生的。他不再克制,不再礼貌,这种粗野叫掠夺。

风水轮流转。从前的倪燕归巴不得陈戎的胆子大一点儿，他特别地克制，最多是在昏暗的电影院里稍稍放纵一下。她盼着这个木头开窍。

这一刻，他们站在校道上，像是躲在落幕的舞台中。高高的灯立在树叶的上面，叶子仍然嫩绿，只有淡淡的灯光从树缝间透下来。

如果她还喜欢他，他会顾虑，他会理智。然而现在，光脚的不怕穿鞋的，无非就是让她从讨厌他变得更讨厌罢了。

倪燕归承受不住四个袋子的重量，手指被勒得生疼。就在手软的时候，陈戎手疾眼快，接过了袋子，她的手上一轻。

他们脸靠着脸，近得听得到彼此的呼吸。

树下暗影重重，他的五官不太清晰，但她觉得，有一种叫欲望的东西，将他的眼睛烧得晶亮。她的心里是恼怒的，但在这样的气氛里，怒气升到一半，卡在半空。她的低喘太暧昧了，有点像是欲迎还拒。她张嘴，想要清清嗓子，再严厉呵斥。

陈戎又压了下来，双手勾住她的腰，把她紧紧搂在怀里。

倪燕归听到了远处的笑声。不知那群人是见到了树下拥吻的情侣，还是朋友间单纯地说笑，之后又传来几声大笑。

陈戎停了下来。

两人对望着，似乎仍然是一对小情侣。但倪燕归又发现，这是如陌生人一般的陈戎……她猛然惊醒，扬手要去扇他的脸。他不闪不躲，甚至没有偏头。

那一巴掌扇不下去，定在半空。她的手颤了颤，想要缩回来。之后，她咬了咬唇，巴掌变成了拳头，向着他的肩膀挥出去。

陈戎说："上次的伤还没好。"

"活该。"她狠狠捶去一拳，用手背抹了抹唇，质问他，"这就是真正的你？"

"不。"他有些轻佻，"我想做更多。"

倪燕归一脸怒容："满脑子的肮脏东西。"

"对着喜欢的女孩，没有哪个男的不是这样。"他倒是坦白，"除非这个男的有病。"

"中国人讲求含蓄之美。"

"那你之前为什么总是对我动手动脚?"

倪燕归无言以对,好半响说出一句:"可见我们都不是好东西。负负无法得正,幸好我们分手了。"

"哦。"

他说话,她听着生气;他言简意赅,她也恼火;他的态度敷衍,她又握起了拳头。

陈戎提醒说:"再打下去就要上医院了。"

她又捶了他一下,这次换成另一边肩膀,但力气依然大:"在我面前演不下去了吧。"

陈戎疼得几乎拎不住手里的袋子,他稳了稳,手上一勾,又把袋子握住:"我就算戴上假面具,在你这里也讨不了好处。"

听到他的闷哼,她终于舒坦了:"何止讨不了好处。真惹毛了我,你下半辈子都要在医院里过了。"

陈戎稍微抬抬肩膀:"牡丹花下死。"后面半句他没有讲。

她绷紧了俏脸:"就是不知道这株牡丹,是不是你中意的那一朵。"

"什么意思?"

"你那天晚上真的很忙啊。我才说分手,紧接着你又能传出新的绯闻。是称赞你有好本事呢,还是……"倪燕归咬牙,"你早就摘下了另外一株牡丹?"

同学们说得再多,她也不放在心上,梗在她心口的不是那些议论纷纷。但她和陈戎已经分手,于是只能在这个时候顺带一提,仅此而已。

陈戎忙着竞赛、忙着期末考试,又遇到了失恋,一门心思扑在了学习上,杜绝了校园八卦。

赵钦书不讲,陈戎都不知道他的绯闻传得沸沸扬扬了。这时听出倪燕归的意思,他冷下调子:"我抱过的只有你,亲过的只有你,睡过的也只有你。"

有人路过,不知是不是听见了这话,那人望了过来。

倪燕归向树边靠了靠,压低声音:"谁知道你是不是吃着碗里的,又想着锅里的? 再说了,我们已经分手,你迟早会有别的人去抱、去亲,做一切你想做的事。"

陈戎稍稍低了头:"我想做的事就是亲吻你。你要是不信,我现在就能做给你看。"

她的拳头又击向了他的肩膀:"我没空跟你在这里扯嘴皮子,东西给我。"

"我帮你拎回去。"陈戎说,"路上给你讲,我想做什么。"

倪燕归错愕:"你怎么没脸没皮了?"

"跟你学的。"

"关我什么事,你自己就坏吧,我不喜欢坏的。"

"我也是,我的心上人从来都可可爱爱。"

倪燕归笑了:"可惜呀,我不是。"她正想从多方面分析,性格类似的情侣没有好结局。

他说:"你就刚刚好。"

一时间,她不好反驳自己在他心中的形象了:"有句话叫好马不吃回头草,我是一匹良驹。"

倪燕归向前走,陈戎跟在后面。

前面走来一个男生,朝这边挥了挥手,倪燕归不认识。

男生喊:"陈戎。"

陈戎友善地和对方打招呼。

男生停下来:"昨天讨论的那个问题,我终于想明白了,你的答案是对的。谢谢了!"

陈戎扶起眼镜:"不客气。同学之间互相帮助吧。"

多么乐于助人的同学呀,然而倪燕归面无表情,恶狠狠地瞪着他。

男生走远了,她怪笑一下,冷嘲热讽:"怎么没去报考戏剧学院?来美术学校真是屈才了。"

"人一旦在某个领域登峰造极,对虚名就不感兴趣了。"

倪燕归:"……"

她以为她已经足够厚脸皮了,没想到,这人用一副谦卑的笑脸,讲大言不惭的话。

"我都替你脸红。"

陈戎点头:"知道怎么控制脸红吗?其实可以利用呼吸。"

她额角一抽:"我又不需要学这些招数。我待人真诚,胸无城府。我才不像你,一根心思能转十八弯。"

"是。"

"另外,我们明明白白分手了。最好就是不见面,不交谈。"

陈戎提了提手里的袋子:"但是可以帮你拎东西。"

"这是你自找的,我求你了吗?你不想的话,可以把袋子给我啊!"

"我想。"他低头,凑到她耳边说,"我当然想。"

他的呼吸和寒风捆在一起,暖的冷的,同时钻进她的骨子里,说不出是冷还是麻。

她伸手又去捶他,陈戎闪过了。

倪燕归手里一空,心里也扑了个空。就像他说的,他在她这里已经讨不到好处了,为什么还要伪装呢?陈戎不是为了骗她才伪装的吗?或者,他不只想要欺骗她,他想欺骗全世界?

因为一直在思考,倪燕归沉默了。

洗完澡出来,雾气蒙在脸上,更显得人很深沉。

"想什么呢?"柳木晞到倪燕归面前晃了晃。

面前放了本心理学的课本,倪燕归翻了几页,说:"在想选修课,心理学的。"

学期末就是这样,每一门课程都到了总结的时候。

"我们摄影课也进入最后的冲刺了。"柳木晞扬起手里的照片。

五张照片,四个是男同学,剩下一个是女的。

倪燕归只认得其中一张,是赵钦书,问:"照片是做什么的?"

柳木晞:"摄影选修课要用的。这周的课题是同学,而且要是生活里的。这几张照片是选修班的同学,我想把其中一人作为我的作业课题。"

倪燕归:"哦。"

摄影是柳木晞的爱好,相机被朱丰羽摔了,虽然后来换了新的镜头,她还是喜欢摄影,但是懒了许多。

倪燕归能够理解柳木晞的懒散。她自己现在就是这样,没有劲头,

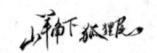

常常茫然着。

柳木晞说:"其实我有一个主题。上选修课不久就想好了,不过没有人来配合了。"她给朱丰羽想了一系列的主题,一开始她就预料到,这些只能想想而已。

她放下了照片:"哎,我是个颜控。"

照片上的五人各有辨识度,都是上镜的脸型。

柳木晞左看看,右看看:"燕归,你帮我挑一个。"

倪燕归:"颜控的话,赵钦书吧。"能当女生中的万人迷,赵钦书的颜值肯定过关。他的五官是五张照片里最出色的。

柳木晞:"实在没得选,估计就挑他了。"

倪燕归:"赵钦书挑中了我们社团的一个女同学。"

"我知道,他说过,是个武林高手。"柳木晞说,"他挑他的,我挑我的。赵钦书评价我的照片没有以前的灵气。我偏偏拿他当素材,如果没有灵气,那和我无关,是他这个人的问题。"

柳木晞之前的作业,前段时间以朱丰羽当背景,后来,她只拍风景了。这是她的镜头回归人物的第一次拍摄。

倪燕归合上了书:"赵钦书上课的时候,也和陈戎形影不离吧?"

"是吧。"柳木晞坐直了身子。

宿舍里几天没有关于陈戎的话题。倪燕归这时提起,口气很平静,像是叙述。越是平静,越是古怪。更古怪的是,倪燕归只说了这一句,就没有下文了。柳木晞也没有追问。

倪燕归爬上床,扑腾在枕头边。

和陈戎同进同出,他是不是被骗的一分子呢?如果陈戎对她是骗色,他又骗赵钦书什么呢?他现在还继续伪装,肯定有另外的企图。总不会真的去竞逐影帝吧?

过了两天,参加社团活动的同学比上一次更少了。

毛成鸿习惯了,每到期末,无论是勤奋的还是懒惰的,同学们统统聚集在了图书馆。

温文沉思了一会儿,说:"我和小何同学通了电话,她所说的家事不太对劲。"

"小何同学？"毛成鸿说，"元旦前我见过她，她有从家里回来吗？"

温文点了点头："但是一到晚上，她就不见人影了。刚刚又跟我请假，她年前都没时间了。不过，她说年后的比赛一定会到。"

毛成鸿："她说的家事是什么？"

"我是今天才问的。"温文压低了声音，"她家欠了债。她要还债，一有空就去做兼职。"

"欠了债？"毛成鸿问，"谁欠的？"

温文："家里欠的。"

毛成鸿皱了皱眉头："她才上大学，家里的债怎么落到她头上了？"

温文："不清楚，小何同学不愿意讲。"

两人讨论的同时，赵钦书东张西望。没见到何思鹂，他喊："温社长，何思鹂要请假到什么时候？"

温文抬起头："哦，这个学期她都不来了。"

赵钦书略略吃惊："是不是忙着复习期末考？"

毛成鸿："是就好了，她忙着兼职。"

赵钦书："兼职？"

毛成鸿："有肥差，就介绍给小何同学吧。"

"对了。这个周末，我们家果园统一出货，要请几个人帮忙。小何同学力气大，不知道接不接？"温文犹豫，介绍苦力活给女孩子，太不厚道了。

赵钦书眼睛一亮："温社长，我们家老小对你们家的果子赞不绝口。这个周末，我再给你帮衬帮衬？"

温文："好啊。"

其他的学员听见了，跟着亮起眼睛："温社长，我也去。"

一个接一个地响应。这时候，仿佛没有人记得要复习期末考这回事了。

赵钦书看向毛成鸿："毛教练，再办一场社团活动？"

"想去就去吧。"也许过不久，这里的人就要各奔东西，毛成鸿没必要再去压制大家的玩乐心态，能聚一次是一次，"赵钦书的提议很不错。"

温文："我问问小何同学。"

"对了。温社长，你顺便告诉她，我请她当我摄影作业的主角，有偿，高价。"赵钦书双手合掌，"拜托拜托。没有她，我交不了作业。"

毛成鸿："你非得找小何同学当你的模特？"

赵钦书："这不是一张照片、两张照片的事。我有主题，振兴中华武术。主角必须是何思鹏。"

"小倪同学呢？"毛成鸿听到过关于陈戎的风言风语，他早知陈戎那个人城府极深。倪燕归这几天总是保持沉默，如非必要，毛成鸿不会找她说话。

倪燕归懒洋洋的，不过很是爽快："我最喜欢温社长的果园了。"

赵钦书捶了一下掌心："就这个星期六吧。"

老规矩，温文联系大巴车，组织学员们从学校出发。

这个周末，倪燕归不回家。

柳木晞说在家无法复习，也留了下来。她给赵钦书安排的摄影主题是妇女之友。

倪燕归笑得合不拢嘴："为什么不叫中央空调？"

柳木晞跟着笑："我也想给他安一个这样的名字，他嫌不好听。"听柳木晞的口气，似乎和赵钦书很熟。

倪燕归提醒说："赵钦书是出了名的女性杀手，到处是他的好妹妹。"

柳木晞："我知道。听他讲，他曾经是渣男。"

倪燕归："他这么诚实？怎么渣的？不会和林修一样，上网见到心理测试的帖子，做几道题就得出一个指数，说他是渣男吧。"

柳木晞："我猜，赵钦书辜负了谁。"至于其中的纠葛是三百字、三千字或者上万字，只有他自己知道了。

此时的赵钦书，哼着快乐的单身情歌。

温文已经和何思鹏确认了行程。

第十四章 深渊

赵钦书检查了一遍摄影设备:"对了,陈戎,你跟大姐头闹完没有?"

陈戎正在准备竞赛的工具,从各式各样的笔到比例尺、三角尺。他说:"闹完了。"

赵钦书兴趣盎然:"结局呢?"

陈戎沉默。

赵钦书的手指在下巴处打着转:"不会分手了吧?"

僵凝的气氛中,响起笔袋拉链拉上的声音。

赵钦书调侃的笑容收了起来:"被我说中了?哎,我说,你跟李筠的事,是不是要给大家解释一下?别说大姐头,我都要误会了。"

关于陈戎和李筠的关系,赵钦书有些猜测,但没有明说。这是他的分寸,陈戎不愿意坦白的事情,有其特殊的意义。

陈戎:"和李筠无关,这只是我和倪燕归的事情。"变故的真正原因在他。

赵钦书叹一口气:"大姐头那么喜欢你,我以为你俩能熬到大学毕业。"结果,一个学期都撑不下来。

这时,陈戎的手机振了振,是建筑课老师。

明天就是竞赛的日子,老师也严阵以待:"陈戎,准备得如何了?"

陈戎:"全力以赴。"

老师:"我刚刚得知,这一次的设计竞赛,评委里有一个是我们学校的校友。"

嘉北大学毕业的建筑师?陈戎想起一个,他正猜测。

老师没有卖关子,直接说出了答案:"他叫李育星。他啊,当年也是经过一番刻苦,才达到今天的成就。"

老师停顿几秒,等待陈戎的回答。

等来他淡淡的一声:"嗯。"

老师笑了:"李育星如果见到嘉北有你这样出色的学生,肯定会为母校自豪的。"

陈戎不这样认为。

倪燕归收起了关于山羊面具的画像分析。她折上那几张纸，丢到垃圾桶。她不解气，又把垃圾桶的袋子打上一个死结。

死结，象征她和陈戎的感情走到了尽头。

陈戎的信息是在这个时候发过来的。

之前，他的话停留在"想你了"之类的。她没有兴趣，故意不去看，翻着课本，假装认真复习。假装终究是假装。一页的头几行字，她看了就忘，只好来来回回地看。

信息又来了，这次似乎是图片。

倪燕归忍不住点开了。突然，她把牙齿咬得"咯咯"响。

陈戎问：约吗？

第二次，是一张手绘的挑战书，黑白线稿，没有上色，但已经分得出十八样武器了。

既是挑战，岂有不接的道理。

她重重地在手机上打字：时间，地点。

陈戎发了一个定位过来：现在。

倪燕归仪式感十足，先去洗了一把手，接着绑起头发，她用手指在眉毛处划了一下。

临出门，她不经意望见桌上的水果刀。刀柄鲜绿，预示蓬勃的生机，刀鞘浅绿，绘了幅初春的旖旎风光。她拔下刀鞘，果然锋利无比。

柳木晞吓一跳。

倪燕归灵巧地把小刀转了几圈，柳木晞问："你这是干吗？"

倪燕归吐出两个字："应战。"

两人约见的地点是倪燕归第一次美女救英雄的景观区。

她不禁怀疑，陈戎约在这里是故意的，他在嘲讽她。

当初，她真的以为朱丰羽伙同橘色小圆头欺负陈戎。脑袋转过弯之后她明白了，那天的真实场景，其实是他给两人安排任务。

倪燕归穿着一套运动服，脚下是轻便的跑鞋。她来这里是为了给一切画上句号，双手插进上衣的口袋，她故意把脚步拖得"嗒嗒"响，大摇大摆地走来。

第十四章 深渊

陈戎坐在树墩上等着她,估计坐了好一会儿了。

倪燕归站在一片空地,向着他喊:"陈戎,我来了。"

他没有动。

今晚夜色明亮,她却仍然看不清他的模样。无妨,她只需分辨他的招式即可。她抬起下巴:"怎么傻愣着?不是你约我来的吗?"

陈戎开口说:"你不是说,不见面不交谈吗?"

"可是你给我下的是战书。"倪燕归冷哼,"你倒是胆子大。警告你,我倪燕归不是吃素的。"

"过来吧。"陈戎说。

"做什么?"倪燕归问。

"知道你不是吃素的,我刚才买了烧烤串,全是肉。"

她叉起腰:"不是约架吗?吃什么烧烤串?"

陈戎轻轻地说:"倪倪,我今天心情不舒畅,想让你陪我一会儿。"

倪燕归不吃他这一套:"你让我陪我就陪?你以为你是谁?"

两人一个站着一个坐着,各自喊话。

周末,许多同学回了家,树林一片寂静。

陈戎慢条斯理地从保温箱拿出一串烤肉,他当着她的面,咬了一口。

火候刚好,肉香顺着北风扑到倪燕归的脸上。她气得握起拳头:"不敢打是吧?不敢打的话,我就走了。"

"打。"陈戎咬一口牛肉。烤串是前一刻烧好的,正热乎着。他用牙齿咬开,秘制的酱汁浸入鲜嫩的脊肉,口感极佳。他好心地问:"不先吃点儿吗?一会儿凉了就不好吃了。"

倪燕归觉得又被耍了,掉头走人。

陈戎将烤肉串放回保温箱,站了起来:"我问你约不约,没说是约什么。"

"你画的不是挑战书?刀枪棍棒都齐了。"

"嗯,你很生气,你想切磋切磋?"

倪燕归停下脚步:"在我挨训要读检讨的那一天,我就一直想要扒掉'十二支烟'的皮。以前我以为他是朱丰羽,军训时我跟他打了一架,赢了,别提多痛快了。当时我以为我和'十二支烟'的恩怨了了,没想到你留了后招。朱丰羽那些整整齐齐的细支烟,其实是你派给他的任务,他故意到我面前当替罪羊。"

"事到如今,我没什么可瞒的。今晚的见面是我约的。"陈戎拉上外套的拉链,"你想打,我陪你。"他很悠闲。

蓄势待发的是倪燕归。这一次她有了教训,不会攻击他的脆弱部位。老大爷给过她指点,叮嘱她多利用腰部带出来的力量,以柔克刚。她练得手痒痒,早就想找个对手了。

她是进攻方,但没有出拳,而是先用掌骨击过去。

陈戎用勾手拨开了她的进攻,收势的时候,从勾拢成拳。

无论是武术或是格斗,招式来回大差不差,制胜点在于,谁更能随机应变。

陈戎逮到倪燕归的一个空当,猛然突入,以右拳直攻她的心窝。

倪燕归转过腰,柔软的细腰像是迎风而摆。接着,轮到她攻击了。她向后扬腿,目标也是他的胸口。他闪得很敏捷,与她拉开几步距离。

她眸光一闪,突然甩出一把刀。小刀在手,她冷哼一声,立即滑开了刀鞘。半空浮过一道冰凉的寒光。

陈戎的眼睛沉了下去:"没想到,你对我恨之入骨,连刀都用上了。"

小刀要玩得好,全赖手指和手腕的灵巧。动作上类似转笔,但要转出花,得用上手腕的力量。

倪燕归夹着那一把小刀,左翻右转,一个瞬间,刀从空中划过,又回到了她的掌心。

这一把刀,不是用来动真格的,而是用来秀技术的。

当然,能把陈戎吓住是最好不过了。她略有得意:"问你怕没?"

可能是她太过炫技,失去了戒备,忽然之间,对面探手过来。她正在转刀,担心刀尖划伤他的手,连忙把刀向旁边一扔。那把小刀被他的另一只手接住,他随即横腕,反手向前,把刀架到了她的脖子上。

倪燕归定住了。尖利的刀刃与她的皮肤距离很近,她恼火极了。

陈戎礼貌地问:"认输了吗?"

"你要诈。"

"我赤手空拳,你却藏了暗器。是谁耍诈?"他气定神闲,"没有什么话要说吗?"

"说什么?"

"一般来说,到了穷途末路之时,都要耍最后的威风。"他的手指轻轻勾了勾她的下巴,"要杀要剐、悉听尊便之类的台词。"

"万一你真的把我杀了剐了呢?"

"我又不是法盲。"陈戎说,"不过刀是你的,我这算正当防卫。"

"狡辩。"

"刀在我手上。"他的手晃了晃。

她不敢动:"你想干什么?"

"吃烧烤。"陈戎挟持她到了树墩旁,她不得不坐下。

他把刀夹在中指和无名指之间,一会儿向下转,一会儿往上翻,转得很熟练。

倪燕归低声地哼唧:"我小瞧你了。"

"轻敌是大忌。"

她撇了撇嘴。

陈戎问:"羊肉串、牛肉串、鸡脆骨,还有海鲜,你选什么?"

倪燕归昂起头:"我不吃。"

"为什么?"

"你的,不吃。"

"很有骨气,那你坐在这儿干吗?逃啊。"

倪燕归指指横在面前的锋利刀刃:"这刀有刀鞘,就丢在地上。"

"我不捡。"

"弄伤我怎么办?"

"你丢的,又不是我丢的。凭什么我去捡?"

"你把这刀收起来,我就去捡。"她直着腰。如果轻举妄动,也许他就进监狱了。

"鸡脆骨。"陈戎把烤串递过来,"尝一尝?"

倪燕归闭上嘴巴,咬紧牙关。

"你不吃就算了。"他不强迫,说,"烤得真香。"

她闻到了，这秘制酱汁的味道正是她喜欢的那家串店的。

陈戎一小口一小口地吃，边吃边叹："嗯……"

倪燕归直咽口水，她稍稍向后仰身子，想要避开那把刀。

他留意到她，刀跟着她的身体移动，和她保持十五厘米的距离。

倪燕归："……"

陈戎拿开了刀，轻巧地转几下。刀被抛起，从他的手背滑过，跳了段舞。

她冷冷地问："什么时候放我回去？"

他轻飘飘地答："我心情好就放你回去。"

"什么时候心情好？"

"你绷着脸，我怎么心情好？"

"你拿着刀，我怎么不绷脸？"

"我们要不要讨论一下，先有鸡还是先有蛋？"

"不和你讨论。"

"这么漂亮的脸，如果不小心被划上一刀，"陈戎捏捏她的脸颊，低声说，"就太可惜了。"

第十五章

烟花

倪燕归面无表情:"你到底想做什么?"

"吃烧烤。"

她撇嘴:"不会下毒了吧?"

陈戎看她一眼:"我下迷药的可能性比下毒药的大。"

她信这句话,不是信他的真心,而是从男人的劣根性分析,他不至于要她的命。

"偌大的校园,连一个陪吃烧烤的同学都找不到,你混得也太差劲了。"她发出三声嘲讽的笑。

"不是找不到,而是不想找。"他解释说,"我今晚不痛快。"

"你不痛快,关我什么事?我更不痛快。"

陈戎突然说:"明天就是竞赛了。"

"哦,原来是赛前紧张。"她故意斜嘴笑,"怎么?连调整紧张心态都不会?"

"如果没有分手,我一定好好调整。"

倪燕归眉峰一挑:"李筠呢?"

"我和她不是无话不谈。"虽然是亲姐弟,但两人有个共同避讳的话题——李育星。

"说得好像你和我无话不谈似的,你心里藏了多少秘密,我都不知道呢。"

"我和李筠从小一起长大的,没有男女瓜葛。"但是,母亲离婚以后,两人对外不再以姐弟相称。因为陈若妩不想,因为李育星不愿。姐弟俩形成了默契,只说彼此是玩伴。

倪燕归抱起手:"哦。"

陈戎:"你信或不信,随你。"

信吗?不尽然。但要说完全不信,又不是。倪燕归和林修就在中

第十五章　烟花

学时期被传过绯闻，起初解释过，后来懒得说了。陈戎的话可能是真的，他和李筠只是玩伴而已。但是他说过太多的谎，她不知道如何分辨真假。好比这个晚上，他画了挑战书过来，她当真了。她憋了一股气，上一回在研究楼门前打了一半，今天正好接上另一半，结果又是个坑。大骗子。

陈戎："这次的设计竞赛是答辩的形式，要和评委面对面。"

"只是一场设计竞赛。又不是期末考试，搞砸了还要补考。"倪燕归闻着孜然的肉香，别过头，"重在参与。"

"你是在安慰我吗？"

她立即否认："我怕你一个不痛快，把我了结在这里。"

陈戎收了刀："倪倪，就一个晚上。就当我们分手的日期延后了，宽限我一个晚上，我不想一个人。"

知情的人之中，李筠是他的家姐。在她面前，李育星是不可说的名字。

朱丰羽了解陈戎的脾性，但陈戎从不向朱丰羽示弱。

而面对倪燕归，他暴露越多，和她之间的希望就越渺茫。但不可否认，向她坦陈他的渴望，很是畅快。他更像快刀斩乱麻，一步一步逼近悬崖。他终究会一个人的，谎言刻入了他的骨髓，无论和谁，他都有所保留，区别是保留什么、保留多少而已。

今晚，他给了眼前的姑娘一个诱饵，她咬住上钩了，他享受她这样的率真。

倪燕归莫名想起，他发烧的那一天，说不喜欢黑。现在他说，他不想一个人。依她的分析，学霸光环太过耀眼，反而压力更大。像她这样的，考试进步五名或者后退五名，意义不大；陈戎就不一样了，如果从第一落到第五，那是大新闻。高处不胜寒，原来是这样的。

见他一人吃得香，她问："只是吃烧烤？"

陈戎："你想约别的，我也奉陪。"

"想得美。"倪燕归嘴馋了，"今天是我技不如人，我愿赌服输。吃烧烤就吃烧烤吧。"她心想，大丈夫能屈能伸。

陈戎把保温箱放到另一个树墩上，倪燕归低头看去："你买了这么多？"

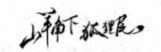

他实话实说:"你胃口大。"

"先说好了,烧烤可不是复合套餐。我之前太生气了,没有跟你好好谈谈,今天正好。我跟你当朋友或许可行,谈恋爱是万万不可的。我知道我什么德行,我就是太清楚了,与其将来恨之入骨,不如一别两宽。"

"舞会上有找到新对象吗?"

倪燕归戴上一次性手套,拿出一串鱿鱼,咬一口:"嗯……真香。"这家烧烤的酱汁是最合她口味的,不咸不淡。

她借此掩饰心里的涩意。确实不应该见面,每一次见面她都得提醒他,他们分手了。当然,这也是提醒她自己,她觉得酸酸的。她想念曾经的乖宝宝——那个从来没有存在过的陈戎。

陈戎变得安静,他的目光落在她的脸上。

她看着烧烤串,说:"再看就挖了你的眼睛。"

刀鞘已经被陈戎捡了回来,放在旁边。他伸手过来,倪燕归立即握住刀。可她的威胁从不奏效,他在她的手背上弹了一下,她的手一软。刀又回到了他的手上,他不再威胁她,而是倾身过来,从她的嘴里叼走了一个肥美的生蚝。之后,他亲了她一口。

倪燕归说:"到点了。"

额外的这一个晚上是限时的,十二点一过,已经是第二天。

偷来的晚上,静悄悄地过去了。

这时是十二点零二分。

倪燕归不清楚,别人恋爱时分手是干净利落还是拖泥带水。她很茫然,她问过自己,还喜欢陈戎吗?没有答案。

她只好从理论上分析,大概是不喜欢了。

她觉得,前几次和陈戎的对话应该选在餐厅。好比现在,烧烤热气腾腾,她解了馋,怒意跟着淡了,说:"我们吵也吵过了,打也打过了,还能一起坐在这里吃烧烤,可见我们是好聚好散。我只是不喜欢了,不是和你不共戴天。我希望……你幸福快乐。"

陈戎抓住了她:"倪倪,你说我们还能一起坐在这里,心平气和,那——"

第十五章 烟花

"我相中的是你的气质。"倪燕归叹了口气,"我喜欢的,就不是你。"

大一和大二的同学都有参加竞赛的。大一组是陈戎和另一个同学,大二组的有三个人。

星期六早上,师生六人前往竞赛现场。

车子经过那条上坡路,"有脸有面"的卷帘拉上了一半,玻璃门开着,门前没有人。

陈戎的眼睛沉了沉。

"陈戎。"老师突然叫他。

"嗯。"他转了头。

老师:"这个设计竞赛很考验脑力和体力。大家买些饼干、面包和水,中午休息的时间很短。"

陈戎:"好的。"

老师又讲起李育星:"他也是嘉北出去的。"

大二的一个同学是李育星的迷弟:"他的初始设计比较传统。后来的一次比赛,他风格大变,得了一等奖。之后成了大师。"

老师笑了笑:"一会儿我给你们介绍一下。"

"迷弟"搓了搓手掌,几个同学雀跃地欢呼。

李育星每年都会开一场个人建筑设计展,但从不和观展人交流,陈戎和倪燕归去观展时,知道不会遇到李育星。今天就不一样了。

上午是方案作画,下午是答辩。时间非常紧迫,中午,学生们各自啃了干粮,开始整理思路,为下午做准备。

陈戎去洗手间洗了一把脸,把眼镜擦得干干净净。

正巧他的一个"迷弟"也站在洗手池旁,他从镜中看了看陈戎,似乎在哪里见过这样的和颜悦色——"迷弟"突然说:"哎,你的气质很接近李育星老师。"

陈戎只是笑了笑。

学生们先到了教室,之后李育星和几个评委走了进来。他已经是一名建筑大师,有两个评委比他年轻,但他为那两人让了路。那两人不好意思，不约而同地对他做出了一个"请"的手势。几人谦让着，最后李育星先进来了，他向那两人礼貌地道谢。两个晚辈弯腰，向他鞠躬。

坐上评委席，李育星的目光望了过来。见到陈戎的一刹那，他面露惊讶，但很快掩饰，迅速露出慈祥的微笑。他面向学生，仿佛个个都是他的孩子。

他始终温和，扫了一圈，暗暗地打量陈戎。

陈戎低着头。

有人喊："李育星老师？"

"开始吧。"李育星不动声色，静静地听着学生的答辩。

他一直觉得，艺术这门学科和天赋相关。陈若妧说，陈戎也要往艺术方向发展。李育星不以为然，万万没想到，陈戎真的进了建筑学系。

有人问："李育星老师，这个你怎么看？"

李育星回过神，笑着望向台上的女孩，鼓励说："这位同学的方案很有特色，关键是将私密性和公共性的尺度结合得恰到好处，创意非常棒。"

他点评完，又到了下一个评委。

李育星心不在焉。陈戎在追随他的步子，为什么追随？这或许是一种崇拜，由此证明了他的成就、他的地位。

同学们一个接一个上台。四个同学之后，轮到了陈戎答辩。

李育星不自觉地坐正了身子，目光很是复杂。

陈戎的设计是一个幼儿园，他说，设计主旨是希望见到孩子们的笑脸。

李育星觉得自己被什么东西击中了，陈戎温顺的笑容在他眼里成了讽刺。

前一个评委对陈戎表达了赞许，陈戎礼貌地致谢。

李育星淡淡地说："你以为建筑是万能的吗？家庭教育问题没有办法通过建筑解决，如果你希望所有孩子都笑容满面，你可能更适合去考幼师。"评语犀利。

未上场的学生听得心惊胆战，其他评委也面露讶色。

陈戎笑容不变："谢谢李育星老师的意见，我会再接再厉的。"

第十五章 烟花

陈戎的笑是假的,一切都是假的,李育星直接把陈戎的分扣下来,其他评委见状投来了古怪的眼神。

李育星意识到,他失态了。他短暂地摘下眼镜,拧了拧鼻梁。他很久很久没有见过陈戎了。他甚至觉得,这个儿子的长相早已在记忆中淡化模糊。然而今天他发现,他仍然记得。陈戎像极了那个男人。那个男人是孤傲的、乖张的,他是一个顽劣狂徒。

"李育星老师,"坐在李育星旁边的那个国字脸评委,比李育星年长两岁。两人是平辈,但是他成名比李育星要早。他低声说,"这次竞赛以创意为主,暂且不谈实施性。这些都是初入门槛的孩子,想法天真了些。我们作为长辈,不能用刁钻的角度去看待他们现在的作品,孩子嘛,以后有很大的成长空间。"

"是。"李育星笑了笑,"是我苛刻了。"

分数已经给出去了,要是中途改分,等于抹了李育星的面子。国字脸知道,他不好再说什么。

陈戎的分数已成定局。他不卑不亢,没有因为失分而失落。

看到那一抹谦虚的笑容,李育星觉得碍眼极了。

中场休息时,李育星要去走廊尽头透透气。

"迷弟"见到他的身影,跑了过去。

"李育星老师。"看着面前的偶像,"迷弟"激动得语速飞快,"我也是嘉北大学的。"

"后生可畏啊!"李育星松了松领带,客套地说,"嘉北有这么多优秀的学生,我很骄傲。"

"迷弟"不好意思,低下头去,然后又抬起头问:"李老师能不能给我签个名?"

"当然。"

"谢谢!""迷弟"递过来一本建筑类的书,"就签在上面好了,这本书我要收藏起来。"

李育星潇洒地在扉页写上了自己的名字。

"迷弟"激动地搓了搓手:"我就知道,李老师你是一个懂得人文关怀的建筑师。我很喜欢你的设计,你的建筑展我去了两次,从头走到尾欣赏过,艺术的魅力真的太大了。"

"以后你们一定可以站得更高更远,未来是你们的。"

"迷弟"的答辩在下半场,他不清楚上半场的情况,说:"上午嘉北也有同学去答辩了。"

"哦。"李育星的笑容挂在脸上,心中已经"咯噔"一响。

果不其然,"迷弟"说:"他叫陈戎。"

"呵。"

"迷弟"吹牛皮不打草稿:"他很崇拜你,连气质都有你的影子。"

李育星将书和笔递回去:"不好意思,我先去忙。"

"您请。""迷弟"抱着那本书,满眼小星星。

李育星反感陈戎模仿他的一切。他停在走廊边,揉了揉自己的眉心。

背后又有人喊"李老师",李育星一个一个地回以笑容,低头望见了底下的陈戎。

陈戎站在观景池旁,低着头,可能在沉思什么。

这么多年了,李育星觉得是该好好地和陈戎谈一谈。

他到了观景池,开门见山地问:"为什么要报考建筑系?"

陈戎转过头,毕恭毕敬地说:"李育星老师。"

李育星又把问题重复了一遍。

陈戎:"老师说这是热门专业,我就填报了。"

李育星:"为什么要来嘉北大学?"

陈戎:"嘉北大学的奖学金最高。"

听着没有破绽,一切只是凑巧。凑巧地进了和李育星一样的学校,凑巧地读了一样的专业。但是,陈戎的细边眼镜不是凑巧,这是完美地拷贝了李育星的样子。

想到迷弟的那句"崇拜",李育星说:"我和陈若妧之间是上一代的恩怨。波及你,我只能说抱歉。"

陈戎敛了敛表情。

"事情过去那么多年了,我希望你不要再装成我的样子。你不是我们李家的人,伪装得再像,也不是我李育星的儿子。"没有其他的话可讲,李育星说完就走。

上楼前,他回了头。陈戎侧头仰望天空。这个侧脸,又令李育星想起那个男人来。

陈若妧爱过一个男人——陈戎的父亲,一个桀骜不驯的纨绔子弟。

他凭着一副天生的好皮囊,斩杀了陈若妧的少女心。既然是个风流倜傥的人物,对女人就说不上真心。

结束了这一段感情,陈若妧说,她被骗了。那个男人谎话连篇,嘴里没一句真话。

李育星比陈若妧大了几岁,那时他已步入社会。他那时想找一个门当户对的人家,陈若妧完美地契合了他的期望。初次相见,她是翩翩起舞的小公主,他对她着迷得不得了。

适逢陈若妧的情殇期,李育星用每天一朵的玫瑰,掳获了她的芳心。

两人花前月下,浪漫旖旎。

陈若妧是温室里的花朵,家境富贵,衣食无忧,漂亮精致,远胜同龄的女孩。

不等她大学毕业,李育星向她求了婚。

经过商量,两家办了一场订婚宴。李育星承诺,等陈若妧大学毕业了,再正式举行婚礼。

可计划赶不上变化,陈若妧意外怀孕了。

她泪眼涟涟地问他:"你会不会始乱终弃?"

李育星宠溺地说:"当然不会。"

婚礼提前了。

陈若妧对工作不抱兴趣,李育星却不是。婚后,他开始了奋斗事业的进程,工作挤得满满当当,他缺席了几次妻子的产检。

大女儿顺利出生后,李育星更是忙得不可开交。

陈若妧对小娃娃手足无措,请了月嫂和保姆,她才感觉轻松了些。

大女儿前几个月的啼哭比较响亮,后来就不闹人了,眨巴着大眼睛，可爱极了。

李育星的母亲说："和我们家育星小时候一样，一抱上床就闭眼睡觉，很省心。"

俊男美女，家庭美满，这是一对人人艳羡的夫妻。

已婚已育，陈若妧的日子没有变，有时候去逛逛街，有时候去美容院。又有的时候，她去私人的健身中心，她严苛地管理着美貌和身材。说白了，陈若妧是一个花瓶美人。在李育星的事业瓶颈期，她什么忙也帮不上，虽有一具漂亮的躯壳，脑袋却空空。

李育星工作上的女搭档大马金刀、雷厉风行。他有时候想，要是陈若妧有这一半的魄力就好了，但鱼与熊掌不可兼得。

这个敢作敢为的女搭档不是计较名分的人，偶尔，李育星陪她去浪漫的西餐厅尝一尝红酒，或者去城市的山巅观赏星星和日出。那是段体验非凡的时光。

但他是喜欢陈若妧的，她的一颦一笑娇美动人。她像一个脆弱的瓷娃娃，令他忍不住怜惜。而且时间久了，他发现女搭档虽然能帮助他的事业，但在生活细节里，她太过强势了。

那个时候，陈若妧怀上了第二个孩子。

李育星辞职离开了设计院，斩断和女搭档的关系。他收了心，一心疼爱自己的妻子。

妻子可能被小娃娃折磨惨了，她对儿子的态度远不如对女儿的那样热络。

妻子说，儿子太顽皮了。

李育星笑："小时候都这样，没有不调皮的男孩。"

他的母亲拆穿了他的话："你小时候就很乖。"

后来李育星和朋友合伙开了一间建筑师事务所，当上了老板，却比他在设计院的时候更加忙碌。

妻子被儿子气得无可奈何时，他在事务所通宵达旦。家里换了一个又一个保姆，谁也没能把儿子哄得舒坦。陈若妧急哭好几次，给丈夫打电话求助。

李育星抽空回家，见到儿子正在爬窗台，用小手扣动窗锁。如果

第十五章 烟花

不是被及时发现,儿子就要从窗台掉下去了。而那时,陈若妧还在陪着大女儿睡觉。

李育星对陈若妧训了几句,她红了眼,他又抱着她哄。

家里有一个上了年纪的老保姆,她悄悄和他说:"太太不喜欢这个儿子。"

不知怎的,李育星的心漏跳一拍,面上笑了笑:"呵,是太顽皮了。她啊,自己都小孩心性,跟儿子赌气呢。"

老保姆讪笑:"长大就懂事了吧。"

儿子上幼儿园了,又把幼儿园闹得人仰马翻。有一天李育星去接儿子放学,问了老师,老师说没有他要找的小朋友。原来,他搞了一出乌龙,记错了儿子幼儿园的名字。

建筑界竞争相当激烈。知名的事务所规模大、名气响,李育星的事务所刚刚起步,必须加倍谨慎。他顾不上孩子。无论是女儿或者儿子。

陈若妧说,她管不动。李育星头疼,请他的母亲来想想办法。

母亲突然问他:"你们夫妻不都是双眼皮吗?为什么生下一个单眼皮的儿子?"

李育星的心又没来由地漏跳了一拍。他自己都不知道原因,好半晌无法说话。

陈若妧解释说:"不是单眼皮,是内双。"

母亲再研究:"哦,是内双。"

李育星的心落了下去,他望着儿子:"人还小,没长开。以后就是双眼皮了。"长大了就会变成圆圆的大眼睛,和女儿一样。

陈若妧比他更介意儿子是不是大大的双眼皮。那天,李育星见到她向上拨着儿子的眼皮,儿子不高兴,翻了眼睛,伸手去抠陈若妧的脸。

李育星赶紧拉开妻子和儿子。他哭笑不得:"眼睛是天生的,这样单着挺好看啊,多漂亮啊。"

陈若妧沉默着。

李育星没有时间管教孩子,但是该请的保姆、该请的老师,他一样都不吝啬。

陈若妧很疼大女儿,常常忽略儿子。儿子似乎也不爱黏着家长,常常一个人玩得忘乎所以。

李育星告诉妻子:"小孩子虽然不懂事,但他不傻。谁喜欢他,谁不喜欢他,小孩子都是有感觉的,你不要把自己的偏爱表现得太明显。"

陈若妩像是要哭了:"打不得,骂不得,我能怎么办?我怎么生下这个冤孽。"

李育星用手抵住她的唇:"这是儿子,不是冤孽。"

他抽出时间,陪女儿和儿子玩亲子游戏,可儿子根本不听他的,小嘴巴问他是谁。

他说:"我是爸爸。"

儿子摇头:"没见过。"

不是没见过,是见得少。李育星三天两头不回家,儿子对家里的园丁都比对他熟。

李育星想多陪陪儿子,但儿子不知道溜到哪儿去了。

直到有一天,李育星收到邻居的投诉。原来他儿子玩石头去了,砸中了邻居家的玻璃。

这之后,妻子把儿子送去了封闭管教的学校,结果儿子的性情更加无法无天。

他说:"我们李家没有出过这样顽劣的基因。"

他请了一个又一个老师,家里在鸡飞狗跳中过了一年又一年。

孩子渐渐长大,李育星的事业也蒸蒸日上。

陈若妩说,想再生一个孩子。李育星知道,这几年她被儿子折磨得憔悴了。幸运的是,陈若妩怀孕了,喜悦映在她的脸上,B超医生透露了孩子的性别。

她告诉女儿:"你呀,会有一个弟弟。"

女儿眨眨圆圆的大眼睛:"我已经有弟弟了呀。"

李育星抚着女儿的小脑袋:"再多一个弟弟。"

怀孕的日子里,陈若妩的笑容变多了,她搬去楼上住,彻底把儿子交给了保姆。

而李育星很久以前就不和儿子亲近了。

保姆私下议论,这是重女轻男的一家。这一幕被中途回家的李育

第十五章 烟花

星逮了个正着,他辞退了八卦的保姆。

走廊尽头,站着陈若妧的儿子。他长大了,但没有变成李家的大双眼皮。如陈若妧所言,他是内双。

他没有喊李育星,李育星也没有叫他。他一溜烟跑下楼去了。

李育星算算时间,妻子快回来了。

今天,事务所临时有招标会议,李育星错过了妻子的产检时间。妻子似乎习惯了他的忙碌,笑笑就走了。

后来的后来,李育星一直耿耿于怀,招标会议哪有妻子产检重要……

那一天,他的妻子没有保住他的孩子。

家里的那个混世魔王和他没有任何相像的地方。是李育星的老母亲打破了他的自欺欺人,说要去做亲子鉴定。

李育星拿到鉴定结果的那一天,天空下着瓢泼大雨。他和陈若妧走到一起是水到渠成,分开也是。她肚子里的孩子若能顺利生下来,或许两人会有转机。但他的孩子被那个男人的孩子踢掉了。

如今,陈戎和李育星的关系仅仅和李筠有关。

陈戎像是李育星心里迈不过去的一道坎。有选择的话,李育星希望再也见不到陈戎。

陈戎对李育星的想法,不如李育星那样复杂。但关于今天的见面,陈戎也是不痛快的。得知要和李育星见面的那一刻,陈戎那些早已被抹去的记忆如潮水般汹涌而至。幸好昨天他和倪燕归打了一架,否则满腔的东西不知要往哪里去倒。

陈戎的竞赛到此为止了,他和老师道别,说先回学校。

老师很是惋惜:"我要去问问李育星评委,究竟是什么样的大问题,让他给了你不合格的分数。"

陈戎宽慰地笑了笑:"老师,是我学艺不精。"

老师:"陈戎,这只是小竞赛,将来还有很多的机会,不能气馁呀。"

陈戎:"知道,谢谢老师。"

赵钦书在群里发了一段视频,他正在温文家的果园里。

他发了几张中午的火锅图片,故意炫耀说:温社长家里的伙食太好了,我都舍不得走。

黄静晨郁闷地说:我还在高数课本里挣扎。

赵钦书:要是赶得上晚饭,就过来吧。我们今晚还要放礼花。

黄静晨:哇,要过年了吗?

赵钦书:庆祝温社长的果子大卖。

温文在群里冒了头:去年的礼花。经过了梅雨季节,不知道燃不燃得起来。

赵钦书:有亮就行了。

过了一会儿,赵钦书私聊陈戎,问:设计竞赛结束了吗?

陈戎:嗯。

赵钦书:晚上来不来吃火锅?来的话,就给我的摄影作业搭把手。

何思鹏今天过来果园当搬运工,赵钦书用金钱诱惑和她谈妥了摄影角色。

赵钦书以为一个人可以胜任摄影的工作,等到真的动工了,他才知道苦不堪言。

何思鹏一会儿出拳,一会儿转身,一会儿又背对他。他跟着她绕圈圈,把自己绕晕了。

何思鹏看着大喘气的他:"你连我家的土狗都跑不过。"

赵钦书听了,立即高抬腿跑了两圈。他担心撞到相机,上抬手肘时举得比较高,姿势很滑稽。他对着毛成鸿喊:"毛教练,帮我拿相机,我要在这里跑三公里。"

毛成鸿抬起箩筐:"这里都是山路,不比平地,你跑不了的。"

赵钦书哪里想到连毛成鸿也跟着挤对他。赵钦书抹了一把汗,想起来问何思鹏:"你家有土狗?"

"有,跑得比你快多了。"何思鹏的老家也在乡下,和温文最大的不同是,他们家没有成片的果园。

何凌云用陈戎的消息来交换,被免了两个月的债。他得意忘形,又继续玩网络博彩。他抱有幻想,觉得自己迟早会发财。输是肯定的,借钱也是避无可避的结果。何凌云自抽耳光,说自己没有挡住诱惑,这是最后一次了,他决不再犯。可没用的誓言他讲了无数遍。无奈,何爷爷、何爸爸心疼这个不孝子,如今是举家还债了。

赵钦书好奇:"你这阵子去做什么兼职了?"

何思鹏说:"送餐。"

"难怪,温社长说你跑得不见人影。"赵钦书有些怜惜,"一天能挣多少?当我镜头里的角色,我给你双倍。"

何思鹏嗅到了商机:"我可不可以一边当你镜头里的角色,一边再去送餐。"

赵钦书失笑:"那我要上哪儿去找你?"

"你拍我送餐的样子。"

"我要拍武术,你送餐能飞檐走壁呀?"

何思鹏抬了抬腿:"我跑得特别快。"

确实,她像是飞毛腿,赵钦书憋足了劲也追不上。他向摄影课的另一个同学陈戎求助。

陈戎问:她在吗?

赵钦书了然:在。

倪燕归又变回了"倪燕归"。

赵钦书对她的初始印象是,性子野,但人漂亮,身段玲珑,美腿修长纤细。自从她和陈戎谈了恋爱,形象大变。裙子过膝,人也跟着柔美起来。

她和李筠的端庄大气不一样,淑女连衣裙套在倪燕归的身上,有着半天真半诱惑的气质,对男人尤其要命。而她只对陈戎一个人散发致命诱惑。

分手以后,她收起了素雅的连衣裙,又成了一只肆意妄为的狐狸。

倪燕归跷起腿,坐在果树旁的藤椅上,一口一个地吃着砂糖橘。她懒洋洋的,像是收起了尾巴的狐狸。

赵钦书:过来当我的助手。

陈戎:好。

如果没有分手,她肯定会来抱他哄他。

不知道为什么,他突然想听她说一句:"戎戎,你是最棒的。"

何思鹏到这里来是当苦力,实实在在地领日薪,其他学员是义务帮忙。

毛成鸿很有干劲,当搬运工的同时,又讲述散打的要领:"我给你们讲解过,任何战术都不是一成不变的。要是只学习一种拳腿组合,一旦到了场上,很容易被对手看出破绽。任何招数都要讲究避实就虚,灵活多变。"

一个学员说:"毛教练你真是有了职业病了。"

毛成鸿抬起了箩筐:"就算以后我不教你们了,你们也要记住。格斗讲的就是控制与反控制。"

"毛教练。"刚才那个学员握紧了拳头,"以后你还是要教我们的。"

"对啊,毛教练,我的腿脚跑得还没土狗快,你也不好意思卸任吧。"赵钦书笑着。

毛成鸿:"行,以后再教你们。"

倪燕归在旁边摆了一个箩筐,这是她向温文购买的果子。

她嘴馋,坐着就吃了好几个。

何思鹏一个人在这里打两份工,这时在树下比画拳脚。

赵钦书的镜头跟着她左右晃动,他步伐凌乱,左脚绊右脚,险些就要摔倒。

望着湛蓝的天空和青绿的远山,倪燕归摇着椅子,慵懒得犯困了。

突然,她瞟到了温文妈妈和善的笑脸,温文妈妈说了句什么。

温文知道倪燕归听不懂这里的口音,过来当翻译说:"小倪同学,你去休息一会儿吧。"

倪燕归站起来:"我没事,我就是尝尝小橘子。太甜了,忍不住。"被长辈见到她优哉游哉的,她很不好意思。

温文妈妈的笑意很深,对温文说话,又朝何思鹏的方向望了过去。

"好。"温文说,"我妈说,你和小何同学两个女孩子忙了一上午,累坏了。"

倪燕归:"温社长,你别总是把我当女孩子看,上午我搬了好多箱。"

"嗯,很棒。剩下的箱子,我们男生足够了。"温文向着果树下喊,"小何同学。"

第十五章　烟花

何思鹏很认真，收势的动作稳重淡然，她走过来时满脸是汗。

温文："你们跟着我妈妈去休息会儿。"

何思鹏："我不累。"

温文望了一眼赵钦书。

赵钦书学着小狗，向外吐舌头："但是我累啊。"

温文妈妈又说了两个字："休息。"

倪燕归悄悄地问："温社长，会不会麻烦温妈妈？"

温文："社团的同学每年来我家玩，有的还在这里过夜。人多，我妈觉得热闹高兴。"

倪燕归不好推辞了："谢谢温妈妈。"

温文妈妈点点头："来。"

倪燕归醒来，温文一群人正在小货车上装货。

凛冽的寒风中，毛成鸿脱得只剩一件短袖衫，他一次抬两个箱子，满头大汗。

她自告奋勇："毛教练，我来帮忙。"

温文拦下她："不用了，小倪同学。还不到吃饭的时间，你自己玩。"

远处，赵钦书又在追着何思鹏跑。

倪燕归只好去闲逛。

村子里或密或疏地落了一幢幢的自建楼，大多有三四层高，每家的门前都围起了院子。

迎面，一辆小面包车驶过来。小路的一边是田地，一边是住户。村路窄，会车时一辆车停到人家的门边上，才能让另一辆车险险走过。她给这辆小面包让了路，转头望着这户人家的院子。几只鸡"咯咯"地叫着，对面的小狗在"汪汪"吠着。

已经驶过去的小面包车停了下来。面包车很旧，白漆上刮了几道痕，露出底下的漆黑的铁皮。那扇凹了一块的车门忽然打开，车上跳下来一个人。

倪燕归还在看着院子里的鸡，直到那人的影子拉近了，她才察觉出什么。

车里下来的人竟然是陈戎。赵钦书没说陈戎会来,见他突然出现在这里,她很意外。

小面包车驶走了,留下一阵远去的"突突"马达响。院子里面的那只狗突然吠出连串的"汪汪"声。鸡也不甘示弱,"咯咯"直叫。

倪燕归歪了歪头:"哟。"

她不再描绘扮演无辜的眼线,也无须维持淑女的姿态。她披了一件长款的黑外套,里面是深黑上衣,下摆很长,直到大腿。下身不知穿的是短裙还是短裤,被长长的上衣盖住,露出白皙的大腿,脚下裹着绑带款的黑皮膝靴,有点儿野。

陈戎从头到脚也是黑色系。他单肩背起书包,剩下的一条黑色肩带晃在一旁:"哟。"

北风吹乱了她的头发,她拨了拨发丝:"竞赛结束了?"

他单手插进裤带:"结束了。"

"怎么样?"倪燕归弯起了笑,"昨天的烧烤有助你一臂之力吗?"

他点头:"有。"

"哦?"见他这样洒脱放松,她猜他是得了奖,"赢了?"

"输了。"他庆幸他的面具掉了。如果站在她面前的人是假的"陈戎",他还要因为"谦和"的人设,为李育星讲好话。

倪燕归:"……"

她终究说不出讽刺的话,挽了挽衣袖:"或许评委不懂得欣赏吧。"

陈戎突然扯出了笑。哪怕他们吵过,打过,她仍然第一时间相信他,把过错推给别人。没有人会像她这样,对他毫不迟疑地肯定。从来没有。

倪燕归觉得,恋爱关系也可以套用股市里的话术。

接二连三的吵架,视为急跌。而昨晚或者今天,她和陈戎仿佛形成了稳定的局面。但就像她父亲说的,急跌之后是阴跌,度过了跌宕起伏的几天,人慢慢地趋于平静。

她的父亲通常会哀叹几天,之后再见到收益里的绿色,就心平气和了。这时距离高点已经遥不可及,绝处没有逢生,只有无奈。

倪燕归今天见到陈戎,冲动散了大半。她终于领悟到了父亲在股

第十五章　烟花

市里的浮沉。

从前的陈戎喜欢浅色系的服饰,那是他装君子的装备。今天他一身黑,线条格外冷酷。

在场的,除了倪燕归,就是远处的村民。他在她面前是彻底不装了。

她又发现,陈戎的气场和朱丰羽的是比较接近的。都是那样的冷淡、轻飘飘的,似乎对这个世界全不在意。

当然了,倪燕归也是这样的人。

既然打了招呼,两人又没有别的话可说,她转身向前走。

鸡鸣犬吠声渐渐地远去了,四周很安静。地上有一道长长的细影,拉近到了她的脚下。

不就是比谁忍不住先开口吗?她偏不说,沉默地一路走。

两人转向,倪燕归迎向东面,那道影子就蹿到她的脚边,与她如影随形。

村路像是没有尽头,长长的一条小道,岔路都是往田边去的。

走出了村口,倪燕归站定,侧头望向陈戎。他没什么表情,跟陌生人似的。

倪燕归弯了弯唇,或许他也和她一样,急跌、阴跌,而后步入平静。但那又如何?她眼波流转的时候,上扬的眉梢飘着没有分量的眼神,她看他也像一个陌生人。

走过村口,是另一个村子。村子和村子之间以一道石碑牌子作为界限,对面叫石三村,温文住的村子叫温墩村。

石三村比温墩村热闹许多,村民来来往往,从村口不远处就可以见到。祠堂门前的大晒场摆满了桌子,今天似乎有大型的团餐。

路的另一边走过来几个男青年,他们聊起什么,哈哈大笑。见到路口站着两个陌生的外地人,几人的吆喝都停了。

男青年的目光从倪燕归扫到陈戎,接着又回到了倪燕归这边。她的脸蛋娇艳如花,妆容很精致,一看就是城里人。跟他们村里要干活的女孩不一样,她的皮肤特别白。几个男青年目不转睛,眼神从她的脸转到她的腿,又从她的腿溜回她的脸。

倪燕归懒得搭理这群人,正要转身,忽然被狠狠地扣住了腰。除

457

了陈戎,还能是谁。

男青年有几个恍然,其中一个仍然有些愣。

直到后面的大婶喊:"全猪宴就要开始了,你们站在那里发什么呆?"几个男青年的脚步向前移动,眼睛仍停在倪燕归的方向。

但她已经转过身去,脸被那个黑衣男扣在肩膀上,长长的外套挡住了她白皙的大腿——窥不见一丝的春光了。

倪燕归被紧紧地扣在陈戎的怀里。自从这个男人撕掉伪装,她就挣不开他的蛮力了。虽然两人都是练过的,但男女力量天生悬殊,她只好用拳头去捶他的肩膀:"你干什么?"

陈戎低头说:"不要来人多的地方散步。"

她昂起头:"我爱去哪儿散步,就去哪儿散步。"

几个男青年走开了,却没有走远,对倪燕归流连忘返似的。

陈戎拨了拨她的发丝:"如果你要继续留在这里给他们围观,我不介意让他们围观更劲爆的场面。"

她笑:"你是谁?你管我?"

陈戎钳住她的下巴,低下脸:"不信你就试一试?"

倪燕归后悔的是,当年在武馆,她不应该只走轻巧路线。她应该多听师父的,练一练力量,这样就不至于处处受制于陈戎,动弹不得。

他这人,连脸皮都不要了。

他的眼神是认真的,威胁不假,她要是再说,恐怕他真的会吻下来。她娇滴滴地说:"我去山上的果园散散步。"像是在哄人,其实不过是她也戴上了假面具。

她也不喜欢那一群男青年的目光,听刚才那个大婶说,这个村子有全猪宴,几个男青年看她的眼神像是在研究生猪肉。

陈戎没为难她,松了手。

倪燕归背对着石三村,向山上的果园走。

这条路是村子的致富之路,果树园、养鸡场都建在山上,难怪温文说这是他们的时代。从前村子里是瓦房砖墙,如今家家都建起了小别墅,村口还立着几幢像是公寓一样的建筑。

凭记忆中的方位,倪燕归觉得远处山腰上的就是温文家的果园。

第十五章　烟花

　　她优哉游哉地向前走，不理会后面跟着的人。
　　山路并不全由水泥铺设，有几段路是台阶高低不一的泥土路面，不知村民踩踏了几辈子，才走出这一段路。
　　倪燕归像是要故意甩开陈戎一般，左大步右大步，在不知哪家人的果树林里走了一个 S 形。武馆师父有一句话，和毛教练说过的一样，三十六计走为上计。利用腰部力量加速脚步的招数，她练了多年。
　　经过一片果园，路两边草丛很高，她在直路上越走越远。
　　陈戎落后了一段距离，他漫不经心，仿佛玩的是一个名为"比比谁的耐心好"的游戏。
　　既然甩不掉陈戎，那就把他当成一个跟屁虫好了。
　　太阳西沉，橘色的圆盘剩下一半，挂在山的那一头。
　　山路锻炼耐力，倪燕归的耐力被底下这双高跟靴磨平了。不是她输了，是她的鞋子输给了陈戎的那双。她停下来，靠在树边垫了垫脚。
　　陈戎走上前："累了？"
　　她侧过头："想背我下山？"
　　他不回答，向她伸出手。
　　倪燕归弯起红唇："想得美。"
　　她往回走去，回到了刚才的果园。园子大，路分了好几道。果树都长得差不多，她不知该往哪个方向去了。
　　脚底生疼，早知今天会遇到陈戎，她就要穿最轻便的跑鞋来。
　　陈戎说："温社长的果园里有一幢小屋子。"
　　但她没有去过，漫山遍野都是树林，哪里有小屋子？
　　"来。"陈戎又向她伸出手。
　　倪燕归问："你去过？"
　　他抓住了她的手腕："我远远见到过。"
　　她佩服他的记忆力，走一段路，竟然真的到了那幢小屋子。
　　严格说起来，小屋子不是温文家的，村子靠山吃山，几户人家在山上都有果园。考虑到上山下山的时间长路程远，几个果园都建有小屋子，用来休息。
　　红砖墙没有刷漆，外面看着很简陋。门板上套了门栓，但没有上锁。

陈戎拉开门栓,门就开了。

屋子不大,只有一间房和一个卫生间。里面的家具寥寥无几,有一张桌子、一张椅子以及一张单人床。

陈戎拿出手机,屋子坐落在半山腰,信号很微弱。他把书包放到桌子上,在椅子上坐下了。椅子被他占了,倪燕归坐到了床边。她低身解开靴子上的绑带,然后脱掉了鞋子,她揉了揉腿肚子,又捏了捏脚跟。

倪燕归的双腿修长,却不像竹竿。她之前停止练武,但仍然是一个运动好手。她的腿部肌肉厚薄均匀、纤长有度。她抬高双腿,在空中交错地抬起、放下、抬起、放下,脚趾动了动,被袜子卡住了。

她当陈戎不存在,脱掉袜子,然后上下左右地转动脚趾,又转了转脚踝,发出一声满足的喟叹。穿高跟鞋的酸痛终于缓解了。

陈戎靠在椅子上,一直看着她。他握过那一对脚踝。或许是因为沉浸在回忆中,他的眼神变得暗沉。

倪燕归舒展的动作顿住了,她把双腿缩到了床上。

他收回目光,望着她的脸。

她靠着床头:"现在都不加掩饰了?"

没头没尾的一句话,但是陈戎接上去了:"掩饰或不掩饰,结果有改变吗?"

"当然。"她狡黠一笑,"若是收敛的话,或许我会觉得你悬崖勒马了。"

"我勒住了,有其他的机会吗?"

倪燕归用食指左右晃了晃:"你勒不住的。"

陈戎点头:"人一旦开了荤,总是惦记那个味道。"

她伸直了腿,左右交叠:"恭喜你。耐不住寂寞的人,很快就会有新的女朋友。"

"我惦记的是你。"

她抱起手:"我已经给林修放话了,以后要找一个腼腆的、羞涩的,我见着了就忍不住想逗他玩儿的。我呀,从小就喜欢那样的。"

她又想起他假装小白把她哄得晕头转向的事,种种罪名,罄竹难书。

第十五章 烟花

"真可怜,你再也尝不到了哟。"倪燕归得意扬扬的话,突然打住了。

陈戎倾身过来,擒住她的脚踝,轻轻地摩挲。他指上细细的茧磨在她的皮肤上。她以前真是傻,觉得他的茧子是握笔握出来的。她要缩回脚,却被他扣住了。

他一脚跪上了床,俯身向她逼近:"我觉得你现在对我,也是抱着忍不住逗着玩儿的心态。"

"别冤枉我,我抱的是冷眼旁观的态度。"

他的手沿着她的腿线,从她的脚踝滑到了她的膝盖,他用一只手掌,制住了她的双腿。

她喊:"放肆。"

"就是放肆。"陈戎低着腰,和她对视,"我纠正,你这不叫逗着玩儿,也不是冷眼旁观,而是寻衅滋事。觉得我动不了你?"

倪燕归扬眉:"忍啊,你不是忍功了得吗?"

"我发现,倪燕归。"

"干吗?"他很久没有叫过她的全名,她听着不习惯。

"要么你当我是聋的,要么你当我是瞎的,听不出看不出你的挑衅。或者……"陈戎停顿,"你当我不是男的?"

倪燕归如果胆子小,可能就要被吓怕了。

但奇怪的是,他之前什么也不做,从一张脸转换成另一张,无论多和颜悦色,她都觉得害怕,打心底感受到恐慌。他高深莫测,像是常年生活在深渊里的人。

现在他的姿势、他的动作,无一不彰显其中的危险,她却没有露怯。她想,人贵在真实。

"我当你是陌生人。"倪燕归伸手给他整了整外套的领口,理了理肩上细碎的树叶,"这是温社长的果园,谅你也不敢乱来。"

陈戎应对自如:"我允许你呼救。但有没有人听到,就是另一回事了。"

"当初套了个面具,憋得跟忍者神龟似的,循规蹈矩,有条不紊。怎么?面具掉了,忍字头上悬着的刀跟着没了啊?"

461

他拧她的下巴:"毁在你的牙尖嘴利里。"

"贼喊捉贼,我就要我尖利的嘴巴,严重地警告你。"倪燕归缓缓地吐字,"放开。"

陈戎问:"藏刀了吗?"

"我学乖了。"她虚伪地弯起嘴角,"如果藏了刀,要到最后一刻才亮出来。"

他勾住她的腰,手掌在上面摸索着:"没有武器?"

倪燕归不慌不忙:"如果被别人知道你这德行,你温润如玉的形象就要毁了。"

陈戎也不慌不忙:"他们在山下。"

窗外,刚才挂在山头的夕阳彻底沉了下去,留下一片艳丽的余晖。

"听你的口气,是不想暴露?"倪燕归伸手,在他的头上摆了两个耳朵的手势。有了这两个耳朵,他冷厉的线条也不见可爱。她说:"其他人如果没发现,就继续戴你的假面具?"

"想去曝光我吗?"他的热气喷在她的脸上。

两人很近,说话时唇瓣碰到了对方。她还是问了:"为什么你要戴假面具?"

陈戎啄了啄她。

她看着他:"你又不报考戏剧学院,装那么逼真。难不成——"

他静静听她的猜测。

她问:"你如果露出真面目,学校就不给你发奖学金?"

陈戎:"……"

"我说过我对你感到害怕。但我想了想,可能你是对我更害怕吧。"倪燕归用手指在他的脸上戳了一下,触感还是从前的触感,感觉却大不一样了,"一个人人艳羡的天之骄子,结果是个抽烟的'好男孩'。"

陈戎:"无害的谎言也是无法被原谅的,是吗?"

这时候,轮到倪燕归沉默了,这个问题难倒她了。

她妈对她说过,她谎话连篇是成了精的。她跟林修串供编起故事来,脸不红气不喘。

陈戎:"舌头被咬了?刚才不是理直气壮吗?"

第十五章 烟花

"我跟你不一样。我只骗你一个人,到手了就洗心革面。你呢?你骗了全世界。"她顿一下,"呵呵"笑起来,"哦,朱丰羽和橘色小圆头是知情人,他们是很独特的存在,比你的前任女朋友还要独特。"

"你跟朱丰羽吃醋?"

她仿佛听到一个天大的笑话:"我吃什么醋?我只是感慨,我在前任男友的心里,地位还不如朱丰羽。反正你我桥归桥,路归路,我才不会无聊到惦记已经终结的感情。你就算跟朱丰羽双双把家还,我都懒得望你一眼。"

陈戎抚了抚她凌乱的头发:"收起你的伶牙俐齿。另外,你打不过我。"

倪燕归的眼睛被怒气烧得晶亮:"那是因为你要诈。"

"也许你的比试都是点到为止的切磋?"他低低地说,"你觉得,一个乖孩子在学校里吃香吗?不一定。十几岁的叛逆小子,最喜欢欺负斯斯文文的腼腆的乖学生。"

倪燕归的心一缩,她听出了什么。

"那种欺负不是简简单单的嘲笑。一群社会青年到学校的后门堵人,就因为乖学生长得好、成绩好,得到了班上一个漂亮女生的青睐,好像他们中有谁心仪这个漂亮女孩。他们一共七个人,其中两个拿了匕首。"陈戎的食指骨节抵在她的脸颊,"就顶在这里,威胁要钱。若是为了息事宁人,给了钱,他们就会露出本来的企图——他们是真的想折了那个乖学生。"

倪燕归偏头,闪开了脸颊上的手指。

陈戎凑到她的耳边:"他们会要求乖学生表演尿裤子。要是不表演,那把刀就从这里,横到这里。"陈戎的手,从她的脸移到了她的脖子,"那时真的表演不出来。没办法,只能拿下眼镜,以一敌七了。"

倪燕归捕捉到了重点——他那时的本性是哪个?

"武术套路是很潇洒,但我是从实战里走过来的,我知道怎么让别人更疼,我更知道如何避开要害,但又能让人痛得更久。"

倪燕归似乎对他的话入了神,彻底没有了动作,直直地望他。

哪个学校都有这样的事情发生,当然,像倪燕归这么霸道的,别

463

人欺负不到她头上。但她知道，在学校里，性格越是温暾的学生，越可能成为被欺负的对象。那时的校园就是一个小小的社会缩影。恶人，也是欺善怕恶的。

她直接问："你是不是因为遭遇到校园霸凌，才变成了不良少年？"

陈戎抬起头："你觉得呢？"

不是，不良少年才是他的真面目。她问："你为什么不以真面目示人？那样你就不会被欺负，反而能骑到他们头上了。"

他淡淡地说："习惯了。"

霞光落了下去，天色暗淡。小屋子里没有开灯，昏沉沉的。

山里很安静，她听到了树叶沙沙作响，以及鸟雀的啼鸣。

她怒喝："一会儿下山，我让毛教练和温社长，把你扭送到派出所。"倪燕归威胁他，"到那个时候你就完了，学校所有师生都知道你是个假人。"

"我在你面前是真的，可惜你不喜欢。"

天空彻底黑了，山里很冷，倪燕归哆嗦了一下。

他脱下外套，给她绑在腰上，正好可以遮住她那一截没有衣物的大腿："温社长可能要开饭了。"

他才说完，山下传来了"嘭嘭嘭"几声。

"啊。"倪燕归朝窗外望过去。

黑幕一样的天空中绽放了五颜六色的烟花。她没空和陈戎吵架，推开他走了出去。接二连三的炫光，把果园照得大亮，到处闪过五彩斑斓的光影尾巴。

"冷吗？"陈戎到了她的身后。

倪燕归一个出拳，打中他的肩膀。她用力猛，他被震得发麻。

她"哼"了一声。她前阵子的猜测，思路全对——陈戎要隐瞒全世界。

脑子虽然有些乱，但她捉住了一个关键——就算他曾经被欺负了，他也要披着那一层假外衣，其中肯定有不得不为之的原因。

绚烂的烟火，在两人的上空轰然绽放。

第十五章 烟花

她要挖掘出他背后的秘密。

烟花像是指路的灯光,顺着声响的方向,两人一起下了山。

倪燕归踩着高跟鞋,慢悠悠地踏步。

烟火只能指引大致的方向,陈戎跟在后面,他用手机当手电筒,照着山路。

倪燕归找到了新的研究方向。上一次关于山羊面具的推理她败北了,不过那是在她上心理学课之前。如今她快上完一个学期的课,而且她对陈戎的双面有了初步了解,接下来就是给犯罪画像补上旁枝末节了。

她双手插进外套口袋,向侧后方冷哼一声:"大骗子。"

直到现在,他也没有完全向她坦白,但她已经不需要了。等哪天她扒了他的皮,她就能从几次输在他手下的阵仗里扳回一局。

第十六章

解救

山下的同学见到两人一起出现,都不惊讶。

赵钦书听说,这两个人很有仪式感地分了手。这时却都穿着一身黑,郎才女貌。赵钦书暗忖,这俩互相祸害就行了,别去荼毒他人。

何思鹏第一次玩烟花,手里拿了两串"娃娃乐",站在河边大力地挥动手臂。她就是有办法把所有的事都玩得跟武术似的。

赵钦书相机里之前拍的是静态照片,之后他用手机录了几段视频。

赵钦书想着怎样剪辑何思鹏的摄影片段。她如果换上复古的长袍,一定利落得像是拍武侠片。

突然,背后有一个人轻飘飘地蹿了出来,她压着嗓子叫了声:"赵钦书。"

赵钦书觉得所有的北风都钻进了他的心。他哆嗦着回头:"吓死人了。"

可不是嘛,美得跟妖精一样的女人幽怨地说:"跟你打听一件事。"

赵钦书收拾起表情:"你说。"

"你是在忙你的选修作业吧?"

"对啊。我和柳木晞是一起上摄影课的,她不也有繁重的作业了。"

"我也有。"倪燕归叹气,"我的是心理学课。"

"热门课程。"赵钦书想抢抢不到的那一门。

倪燕归:"你的摄影作业是以何思鹏为主题?"

赵钦书点头。

"我们家小晞是以你为主题。"

赵钦书笑:"谁让我长得帅呢。"

倪燕归问:"猜猜我的课题是谁?"

赵钦书用手指刮了一下眉毛:"不会也是我吧?"

"错了。"倪燕归也不卖关子了,"是你的同学,你的好友。"

"陈戎啊。"男女朋友互相研究,也说得过去。

"凭我一个人画不出完整的陈戎,所以来向你请教。"

赵钦书只是笑:"我有的只是同学方面的看法。"

倪燕归弯着唇:"那讲一讲你心中的陈戎吧。"

"一个高不可攀的好同学。"赵钦书伸出五根手指,说一个就掰一根手指,"长相好、身材好、学习好、脾气好、性格好。"五根手指头用完了,赵钦书下结论,"综上所述,完美。"

倪燕归挑了挑脸颊旁的发丝:"身材好指的是?"

"陈戎在我们班是衣架子,这不就是身材好吗?"赵钦书对答如流。

也是奇怪。倪燕归被陈戎骗得团团转,但这时站在赵钦书的面前,她却明明白白地察觉到,这也是个假人。

一个能当中央空调的男孩,见人说人话,见鬼说鬼话,假得再正常不过了。

赵钦书应该知道些什么的,他假装不知而已。

酒足饭饱过后,温文妈妈跟温文说了些什么。

温文转达说:"如果回家太远的话,大家今天晚上可以留在这里休息。"

温文妈妈笑着点头。

毛成鸿:"山路可以用来训练耐力,这是个很好的训练基地。"

何思鹏问赵钦书:"你还拍吗?"

赵钦书:"当然,而且我有更好的主意。"

"那我要训练。"何思鹏转向温文,"我很随意,给我一间柴房就行,谢谢。"

"那太为难温文了。柴房没有,但是村口的一幢公寓楼是温文家的。"怕新来的不知道,毛成鸿介绍说,"温妈妈热情好客,公寓楼最上面一层没有出租,专门留着招呼客人用。"

赵钦书诧异:"山头是温社长的,公寓也是温社长的?"

温文不好意思地笑:"不是公寓,毛教练说得好听,自建村屋罢了。租金很便宜。"

何思鹂向着村口望。都是乡下人，一个负债累累，一个却是满满的大当家。

这一趟出来，为的是吃喝玩乐，一行人赖着不走了。

公寓有六层楼高，一到五楼都有租客。一层楼八间房，全都住满了。

何思鹂在那边数着数，六八四十八，这可是乡下人中的土豪了。

女生只有何思鹂和倪燕归，两人自然分到了一间房。温文很照顾女生，挑了光线最亮的那间安排给她们。赵钦书、陈戎、毛成鸿三个人住在二居室的套房，就在女生们的隔壁。

赵钦书问："明早是不是要去晨练？"

何思鹂点头说："六点半出发。"

赵钦书的腿顿时就软了："这么早。"

何思鹂见到陈戎，想起史智威的事。她还没有告诉他，消防问题是拦不住史智威的，有问题就整改，多简单的事。他喊来设计师，重新调整了地下室的布局，处理完毕，又准备开张了。

史智威不靠面店赚钱，表面上的经营仅仅是掩饰，暗里做的还是他坐牢之前的行当。

像何凌云那样的赌狗，是史智威的"财神"，要好好拴着。

高利贷的放债人精得很，先从关怀出发，之后就把何凌云骗得底裤都没了。史智威跟大善人一样问他："缺钱？我借给你。"

签了借款合同，一切就赖不掉了。

史智威擅长钻法律空子，贷款卡在条文规定的最高利率上，何家奈何不了他。

何思鹂几次有冲动，想去教训史智威。

何爷爷拦住了她："不要冲动。你一个女孩子，惹毛了这群人，他有的是法子对付你。"

何凌云似乎真的蔫了，躲在家里不敢出门。

何爷爷很无奈，又拿出了房本，这一次被何思鹂按了回去。她要赚钱，赚很多很多，满脑子都是赚钱的事，以至于她把陈戎给忘了。

她用手机发了信息：史智威的面店又要开张了。

陈戎：嗯，我见到了。

第十六章 解救

何思鹏盘腿坐在床上。她只是学生,和史智威硬碰,无疑是以卵击石。似乎只能还债,没有其他赖账的方法。

倪燕归洗了澡,懒洋洋地靠在床上。她突然问:"何思鹏,你为了陈戎进社团,想来你对他有自己的观点?"

何思鹏回头。

倪燕归解释说:"我的作业是描绘他的画像,想问问从你的角度,陈戎是个什么样的人。"

"人很好。"

"就没了?"

"其他不了解。"何思鹏和陈戎不是亲密的朋友。史智威入狱,陈戎出了一份力,军训时又救过她。她惦记双份恩情,对陈戎没有戒心,仅此而已。

从赵钦书和何思鹏的嘴里没有套出关键的信息,倪燕归忽然想到了一个人。既然是青梅竹马,那最了解陈戎的人,是李筠。

倪燕归和林修之间没有那些藏着掖着的,她在微信上问:你跟李筠是什么时候认识的?

林修:偶然。

倪燕归:她有没有跟你讲过陈戎?

巧了,李筠有讲,就在昨天。

林修下了课,在楼下遇到李筠。跟往常一样,他叫了声"学姐",就要走人。

擦肩而过的时候,林修见到,那天向李筠邀舞的男同学过来了。

男同学笑容满面:"李筠。"

李筠别了别头发:"你好。"

男同学:"关于上次调色的技巧,我还要向你请教,中午赏脸吃个饭吗?"

"啊,"李筠喊一声,"林修啊。"

林修停下来。

李筠:"我有件事忘了跟你说。"

林修:"哦。"

李筠对男同学说:"不好意思,中午有事。"

"那改天吧。"男同学暗藏敌意地打量林修,他浓眉大眼,是个强劲的对手。

李筠走到林修的身边:"走吧。"

"师姐。"待男同学走远了,林修说,"你总把我当成工具人。你怕伤了他们的自尊,就不怕伤我的自尊?"

李筠愣了愣:"抱歉,我不是……"她想说她不是故意的,但她是。她故意想要甩开男同学,才拿林修当借口。

林修潇洒得很,总是一脸无所谓。他不像其他男生,见到她就献殷勤,他这个人淡淡的,她以为他不介意做挡箭牌。她理亏,只能道歉。

林修见她面露羞惭,说:"学姐,没事。我开玩笑的。"

"要不我请你一顿饭吧?"李筠仍有歉意,想要补偿什么。

"好。"有免费的午餐,没有不吃的道理。没办法,林修经济拮据,自从演唱会大出血过后,他至今没有缓过来,不过他提醒她,"学校里在传你和陈戎的绯闻,我可不乐意被插进去成为谈资。"

李筠笑了笑:"这事我知道。我本想或许能挡住他们的。"谁知道,那群男的仍然争先恐后地追过来。流言传来传去,却没有拦住她的桃花。

弟弟失恋,对象是旁边男孩的青梅竹马。李筠问:"你的青梅竹马跟陈戎之间……怎么样了?"

林修:"吵架了。"

"有和好的迹象吗?"

"不知道,没问。"这是倪燕归的决定,林修没有过问。

李筠轻声说:"希望她不要因为我和陈戎的事而生气。"

"既然是误会,你为什么不去澄清?"

"清者自清。"李筠好奇,"这么些年,你和青梅竹马难道没有传过谣言?"

"有。"林修耸肩,"也是清者自清。"

"不过,清者自清是需要时间的。我要跟你澄清,我和陈戎就像家人一样,你帮我转达给你的青梅竹马吧。"

这些话对着别人说,也许别人会觉得荒唐,但对林修而言,他和倪燕归也是家人。两人从小玩到大,后来读了小学,就算见不到人,也从来没有忘记遥远的对方。

他们会吵架,他们还会动手,但他们是彼此心里最特殊的存在。

李筠和林修加了微信,她发过来一张她和陈戎的照片:我和他是小时候的玩伴。

林修的注意力在旁边的那面墙上。

李筠和陈戎合照的背景,是小葵花幼儿园。

小葵花幼儿园的外墙上画了两朵向日葵,花盘饱满,花瓣又长又宽。

照片里有两个小朋友,女孩扎两条小辫子,一手拎起蓬蓬的白裙子,领口印了个大大的粉红爱心,她笑得甜滋滋的。

男孩穿着牛仔外套和黑色短裤,鞋子很脏,满是污渍。他的一边膝盖受了伤,青紫一片。他的头发很短,像是剃了个光头,面无表情。

倪燕归:你记得我们小时候有这样的同学吗?

林修:不记得。

别说幼儿园,就连小学一二年级同学的长相和名字,他也没记忆了。

倪燕归:李筠怎么说?

林修:她比我们大一岁,跟我们不是一个年级的。她对于我跟你,什么印象都没有。

倪燕归:她是怎么说陈戎的?

林修:她和陈戎的家住得近,在学校里见面倒不多。她说陈戎在学校的表现挺好的。

然而,照片里的陈戎非常嚣张。

李筠:陈戎还是个孩子。他偶尔发脾气,但只要哄哄他,他一定服服帖帖的。

林修告诉倪燕归,说:李筠的话别信。

都已经晚上了，何思鹏还要扎马步，她问："你不练功吗？"

倪燕归趴在床上，抱起枕头："累了，休息一天。"和陈戎较劲是很费功夫的。

何思鹏自顾自完成了每日的训练，关灯上床。

倪燕归的手指在照片中陈戎小朋友的脸上戳了戳。她捕捉到了什么，但夜晚脑子混沌。

算了，明天再想。

到了第二天，倪燕归昏沉沉的，浑身无力，一直躺在床上，不想起来。

何思鹏很准时，六点半就出门了，倪燕归睡到了日上三竿。

陈戎来敲门。

毛成鸿晨练回来，洗了个澡，出门时见陈戎还停在隔壁门口，问："小倪同学呢？"

"还没醒。"陈戎又敲了敲。

毛成鸿加入了敲门的行列。他的做法不叫敲门，而是拍门，他大喊："小倪同学，起床了！"

倪燕归用尽全力回了一声："毛教练。"

陈戎听出什么不对，立即联系温文送钥匙过来。

倪燕归感冒了。她是那种一年不感冒，一旦感冒就要熬个十天八天的类型。她肌肉酸痛，有气无力，在心底把陈戎骂了八百遍。

早餐是陈戎送来的，之后他又拿了药过来。

他给她探了探温，好在没有发烧，大概率是在那幢小木屋里吹了风才着凉的。

现在她神色疲倦、面容苍白，陷在枕头里，眼皮都懒得抬。他怀念她得理不饶人的样子。哪怕骂他也好。

倪燕归吸吸鼻子，两边都塞住了，她只能张嘴喘气。

喘气声钻进他的耳中，"呼呼呼"的。他说："对不起。"

"去去去。"山里的北风把她打败了，她连说话的力气都失去了。这三个"去"字没有气势。

但这话镇住了他："倪倪，我很抱歉。我不再碰你了。"

第十六章　解救

她半闭眼睛，睡了过去。

中午，温文妈妈过来送饭。

倪燕归简单吃完，睡到下午，终于下了床。

陈戎已经走了。

"他说临时有事，上午就离开了。"温文对此很不赞同。女朋友正病着，陈戎却拍拍屁股走人了。

倪燕归的脑子满是糨糊，什么也想不清楚。她瞌睡连连，在将要失去意识时，她问自己，她和陈戎是怎么走到现在的。

感冒耗尽了她的力气。

之后的一个多星期，倪燕归一直浑浑噩噩的。她的鼻音很重，喉咙又疼又肿。前三天猛流鼻涕，后面稍稍止住了，又开始咳嗽。半夜，仿佛要把肺腑咳出来。

林修和卢炜几个人去图书馆复习。

倪燕归说："我不去了。"她倒头大睡。

柳木晞讲起何思鹂的事情。

倪燕归听了就忘。

期末考的前三天，她说："我要带病上阵了，不会只有我补考的科目最多吧？"

"你病几天了。快快临时抱佛脚，找你的学霸男朋友补课。"乔娜像是安慰，又不像。

倪燕归抱起被子，呆滞无神。

这一个星期里，她没有再遇到陈戎，他可能愧疚得没脸见她吧……

倪燕归从床上探一下头，对乔娜说："我和他分手了。"

乔娜的齐刘海厚重，也长了，眼睛很深："是不是你的伪装被拆穿了？"

"我的伪装？"倪燕归抓抓头发，"我的什么伪装？"

乔娜："你的端庄淑女形象。怎么，陈戎知道你的真面目了？"

忽然之间，倪燕归想起了不久前的情景——

乔娜问："将来陈戎知道你的真面目，该怎么办？"

倪燕归说："先把人骗到再说。"

于芮又讲："如果陈戎爱你爱得死去活来，肯定会包容你的缺点。"

曾经的一幕打了倪燕归的脸。她和他本质上是同一类人，想的都是先把人骗到再说。

倪燕归一个人缩在被子里，迷迷糊糊间梦到了和陈戎的时光。她是坏，但她已经向他坦白了。

他为什么还藏着？她不甘心他的隐瞒，却又没有信心去质问。

问了，他不答，她就更不甘了。

期末来临，倪燕归的感冒到了尾声。

考试结束，她突然活过来了。

柳木晞又说起何思鹂。

倪燕归问："你们的选修作业不是已经上交了吗？"

柳木晞："但赵钦书有了新的想法，我觉得这个主意可行。"

事情要从何思鹂那天回到家说起。

何凌云的还款时间又拖了，史智威亲自去了何家，说："要过年了，我们兄弟也要吃饭的。你不给我还钱，我就拖欠兄弟们的薪水。我不忍心啊。"

何凌云请求着："威哥，再宽限我几天吧。我妹子过几天结算工资。"

"你妹子？"史智威咬了根牙签，"你妹子不是在读书吗？"

"为了这个家，她出去当送餐员了。"何凌云说，"我妹啊，跑步特别快，就适合送餐。"

史智威奸笑："跑再快，赚的只是你利息的零头。"

"威哥，就几天。"何凌云低声说，"过几天有笔新的贷款放下来。"

史智威眯起小眼睛："以贷还贷，学聪明了啊。成交，我过年就靠你过了。"

何凌云讪讪地说："威哥，你真是说笑。"

史智威发出违心的感叹："哎呀，讨债难哪。"才说完，他迎面见到

第十六章 解救

了何思鹂。

她装作没看见他。

"何家妹子什么时候长这么水灵了。多可爱的小姑娘,去当送餐员。造孽啊。"史智威如果走了,可能没什么事。然而,他跟何思鹂擦肩而过的时候,忽然伸手,想去捏她的脸。

何思鹂早就在等史智威出手,这样一来,何爷爷就没有理由再拦着她。她双手握拳,直接对着史智威的驴脸打过去。

一群小喽啰,不堪一击,她轻轻松松解决了。

史智威往外跑,喊:"何凌云,欠的钱可别忘了还。"那姿势,称得上屁滚尿流了。

何凌云瞪着妹妹:"你干什么?这是惹大祸了啊。"

何思鹂:"祸是你惹来的。"

"翅膀硬了啊,你做了几天的送餐员,就以为自己是一家之主了?还敢教训我?"何凌云指着她的鼻子,"你不要害了我们家。威哥是道上的人,他是坐过牢的真正的狠角色。对他出手,你是爽了,但想过我的感受没有?想过我们家的感受没有?"

何思鹂冷冷地说:"你自己欠的钱,你自己去还。"

一提到钱,何凌云戾了:"老妹,这事不是闹着玩的。"他摸了一下脖子,"要是再拖,我怀疑我会掉脑袋。"

何爷爷被吓到了,老人家攥着房本:"要不把房子抵押了吧。"

何思鹂把何凌云推出去,关上了门。

何凌云气得猛拍门,大叫:"刚才你揍人的场面,我已经拍下来了。威哥要找麻烦的话,你一个人承担,不关我的事。"

何思鹂开了门。

何凌云的手收不住,一个趔趄摔了一跤。他看见何思鹂伸出手过来,想要去抓她。

她的目标却是他的手机。

回到学校,何思鹂第一时间找到赵钦书,谈生意。她不了解赵钦书在拍什么,但她隐约知道,她的武术能换钱。她揍史智威的时候很潇洒。

但赵钦书说:"我的作业已经交上去了。"

"哦。"何思鹂有些扫兴。

"对了,你要还债到什么时候?"勤工助学不是坏事,可一旦背上债务,人就疲惫了。赵钦书觉得,何思鹂更加娇小了。

"欠了很多。"何思鹂不知道还到什么时候,她很努力,但是杯水车薪。

"怎么会欠那么多钱?家里有困难?"

"利息高,利滚利。"她咬咬牙。

赵钦书听着不对劲:"你们家不会借了高利贷吧?"

她沉默了。

赵钦书看着视频里的史智威:"这个人是放高利贷的?"

何思鹂点头:"我早就想揍他了。"

"跟这些人硬碰硬,没有好果子吃,你太冲动了。"赵钦书想了想,"事已至此,事情要闹得很大才行。"

倪燕归问:"赵钦书是怎么闹的?"

"他把那段视频放到了网络平台,买了转评赞,然后用马甲去揭发这人。是不是真的高利贷我们不清楚,但引起了社会的关注,我觉得是好现象。"柳木晞压低声音,"这个人以前坐过牢,刚放出来不久。"

倪燕归:"他是当事人,谁拍的视频,他心知肚明,万一他报复何思鹂一家……"

柳木晞:"所以何思鹂一定要强大,否则放高利贷的上他们家一闹,他们家就鸡犬不宁了。"

倪燕归:"嗯。"

柳木晞:"现在短视频很火,武术酷妹在现今的平台上是很稀罕的。赵钦书提出跟我合作,捧一捧何思鹂。如果有网络带来的关注,何思鹂不容易出事。"

倪燕归:"赵钦书是一时兴起,还是有长久的打算?我觉得,何思鹂不懂网络上的弯弯绕绕,如果赵钦书半途而废,到时候留下的烂摊子

第十六章　解救

何思鹏一个人收拾不了。"一旦放高利贷那边的人玩手段，倒霉的还是何家。网络带来的庇护终究是短暂的。

柳木晞："还没有展开。不过我跟赵钦书约好了，寒假去一个景点，给何思鹏拍一段。"

倪燕归："嗯。"

柳木晞："燕归，你以前也是练武的，你要不要也来玩玩？"

倪燕归："我刚病了一场，没劲。"

柳木晞："拍摄不是真正的比武，有时候一个镜头要NG（影视术语：没达到拍摄效果，重新拍）很多次。从小习武的女孩，在现代越来越少了，但招式要得漂亮，很容易赢得观众的掌声。"

倪燕归："赵钦书这么有爱心？"

柳木晞："他说同情何思鹏，年纪轻轻就要还债了。"

倪燕归："你们去哪个景点？"

柳木晞："我们选了一个岛。赵钦书喊了你们社团的教练来当武术指导。"

"行啊，有模有样的。"倪燕归伸了个懒腰，"什么时候？我去凑凑热闹。"

柳木晞："下周吧。忙考试忙累了，休息几天。"

倪燕归："嗯。"

不知道陈戎怎么样了。

放寒假了。

李筠拒绝了几个男生的请求，一个人拖起大大的行李箱。校门外，陈戎早就等在那里。

拦了一辆车，他把李筠的行李抬到后备厢。

车子启动，李筠才和陈戎交谈："最近还好吗？"

"嗯。"他随意应了声。

"你的女朋友有没有跟你说什么？"李筠衷心希望，弟弟的感情能进展顺利。

陈戎淡淡地说："分了。"

479

"哦。"李筠觉得自己发幼儿园照片是多此一举了。

"也许是不配吧。某些东西与生俱来,明明仰望星空,一不留神,又会低头看向泥沼。"陈戎笑了笑,"有时,我更适合沉浸在泥沼里。"

他发现,他没有变,他无法向任何人袒露心扉,无论是他的姐姐、他的兄弟、他的女友,他都不能。

出租车停在十字路口。

李筠说:"就在这里下吧。"

陈戎把行李搬下来,两姐弟道别。

陈戎又上了车。

过了一个路口,他见到一个烧烤的广告牌——那是倪燕归爱吃的烧烤连锁店。

山里的那天,或许不止那一天,还有之前,她明里暗里、含沙射影地打探,她问他为什么伪装。

太久了,陈戎刻意地忘记从前。到了现在,面部神经形成条件反射,他习惯了。

朱丰羽和杨同知道他是双面人,但不知真正的原因。

除了李筠,陈戎没法向任何人坦承"家庭"。他生来就不懂这两个字,也无话可说。

要让他把自己的一切交出去,他会自动产生一个危险信号。为了避险,欺骗成了他的优先手段,撒谎也是一种条件反射。或真,或假,或者真假参半,他总能编一套圆滑的说法。

那天,他第一次见到脆弱的倪燕归。她面色苍白,额上沁着冷汗,巴掌大的小脸紧紧贴住了枕头,可怜兮兮的。

他对自己完美的面具有了怀疑。是不是在她面前久了,他越来越松懈,天性里的轻狂浮了起来。

归根结底,是因为他,她才生了病。

这一次是感冒,下次呢?将来呢?他是不是贪图她的某些东西,所以失去了对面具的控制?如果他真的得不到她,他会不会在将来的某天,对她做出更大的伤害?

第十六章 解救

陈戎想了想，没有答案。没有答案就意味着，那样的概率是存在的。两人好像只能止步在这里了。

"嘿，来，这是我们这里的秘制酱汁。"服务员端上了碟子。

陈戎笑一笑："谢谢。"

他在除倪燕归之外的其他人面前，维持着自己温和的模样。

食不知味地吃完一顿烧烤，陈戎向地铁站走去。

商场的负一层连着地铁站，不过要上另一个扶梯。

他正要绕到那里，谁料迎面走来一家人。

那是真正的一家人——李育星和他的妻子在中间，妻子旁边站了一个小男孩，李筠站在李育星的另一侧。

陈戎脚步没有停，停下来的反而是李育星，李育星皱了下眉。

李筠向陈戎笑了笑，李育星严肃地咳了一下。

李筠的嘴角僵住，敛起笑容。

"我们上去吃饭吧。"李育星刻意忽略了陈戎。

他的妻子向陈戎看去一眼。在她的上一段婚姻存续期里，她当了李育星很久的解语花。她在几年前见过陈戎，这时，她牵起儿子娇声问："还有多久呀？儿子都累了。"

"累了？"李育星低下头，抚了抚儿子的脑袋，"那上爸爸的肩膀坐一坐，好不好？"

"好。"小男孩蹦跳了两下，向着父亲张开双手。

李育星蹲下身子，叮嘱说："小心别摔着。"

小男孩双脚一跨，坐到了父亲的肩膀上，他睁着大眼睛："我好高啊。姐姐，我比你高。"

李育星哈哈大笑，李筠笑不出来。她觉得，后妈是故意的，故意当着陈戎的面，表演父子间的其乐融融。她的父亲也是故意的。

李筠在这个时候满腔愤然，她觉得自己和弟弟一样，有压抑很久的东西，直往上涌，冲得她的脑子都不理智了。

李育星一手扶着儿子的手，一手牵起妻子。

李筠跟在李育星的身后，走了几步，她停在陈戎的面前："逛商场吗?"

陈戎:"坐地铁回家。"

"李筠。"李育星注意到了两姐弟,毫不相像的两姐弟。李筠遗传了他的容貌,在李家的培养下,得体大方。就算是校友,李育星也不想李家的人跟陈戎扯上关系。

李筠对着陈戎说:"我有空会回去吃饭。"

"我先走了。"陈戎下了扶梯,其实他也没有看李育星一眼。

"李筠。"李育星又喊。

"嗯。"有时候,李筠觉得这个世界真荒诞。

李筠和陈戎的话题里,李育星是个禁忌。到了李家,陈戎又是不可说的名字。她就像一块夹心饼干,两边都是亲人,她都放不下。

她、陈戎、李育星,三方像是三个圆圈,她左右各牵一个。

这两人,这辈子都不会有交集了。

李筠有一个弟弟。

她小时候读过孔融让梨的故事,知道姐姐要照顾弟弟。

但这个弟弟不喜欢跟她这个姐姐玩,他喜欢一个人待着。

没关系,她是好姐姐,不会因为弟弟调皮就讨厌他。

幼儿园时,李筠郑重地告诉其他小朋友:"那个是我弟弟!"

其他小朋友说:"你弟弟又被老师批评了。"

她偷偷地跟弟弟说:"我分一朵小红花给你,你不要惹老师生气。"

弟弟板着脸:"我不要。"

"为什么?"居然有人不要小红花?她想了想:"我分两朵给你。"

"就不要。"弟弟说完,转眼不见了。

某天,班上有一个胖墩来欺负她,用涂满灰泥的脏手拉扯她的新裙子。

她跑到走廊,胖墩追了过去。

弟弟站在走廊尽头,猛地飞扑上来,骑在胖墩的脸上,狠狠揍了过去。

李筠忽然很骄傲,原来弟弟也爱姐姐。骄傲过后,她又心虚,打人是不对的。

她继续当好姐姐，弟弟还是摆着臭脸。

小学时，弟弟去了另外的学校，有时放假回来，一到家就造反。

家里的保姆喊着去追，跑得上气不接下气。

弟弟特别顽皮，脚底像抹了油似的，乱窜乱跳。

李筠偶尔会微笑，那时家里特别热闹，不再只有她枯燥的练琴声。

后来，母亲的肚子大了，父亲念叨了几句"龙凤龙凤"。

李筠望着窗外滚爬的弟弟，想，这个弟弟是什么呢？可能是老虎或者狮子。在她读过的故事里，老虎和狮子就是恶狠狠的，跑得快，还凶猛，很像弟弟。

弟弟的转变，是在母亲的肚子变平以后。

弟弟见到母亲的血，忽然问："姐姐，妈妈是不是会死？死了就再也见不到了？"

李筠不知道，她什么也不敢说，只是严肃地教育他："要懂事。懂事了妈妈就会醒过来。"

弟弟低着眼，一夜之间，他像变了一个人。

那一段时间的李家，仿佛是一座水深火热的地狱。父亲和母亲两个人的关系很差，每一天都像在打仗。

枪林弹雨中，李筠和弟弟抱在一起。

弟弟第一次露出这个年纪该有的胆怯，问："姐姐，是不是因为我不懂事？"

李筠还小，对婚姻的理解比较模糊，只知道父母天天在吵。

父亲："谁的儿子？"

母亲："我的儿子。"

说来说去，责任好像是在儿子身上。

李筠抱紧了弟弟："没事，以后我们听话，做一个好孩子。我们不吵不闹，爸爸妈妈就会没事的。"

弟弟的眼睛里有些迷茫，想了很久，他点点头。

弟弟是一个很有决心的人，说了要听话，就不哭不闹了。

他不再爬树、不再踢球，那天以后，他变得端正起来。

他不知从哪里找了一副眼镜,说:"姐姐,我戴上眼镜的样子,像不像爸爸?"

父亲的眼镜,戴在弟弟小小的脸蛋上,挂都挂不住。

李筠忽然觉得,弟弟有点像爸爸了。她用手指提了提他左边的嘴角:"这样更像。"

弟弟学着面带笑容,学着礼貌。从前很挑食,现在什么都吃。

李筠鼓励说:"你长大了,会和爸爸一样帅。"

弟弟对她笑了笑。

听话的弟弟没能挽回父亲的心。

父亲嘲笑说:"龙生龙,凤生凤,老鼠生的儿子会打洞。我以前就奇怪,我们李家怎么会生出你这么野的孩子。"

父亲又对母亲说:"陈若妧,你抱着这个孩子去找野男人吧。"

母亲哭喊:"我什么也不知道,我那天被灌醉了。"

父亲继续笑:"原来是父不详的孩子。"

李筠听得心惊。

弟弟拉住她:"姐姐,爸妈在说我。"

她猛地把弟弟抱在了怀里:"你姓李,姓李的就是爸爸的孩子呀。"

家里像是被龙卷风袭过,变得乱七八糟。李筠能做的,还是抱紧弟弟。

直到有一天,父母两人出去,回来的只有父亲一个人。

李筠和弟弟面面相觑,房子里的吵闹声安静了下来。李筠以为母亲会回来,但是没有。

甚至,两天后,弟弟也被送走了。

父亲给母亲打电话:"陈若妧,孩子我就送到门口,你来领走。"说完,他挂了电话。

李筠抱住父亲的大腿,拼命地哀求。

父亲告诉她:"他不是李家的人,他以后也不姓李。"

李筠哭了:"不姓李,那姓什么呢?"

父亲说:"天知道了。"

弟弟很茫然,很迟疑。脸上一会儿浮现礼貌的笑,一会儿又像是

第十六章 解救

要哭出来。两样情绪扭曲在他脸上,十分古怪。

李筠喊:"过来求求爸爸。"

这时,弟弟才终于彻底地放下了所有的表情,僵着脸要过来。父亲拧拧眉头,说:"出去。"

李筠听得懂他的意思。她喊:"爸爸,他是弟弟。"

但是,父亲置若罔闻。管家让弟弟出去,弟弟没有反抗,回头看着她。他的脸很僵,没有了笑,有些冷。

李筠跑上前,想要扯开管家,跑了没有两步,因为太快了,她"啪"的一下被绊倒了。她趴在地上,泪眼模糊地看着弟弟。

或许是因为泪水模糊双眼,她觉得弟弟又露出了那一种温和的、像极了父亲的微笑。

弟弟出去后,爸爸就好像忘了他的存在。

过了很久,李筠跑出去找遍了都没有找到弟弟。她跑了一天,差点迷路了。到了傍晚,她沮丧地回来,在家门口见到了弟弟。他坐在地上。见到她,他立即站起来,把身上的衣服理了理,还弄了弄头发。

他笑着说:"姐,我以后会很乖的,做一个好孩子,懂礼貌,孝敬父母。你和爸爸说一下,我肚子饿了,想回去吃饭。"

弟弟的袜子丢了一只,脏得跟在垃圾桶里滚过一样。

过了几天李筠再次看见同样的情形后,她哭了很多天。她甚至做梦梦见弟弟没有家,天天在垃圾桶里捡吃的。她醒来就哭。奶奶过来安慰她说:"不哭,筠筠最乖了。"

李筠觉得,弟弟现在很乖了。

过了几天,父亲被警察叔叔叫走了。原来弟弟被一个好心人发现,送到了派出所。

父亲回来的时候,奶奶上前问:"怎么回事?陈若妩没把孩子领走吗?"

李筠快速地躲到柜子后面,奶奶和父亲没有发现她。

父亲说:"陈若妩精神受了刺激,进医院了。很多天了,我那天给她打的电话,估计她都没听进去。"

奶奶沉声说:"刚流产又离婚,受不住啊。那孩子怎么办?"

"我离了婚,而且有亲子鉴定,对他没有义务了。"父亲说,"陈若妩在医院治疗,我把那孩子送他外婆家了。"

李筠趁一天放学后,偷偷去了外婆家。在路口,她偶然遇见了弟弟。他的裤脚边磨破了,不过洗得干净,他喊:"姐姐。"

李筠差点儿哭了出来,冲上去把他抱在怀里。她抱了弟弟很多次,只觉得越抱越瘦。

好一段时间没有见面,弟弟又不一样了。他笑得自然,扬起她为他调整的嘴角弧度。

李筠望着弟弟,忽然想起他以前的样子。他小小年纪就能爬上几米高的大树,他被叫作"野孩子"。

赵钦书和柳木晞商量过后,组成了一个"惩恶扬善小分队"。他建了一个群,里面一共七个人。

摄影组有三个人,他、柳木晞和陈戎。负责武术的两人,分别是倪燕归和何思鹏。外加两名动作指导,毛成鸿以及温文。

柳木晞所说的那一座小岛,上去需要门票。

何思鹏听到要门票,当下就拒绝了。

赵钦书:你的那一份门票我帮你给了。

何思鹏:我去小岛要请一天工假,划不来。

温文:要不这样吧,何思鹏来我们果园当搬运工,跟上次一样,按日薪结算。我们山中杂草比不上风景区的岛屿,但充当彩排场地还是可行的。排练好了再去岛上正式拍摄。不然,到了岛上彩排,费用不少吧。

听到去果园仍然有日薪结算,何思鹏立刻同意了。

倪燕归的感冒终于痊愈,她的思路渐渐清晰,但还差了什么。

陈戎没有在群里说话。

赵钦书像是他的代言人,他给陈戎安排着任务:你在家闲着也是闲着,就当剪辑师吧。

他@了陈戎,陈戎没有回。

赵钦书:就这么说定了。

柳木晞自从停更了漫画,空闲的时间很多,她从上次的化装舞会

第十六章 解救

得到了灵感，说：既然是武术，我们就直接用中国古代的服饰，拍成真正的武侠片段。

赵钦书：对了，何思鹂，你们有没有使得比较流畅的武器？

何思鹂：刀剑棍枪，我都擅长。

赵钦书又问：倪燕归呢？

倪燕归早就想好了，如果要上武器，她用九节鞭。

赵钦书刚开始只是想着玩玩，但柳木晞的主意多，又是漫画作者，不仅研究摄影的分镜，还会编故事。赵钦书觉得心痒痒，越玩越大。

最近倪景山和杨翠忙起来昏天暗地的，倪燕归好一阵子没见过父母了。

甘妍丽很关心倪燕归："燕归，你一个人在家懒得做饭，过来我们家吃吧。"

于是倪燕归去林修家蹭吃蹭喝。

林修正在擦拭礼物盒里那两只鹦鹉，不小心按到了开关。

鹦鹉盒里传来稚嫩的童音，小倪燕归用着含糊的话，说着"罗嘉木、罗嘉木"。

甘妍丽："我就说，这份礼物对你们俩特别有意义。"

照片上的罗嘉木，是一个干干净净的小男孩。林修关上了鹦鹉盒的开关，对倪燕归说："下次给你介绍男友，我就照着罗嘉木的类型去物色。"

倪燕归不信："听你讲小白小白，我以为你记得小白是谁。"

"你喜欢的男孩你自己记不住，指望我？"林修翻出了李筠的照片，"巧不巧，李筠、陈戎跟我们一样，也在小葵花幼儿园。"

"来，两个小朋友，吃水果吧。"甘妍丽切好了苹果，"这个是燕归送的果子，特别好吃，又脆又甜还多汁。"

倪燕归："我们社团的社长家果园种的，纯天然。"

甘妍丽放下果盘，看一眼儿子小时候的班级照，然后见到旁边照片上的两朵向日葵："哎，这是小葵花幼儿园？"

"对。"林修说，"这两人现在也在嘉北大学，他们也是青梅竹马。"

甘妍丽挺有兴趣地看了看:"长得都很标致啊。"她拿起手机,放大了李筠和陈戎的脸。十秒过后,甘妍丽突然说:"这不是跟燕归大战三百回合的男孩吗?"

林修和倪燕归互相交换了一个眼色:"是小黑?"

"叫什么名字我就不知道了。"甘妍丽说,"有天,我去接你们放学,燕归跟一个小男孩陷入混战了,打得难分难解。要不是我把燕归拉走了,要打到沧海桑田去。"

倪燕归突然觉得,线索串起来了。

"燕归。"只是,甘妍丽的声音又把倪燕归的思路打断了,"中午去餐厅吧,你林叔叔说想吃海鲜。"

"好。"刚才一闪而过的念头是什么?倪燕归忘了。

寒假的第三天,小分队去了温文家的果园。

果园开的日薪比何思鹂送餐的收入高多了,她恨不得寒假天天过来摘果子搬果子。

但是温文说:"这是年前的最后一批了。"

何思鹂:"明年还招搬运工吗?"

温文:"希望小倪同学和小何同学能够一夜爆红,别来挣搬运的辛苦钱了。"

何思鹂:"不辛苦。"

网上的那段视频,经过赵钦书的添油加醋,舆论围绕"高利贷"愈演愈烈。

何思鹂问:"是不是警察会去抓他?"

赵钦书失笑:"警察抓人是要讲证据的。听你的说法,他的放贷都有正规合同,不大好查。但是也别灰心,星星之火可以燎原。他可能自乱阵脚,露出什么证据也说不定。"

视频是赵钦书上传的,账号也由他在管理。

何思鹂这时好奇地上去看了看:"评论好多。"

赵钦书:"别看了。先在这里挑一根差不多的树枝,当棍棒耍一耍。我看看摄影的工作怎样安排。"

第十六章 解救

何思鹏却还在刷视频评论,前面三四个评论还在痛斥高利贷,第五个就不大友好了,说:又不是旧社会,哪里还有高利贷?

何思鹏回复他:就是有,我见过。

她又发现了几个质疑的评论,正想一个一个回答,赵钦书忽然抢过了她的手机:"你别上去看评论。"

何思鹏问:"为什么?"

"怕你受不了。"赵钦书说,"网上的评论有时比否认有高利贷更令人恼火,你连这样的言论都忍不住,不要上去喷火了。"

何思鹏:"可是他们怀疑我。"

赵钦书:"我们没有真凭实据指责对方是高利贷,网友有议论是正常的。就算你有证据,也会有人怀疑证据是不是伪造的。"

何思鹏:"我光明磊落。"

一听这就是一个远离网络的原始人。赵钦书禁不住笑:"这只是刚开始。以后你跟倪燕归的视频上了,肯定还有人来对你们的武术指指点点。"

何思鹏:"还有这样的高人?"

"杠上开花而已。你想想,你要一一去回答去解释,网上的人成千上万,我们这边只有几个人。"赵钦书伸出手指把几个人数完了,"哪来的时间?"

何思鹏:"我给他们讲清楚。"

"没必要。"倪燕归懒洋洋地插了一句话,"不要把别人的要求套在自己身上当枷锁。"

她倏地打住,她之前怎么没想到呢?

陈戎的伪装,是不是因为别人的要求?

忙了一个上午,倪燕归和上次一样,找了棵树在树下坐着。她弯腰捡了三个小石头,摆成三角形。她从地上挑了一根半长的树枝,用树枝点在其中一个石头上:"我。"

她按顺时针的方向,依次点着,边点边说:"这是小白,另一个就是小黑了。"

她用树枝在地上写几个字:小葵花幼儿园。

"我和小白同班,我喜欢和小白玩。"她边说边在石头上来回戳。

"小黑和我大战了三百回合,讨厌的人。"树枝在"小黑"那块石头上戳得特别用力,她强调,"讨厌。"

"小白和小黑……"倪燕归问,"联系是什么?陈戎跟我解释说,他是小白,他对霸道的白月光执着了很多年。他为什么要伪装成小白?小白有什么是他没有的?这个原因就是——"

树枝停在了"我"的石头上。

倪燕归呼出一口气:"明白了,原因就是我。小黑喜欢我,但他不是我的菜,他太痛苦了,困在无尽的思念里,突然想到伪装成小白的方法,来博得我的好感。或许是过度执着吧,他开始变得偏激,真的把自己当成小白了,伪装到现在。"

"小倪同学。"毛成鸿走过来。

倪燕归站起来,喜滋滋地说:"毛教练,我真是福尔摩斯啊。"

"什么?"毛成鸿对此很是怀疑。

她自信满满:"我已经完成'山羊面具'的分析了,抓住了他的核心。"

毛成鸿问:"核心是什么?"

她高深莫测地一笑:"是渴望,是执念。"

毛成鸿:"小倪同学,你是不是福尔摩斯,我不知道。但是见到你恢复了活力,我很欣慰。"

她伸出手,慢慢握起拳头:"不会错的,这种长年累月的面具人生活,一定是因为童年的阴影。唉,酸涩。"

毛成鸿没听懂,但也没继续问。

倪燕归扬眉吐气:"解铃还须系铃人,我不得不登场了。"

倪燕归把自己买的那一筐果子拖到椅子的旁边,她坐下来,跷起腿,优哉游哉地啃果子。

果子很脆,她咬得"嘎吱嘎吱"直响,很用力,仿佛面前站着陈戎。

说来说去怪的还是陈戎。他如果不害她着凉感冒,她早就该想通他的童年阴影了。

第十六章 解救

上次陈戎走后,两人没有再联系。

倪燕归拿出手机,点开微信好友,找到陈戎查看资料。朋友圈还在,没有互相拉黑。

她向赵钦书喊:"赵钦书!"

赵钦书正低着头拍照,拍的是他的球鞋,他头也不抬:"什么?"

"你们摄影组只有你一个人来?"

说起这个,赵钦书也无奈:"你得问一问你的好朋友柳木晞,她一听到是山,觉得要走台阶爬山路,连连摆手。"

倪燕归又大口地咬了一下果子:"不是还有一个吗?"

赵钦书这时看了过来:"哦,你说陈戎啊。"

倪燕归没有点头,但是她晃了晃脚,吊儿郎当的。

她穿的是短裙。赵钦书也想问问陈戎,放着美丽的前任女朋友不管,究竟在干什么?赵钦书不了解陈戎和倪燕归的分分合合。他虽然八卦,但据柳木晞说,连她也不清楚内幕。陈戎不透露基本信息,倪燕归的嘴巴守得更紧。赵钦书不知道两个人分手是因为什么。

"哦,我本来要叫他来。但他回家了,有家事。"

"他家住哪儿,你知道吗?"

"嗯,给他寄过东西,有地址。"

"好。"倪燕归很淡定。是陈戎从幼儿园起就暗恋她至今,他不慌,她也不忙。反正受折磨的是他。

陈戎没有说谎,他有家事。

昨天他买菜回来,意外地发现,陈若妧在家。

电视机没有开,陈若妧盯着黑漆漆的屏幕一动不动。

"妈,今天怎么过来了?"一般来说,陈若妧过来都会跟陈戎约个时间,她不喜欢一个人。

陈若妧没有反应,呆滞地坐着。

陈戎放下书包走到她的面前,他扶了扶眼镜:"妈?"

陈若妧眨眨眼睛,张了张嘴,说出的话有气无力:"陈戎。"

"妈,你怎么了?哪里不舒服吗?我送你上医院。"

陈若妩摇了摇头："我就是坐一坐，坐一坐。"

陈戎却不能让她就这个状态坐下去了："妈，遇到什么事了吗？"

陈若妩的目光定在儿子的眼睛上，她叹了一口气："他死了。"

陈戎轻轻地问："谁死了？"

她拽住了儿子的手："你的亲生父亲，他死了。"

这句话对陈戎来说跟"吃饭了""下雨了"差不多，他对那个男人没有想法。

是生是死，在他这里只是一个状态。他笑笑："妈，中午想吃什么？我买了鱼，要不要给你做清蒸黄花鱼？"

陈若妩摇了摇头。她精神恍惚，渐渐地，被海浪一样的回忆给淹没了。

陈若妩爱过那个男人——她的初恋。

对方风流倜傥，嘴巴像是一个糖罐子，那些甜言蜜语把陈若妩哄得心花怒放。

但浪子回头的故事没有发生，他勾搭了一个女孩。她一气之下和他分手了。

分手不久，陈若妩遇到了李育星。他儒雅温柔，和那个男人截然相反。如果要比较这两段感情，陈若妩可以坦白地说，一朝被蛇咬，十年怕井绳。她在初恋折戟以后，再也无法那样毫无保留地去爱一个男人。

但又不能说她不喜欢李育星，只是程度比不上喜欢那个男人，她无法用力去爱。

李育星求婚的时候，她答应了。她想，男人都是一样的。

除了那个男人，其他人对她来说都没有区别。

嫁给李育星，她就断了对那个男人的思念，她会在余下的时光里好好地爱惜她的丈夫。

然而想象中的幸福美满没有到来。

家里的衣服本来是由保姆去洗晒的，某一天，陈若妩不知怎么的，自己拎起了旧衣筐。在洗衣房，她发现丈夫的衣领上有一根头发——头发是深棕色的，不是她的黑发。

第十六章 解救

陈若妧像是闲聊一样，跟李育星说起这根头发，她似笑非笑地等着丈夫的答案。

李育星很坦然地解释这是房地产公司某总监的假发。他说得很夸张，什么这个总监五十出头，是一个雷厉风行的女强人，但早早秃了，天天换不同的假发。

他说得煞有其事，陈若妧听着，笑了。在那以后，她再没看过那个旧衣筐。

她没有想到会在健身房遇到那个男人。而且，他不知从哪里打听到了李育星的事，跟她讲："李育星在外有人了，你不知道？"

她不知道。她的丈夫伪装得很好。这一次，她失去了质问李育星的勇气。

那个男人说他有证据。

两人晚上去西餐厅吃了顿饭，她见到了他的证据——那个女人有一头深棕色的头发。

陈若妧悲愤不已，借酒浇愁，愁着愁着，她就不省人事了。再次醒来，是在床上。

那个男人笑着说："我以为你找到了一个可靠的港湾，没想到，又栽了。"

她恨得用指甲在他的皮肤上刮出血痕。

他说："若妧，我很想你。离开你以后我就后悔了，我再也没有别的女人了。"

可她分明见到他继续流连花丛。

他又说："我只是不甘心栽在你手上。出国了几年，我想的一直是你，我想回来时你已经结婚了。如果你婚姻幸福，我就退出了，但李育星辜负了你，所以我回来了。"

陈若妧去翻旧衣筐，没有翻到头发，但李育星的衬衫有陌生的香水味。

她又去见了那个男人，他不知从哪里拍下了李育星和女搭档的照片。

他跟她约定:"若妧,你离婚吧,我娶你。"然而说完这句话,他再也没有出现过。

陈若妧看透了,世上男人都是一样的。既然是一样的,她的丈夫是谁已经不重要了。

她怀孕了。丈夫离开了原来的设计院,他的衣服上再也没有陌生的香水味。或许他也收心了,无妨,她没有心力再去爱谁了,就这样过日子挺好。

随着儿子的降生,她的生活似乎美满了。如果儿子不那么调皮就更好了,老是惹事。

儿子慢慢长大,越来越像那个男人。

她从前爱那个男人,现在恨他。很可笑,两样极端的情绪她都给了他。他给她留下了一个孩子……孩子长得不像她,却像极了他。这给她的生活埋下了一颗定时炸弹。

婆婆问:"孩子为什么是单眼皮?"

陈若妧以为李育星会解释,因为单眼皮是隐性基因。李育星却没有。

陈若妧自我安慰道,夫妻双方都做错过,自己也不是故意犯的错,他能够原谅自己吧。就算不再有爱情也能走到最后的。

然而家里那个混世魔王让陈若妧头疼极了。她害怕陷在那个男人的影子里,她觉得自己做了错事,天大的错事,只要一见到儿子她就不安混乱。

她想和李育星生一个儿子,有了新生命,或许可以抹掉她的过去,却偏偏被这个似乎生来就带着错的混世魔王毁了。

她流了产,身子骨正弱时,李育星却拿着亲子鉴定报告指责她。他有什么资格指责她? 遗憾的是,她没有留下他和女搭档的照片,否则她能当场甩在他的脸上。

李育星要离婚,事已至此,陈若妧也不想再和他过下去。从民政局回来,她去了经常和那个男人散步的公园。走着走着,她摔倒在地,什么都不知道了。

她不明白,为什么会有人来扶她? 扶她的还是个男人,男人这种生物太可恨了。

她冲着他尖叫，之后她被送去医院。

那段时间她像是游离在躯壳之外，什么儿子、男人她都不想要了。她吃了很多的药，突然在某天清醒过来，儿子是她的，李育星不会管。她要养起来，她要给李育星看看她的儿子有多出色。

自从她流产后，儿子就变乖了，淡去了那个男人的气息。

陈若妧又得知，李育星隆重地再婚了。有天偶然遇见，她朝李育星啐了一口。

陈若妧习惯了身边的儿子，隐约觉得他会比李育星更出色——因为李育星的得奖作品，真正的作者是他的师弟。这个师弟早年得病，已经过世了，留下几个设计都被李育星用了。

陈若妧一直当她初恋的那个男人死了，今天突然接到他真正死亡的消息，她却不知做何反应。她以为他骗了她，又溜到国外去了。她从来没有想过他不在了，就在他说要娶她的第二天。她不是他的谁，当年没人通知她。她不去打听，只当自己又被他骗了。

陈若妧变得恍惚，她听到了儿子惊慌的一声："妈。"

之后她就不省人事了。

陈戎忙着照顾陈若妧，顾不上赵钦书所说的拍摄。

果园彩排结束后，赵钦书在群里定了上岛的时间。

陈戎回复他说："到时候再看吧，我现在没空。"

陈若妧在家呆滞了两天，刚才被丈夫接走了。

陈戎整理了陈若妧的药盒，刚要去休息一下，门铃响了起来。

他以为陈若妧又回来了，立即过去开门，称呼还没出口，对方先喊了句："Surprise（惊喜）。"那人戴了一顶灰灰的渔夫帽，蒙着墨镜和口罩，遮得严严实实。

他一眼认出，这是倪燕归。

她把墨镜往下滑，露出一双风情万种的眼睛。

陈戎问："你怎么来了？"

"路过。"

"有事？"

"嗯哼。"倪燕归把墨镜戴了回去。

"什么事？"

"我是来解救你的。"

陈戎："……"

"不用藏着掖着，你的事，我都知道了。"

"你知道什么？"

"什么都知道。"

"怎么知道的？"

"这就别问了。"倪燕归说，"我怕讲出来，你会自卑。"

陈戎："……"这又是唱的哪一出。

倪燕归拖了一个行李箱，她的手扶在拉杆上，轻轻地弹着。

她的出现突如其来，陈戎不知道她所说的"解救"是什么意思。

她手指的弹动停下来："明天我要跟赵钦书他们去岛上。时间很早，七点就要开船，我怕我起不来就提前一天过来。赵钦书没跟你约时间吗？"

陈戎点头："他问了，但是我这两天比较忙。明天的话可能——"

倪燕归用一个响指打断了他的话："我下车的车站就在离这儿不远的地方。想起你还陷在水深火热之中，我就大发慈悲地过来了。"

"赵钦书给你的地址？"

"本来我不想来的。"她翻了两下手，看着自己昨天刚做好的亮片美甲，"但赵钦书说你一个人住。一个人，很孤独吧？"

陈戎忽略她的话："是不是人生地不熟，订不到酒店？要不我陪你下去？"

"可以呀。不过我中午只吃了一碗饭，饿得慌。家里有吃的吗？"她叹了叹气，"好饿啊。"

一碗饭对于倪燕归来说确实不太够，她的墨镜里反射出他淡然的脸。给她喂食，是一件简单的事。陈戎让了路："进来吧，我看看冰箱里还有什么。"

第十六章 解救

倪燕归将行李箱拐了个弯儿，拉杆伸到了他的面前。他接过，拖了进去。

倪燕归穿了一件彩虹毛衣，长到膝盖，倒是不露大腿了，但换了双低筒靴，露出一截腿肚子。

陈戎望了一眼，问："感冒好了吗？"

"好了。"她撩了撩头发，"幸好一阵子见不到你，否则我生气见着你，病就难好了。"

陈戎没有解释他为什么走。两人除去曾经的男女关系，连朋友都算不上了。他打开冰箱，知道她喜欢吃肉，他拿了三盒。一盒是西冷牛扒，雪花纹理密集，肥瘦相间。另一盒是皮薄肉嫩的走地鸡。第三盒肉质厚实，是海参。这些是为陈若妧准备的，如果今天不是她的丈夫接走了她，陈戎会给她炖一锅鸡汤。

陈戎回头问："想吃什么肉？"

倪燕归已经摘下了帽子、墨镜和口罩。她东张西望，打量着这个家。听到他的问话，她说："随意。"

这是一套二居室，装修看着像是开发商的交楼标准。家具比较简单，色调不鲜艳，不是说只有黑或者白，而是大部分的颜色饱和度偏低。

"给你煎个牛扒。"陈戎关上了冰箱门。

"好啊。"倪燕归坐下来，完全没把自己当外人。

他看了看她，她灿烂一笑。

陈戎进去厨房，简单地给牛扒调了味，放上锅，倒了油。不一会儿，"吱吱"的烧油声响起来。

他很安静。倪燕归将这一份安静理解成，他求而不得，心灰意冷了。厨房的玻璃门干净透亮，她看着他忙碌的身影。他套了件薄薄的外套，人很俊挺。她想起自己对他恶言相向，莫名觉得他可怜兮兮的。

第十七章

似曾相识的画

陈戎煎好牛扒，一回头，脚步顿住了。

倪燕归从行李箱里拿出了一副双节棍，忽然在沙发前舞了起来。

他顿了有几秒才从厨房走出来："你在干什么？"

"双节棍，哼哼哈兮。"

"去阳台，在这里不小心打碎家具很麻烦。"倪燕归顶上有灯，前面是电视，后面还摆了玻璃装饰品。

"咻咻咻，咻咻咻。"她像没听见。

陈戎将牛扒盘子放到餐桌上："去阳台。"

"就不去，你能拿我怎么办？"她收住双节棍夹在腋下，摆出了李小龙的架势，"嘿哈！"

"吃牛扒，趁热吃。"陈戎能怎么办？他也不能把她怎么办。

好在倪燕归嘴馋，走过来坐下了。

时间仓促，陈戎只在旁边放了几根芦笋，算是摆盘。

"还挺讲究。"倪燕归用刀切开牛扒，露出里面均匀的粉色，看着外焦里嫩。她本来不是太饿，但这盘牛扒勾起了她十分的食欲。

吃到一半，她说："有点儿渴。"

陈戎问："开水还是饮料？"

"柠檬水吧，突然想尝尝那个味道。"

"没有柠檬。"

"那就白开水吧。不要太烫，不要太冷，最好是温暖的65摄氏度。"

陈戎看着她。她笑嘻嘻的。他妥协了，用热水兑了凉开水，至于是不是65摄氏度，他没有去测量。他把水端到了她的面前。

"太慢了。过一分钟了吧？我渴得要受不了了，你应该速去速回的。"她啜一口，"感觉不是65摄氏度，比例没算好吧。"她仿佛到了西餐厅，付了钱，一分一毫都得照着她的想法来。或许还不是普通的西餐

第十七章　似曾相识的画

厅,是那种定制式的西餐。

陈戎耐着性子:"还有什么需要的吗?"

倪燕归抬起眼:"干吗?你把自己当服务生了?"

他淡淡地回答:"不是您把我当服务生吗?"

"是吗?"她捧了捧脸颊,这动作说有多造作就有多造作,"可能是你的厨艺太精湛了,我不得不拿西餐厅的标准来要求你。"

陈戎没有跟她瞎掰:"吃完了?我送你去酒店。"

倪燕归转头望了一眼时钟:"这个时候去酒店?酒店的房间多憋闷,我不舒服的。"

他缓缓地说:"我给你订一间宽敞的、不憋闷的房间。"

"那要好贵的吧?"她眨眨眼,"我付不起呀。"

"我给你付。"

"你是我的谁?为什么要给我付?"

"你想怎样?"

她听着,他像是咬牙了。见状她说:"我想在这里练双节棍。"

"去阳台。"

倪燕归慢悠悠地吃完了牛排,喝完了那杯水,说:"当初如果选了一只鸡,会不会就有汤又有肉,而不是微凉的白开水。"

陈戎算是明白了,她今天是来找碴儿的。她换策略了,不再是粗暴地揍人,而是鸡蛋里挑骨头,对他哪里都看不顺眼。

"我有事可能不能陪你。你自己上网搜一下酒店,觉得哪个合适我就送你过去。"

倪燕归靠着椅背:"你有事啊,那去忙吧!我想在这里休息一会儿。真的好累啊,我拖着那么大的行李箱走了一路。"

陈戎看一眼双节棍:"我怕你把我的家拆了。"

"我这么善良这么可爱的女孩,你这样怀疑我的居心?"她摇摇头,"你之前的喜爱就是嘴上仪式吧。"

"倪燕归。"陈戎低下声音。

"干吗?"

"搜酒店,我送你,去不去?"他三字成组,一句一顿地说。

501

"不去。"

陈戎收拾了盘子、刀叉、水杯，进去厨房，洗了碗再出来。

倪燕归正在玩手游，外放的音量很大，时不时有"哇哦"的音效。

他尽量放松："今天为什么过来？"

她头也不抬："说了呀，来解救你的。"

解救？气死他还差不多。从她进来到现在，没说过让他顺心的话，没做过让他顺心的事。刚才的双节棍差点儿磕到顶上的灯。她今天是一个无理取闹的任性大小姐。

陈戎很疲惫，不仅是身体上的疲惫。他的母亲很呆滞，但在突然的某个时刻会"呜呜"地哭。她不肯去医院。他只好留在家里照顾她。今天她的丈夫来接她，她闹了好久不肯走。

陈戎想，留就留吧。

她丈夫说："囡囡见不到你，一直在哭。"

她这才跟着走了。

陈戎原打算休息一会儿，去趟拳击馆，发泄一下。倪燕归的到来仿佛火上浇油，两人如果是男女朋友，他宠着就宠着。现在人没得到，还得受她的冷嘲热讽，佛都会有火。

他要回房休息，又被拦住了。

倪燕归理直气壮地说："我来你家，就是客人。不坐下来陪客人聊聊天吗？"

"你到底想怎样？"陈戎的眼镜早摘下了，声音凉薄得像起了风。

"聊聊天。我们好久没见了，最近过得怎么样？看着憔悴了，是不是这阵子没休息好呀？"

他点头："对，我要休息。"

"你进去休息，不怕我拆了你的家？"

"你要拆就拆，照价赔偿。"

倪燕归笑起来，伸手掐向他的脸。陈戎闪了闪，用手格挡。她用一个假动作猛然换手，一下子捏住了他的脸颊。他放下了手。

倪燕归的两只手各自捏住他的脸颊，向外拉扯，将他的脸皮拉到了极致。

第十七章　似曾相识的画

她问:"生气了呀?"

陈戎确实有火气,但在面上没有太大的表现,他的表情都是随着她的动作变化的。

她捏着他的脸颊扭动起来:"是不是生气啦?"

"试试我这样捏你,你气不气?"他的嘴巴也被扯到变形,说出的话不大清晰。

"我当然气了。"倪燕归说,"要是有人跟我说,要一杯65摄氏度的水,我直接泼到他脸上。"

"呵呵。"他被捏住的脸颊微微泛起红。

她减轻了力道,但没有放手:"有喜怒哀乐才像个人,遇事只会憋在心里,短命的哦。"

"那你还来气我。"

倪燕归终于放手了,拍拍他的脸颊,又揉了揉:"疼不疼?都红了。"

陈戎躲开她的手。

她没有再去捏他:"道理嘛,要设身处地的时候讲,你才有体会。好比我要是人没进来,站在门口跟你说,你这张脸假得不像人,你可能无动于衷,或者只有一点点儿生气。现在不一样了,你觉得忍着自己的性子很难受吧?我见你不爽,就跟你吵架,使劲儿捶你,多舒畅。所以,分手以后我过得多自在。"

最后一句话彻底让陈戎冷下脸:"你的意思是,我要是对着你发火,你就高兴了?"

"不局限于发火。"倪燕归拍拍自己的肩膀,大方地说,"你想靠在我肩上哭,也是可以的。"

陈戎不说话。

她问:"来,讲一讲,是发火还是想哭?"

"我要休息。"

"没有话要对我说吗?"

"不想理你。"陈戎推开房门,走进去关上。

倪燕归望着紧闭的房门,嘀咕说:"是不是把他气得太过了?"

昨天夜里，陈若妧去了小阳台，说要透透气。她在栏杆前向下望，寒风凛冽，她浑然不觉，头一直低着，肩膀垮了下去。

陈戎站在旁边一直留意她，如果她有往下跳的趋势，他会一把拉回来。

陈若妧向地面望了很久，说："刚认识的时候，他常常在楼下等我。"她叹一声气，回房躺下了。她没有睡，睁着眼睛望天花板。

母亲第一次说起父亲就是死讯。亲生父亲死了，陈戎不觉得悲伤。除了血缘，他和这个父亲其实是陌生人。

陈若妧抱住儿子，喃喃自语："他没有丢下我，没有丢下你。"

"嗯，睡吧。"陈戎拍拍她的背。

这几天，他全身绷紧了一根弦，休息的时间很短。

这时，房门外还有一个要练习双节棍的危险人物。这个危险人物过来敲了敲门："好好休息，我等你。"

莫名的，陈戎的弦忽然松了，他不管了，直接睡了过去。

倪燕归伸了伸懒腰，走到柜子面前，左看看右看看。不知有没有相框之类的东西，她想看看陈戎曾经的照片。转了一圈，只见到上面摆放的工艺品和建筑模型。

没人情味。

她坐回沙发，沙发很软，她弹了弹。不知道陈戎要睡多久，她不如去阳台练练双节棍？

正想着，她忽然见到茶几底下的一个药盒——再普乐奥氮平片。

她好像在心理学课本上见过这个药名？她上网搜索，果然，这是非经典抗精神分裂药物。治疗精神分裂症、躁郁症、分裂情感性障碍等。

倪燕归突然慌了。这里不仅家具陈设简单，生活用品也不多，似乎真的只是陈戎一个人住。

来之前，她问过赵钦书。

赵钦书说："陈戎很独立的，油盐柴米样样精通。"

那这个药盒……就是陈戎的了。

倪燕归长长地呼了一口气。原来她对"山羊面具"的分析是正确的——他是心理疾病患者。

她不解的是:"幼儿园的我魅力有这么大吗,居然把他逼疯了?"

之前不知道他真的有病,她用了刺激的方法试探他的情绪。她忐忑地望一眼房门,他不会在里面发狂吧?

倪燕归把耳朵贴近门板,没有听见里面有野兽的咆哮。

她的心理学水平是半桶水。上了半个学期的课,讲的都是理论,倪燕归没想到能遇到一个真正的病人。她打开药盒,将说明书仔仔细细地阅读了一遍,然后放了回去。

白天,陈戎睡不了太久,过了四十分钟,他起床了。

倪燕归还在。她收起了嬉皮笑脸,表情有些凝重,看向他的眼神十分古怪。

陈戎走过去倒水:"你还没走?"

她恍然回了神,扬起微笑:"对啊。"

"双节棍练好了吗?"

"练好了。"倪燕归觉得他这时看着很正常,不像精神分裂症,她想,可能是吃了药吧,"哦。我吃饱了,你睡醒了。接下来,我们去玩一玩吧。"

听她的意思,她还不想走,陈戎问:"你不去酒店?"

倪燕归摇头:"时间还早。你们这儿不是有游乐场吗?我想去逛逛。"

他点点头:"想去就去吧。"

"你不去?"

"我不去这些地方。"

"那不成。你一个人待在这里会胡思乱想的,一起去见见阳光,人会灿烂点。"

"我没时间,没兴趣。"

倪燕归走到他的面前。

陈戎说:"我不去。"

她才不听,强行挽住他的手:"我说一起去,如果你不去的话,我就在这里哼哼哈兮,把你的东西统统打碎。"

"你无理取闹。"

倪燕归拖起他往外走:"就去逛一逛啊。俗语说得好,一日夫妻百日恩。从我俩那一晚上算起来,还没过百日呢。说得好听,喜欢我,愿意给我装一辈子的斯文人。提上裤子就不认人了?"

陈戎不接受这个指控。她拖他的姿势变成了他在前,他拉起她走:"你想去哪个游乐场?"

她问:"休息好了?"

"谢谢,好了。"陈戎的眼镜放在玄关柜,他伸手要去拿。

倪燕归拍了一下他的手背,她很快地用手指一钩,眼镜到了她的手里:"今天这副眼镜由我保管。"

"没了这副眼镜,我装不了你要求的斯文人。"陈戎靠在玄关的墙上,"你是不是又要跟我打起来?"

"打就打。我武力高强,怕你这种登徒子?"她把眼镜装进了包包。

他被她拉了出去,不得不用言语抗议:"不要动手动脚。"

倪燕归哈哈大笑:"我是不是第一次见你发脾气?"

"忍者不发脾气要短命,你说的。"

她点头:"是啊,你把我的话记到心里了。"

"我要长命百岁,所以不想理你。"

"你生气的样子比伪君子的时候顺眼多了。"

陈戎:"……"

倪燕归在地图上搜了一个儿童乐园:"我们去这里。"

"嗯。"陈戎没什么表情,反正她觉得顺眼就行。

她又捏他的脸颊。

他没有躲,任她捏了,看来是真的不想理她。

倪燕归很能自得其乐,到了游乐场,她一下子就选定了项目——双层旋转木马。

队伍前边排了一群叽叽喳喳的小朋友。他们放寒假了。

陈戎说:"你好意思跟小朋友抢旋转木马?"

第十七章 似曾相识的画

倪燕归当然好意思。这还不止,她戳了戳他的手臂:"我想吃冰激凌。"

"大冬天吃什么冰激凌?"

"就是冬天吃起来才过瘾。"她赶着他走,"快去给我买。"

众目睽睽之下,陈戎没有和她吵,他退出队伍,去了冰激凌售卖点。拿着冰激凌回到队伍的时候,几个小朋友仰起头来看他。

冰激凌从他的手里到了倪燕归的手里,小朋友们的目光也追到她那边去了。

她轻轻地咬了一口:"真好吃。"

周围的几个小朋友不由得露出羡慕的目光。

一个家长见到后,牵起了小朋友的手:"太冷了,不能吃。"他抱起了孩子,给他拢了拢领口,"爸爸一会儿带你去喝热牛奶。"

陈戎注意到父子亲情的这一幕,移开目光,看向倪燕归。

她吃雪糕居然用牙齿咬,冰激凌沾到了她的嘴角。她今天没有上口红,唇色自然红润。

他看着糊在她唇上的冰激凌,倪燕归仿佛知道了什么,伸出舌头把冰激凌舔了进去。

陈戎又移开了目光。

她把冰激凌送到他的嘴边:"要不要?"

他拒绝说:"不要。"

"特别好吃。"

"不要。"陈戎看着旁边上上下下的旋转木马。他发现,木马上不全是小朋友,也有另一对幼稚的情侣,抱在一起,坐在旋转木马上。

队伍轮到了陈戎和倪燕归。

他说什么也不愿上去:"你自己玩。"

她拽紧他不放:"你不是陪我玩吗?"

"我不玩这么幼稚的东西。"他酷酷地说。

倪燕归买了票,双手用力,硬把他拽进去。

陈戎转身要走,检票员拦住了他,说:"这里只进不出。"

陈戎冷漠地坐在木马上,上下起伏。

倪燕归穿着长毛衣，只能侧坐在另一只木马上。他上去时，她低下去。接着他刚下去，她又浮上来。她问："有没有一种回到小时候的感觉？"

陈戎向上望，顶上亮起五颜六色的灯，卡通动物跟着木马一起转，周围传来了小朋友们欢乐的笑声。

"没有。"陈戎的童年不在游乐场里。

倪燕归伸直腿，想去蹭他，够不着，她放弃了，说："没有童趣。"

陈戎没坐过旋转木马，小时候可能想过，长大以后就没念头了。但在这起起伏伏之间，他追上了她的脑回路，把她莫名其妙的言行想明白了。

从旋转木马上下来，陈戎的脸色和之前一样，冷峻漠然。

倪燕归不当一回事："走，去下一个项目。"

陈戎慢慢向前走："你让我做自己，你知道真正的我是什么样的吗？"

她想了想："大概是现在这个样子？"

"你以为只是'笑'或者'不笑'的区别吗？"陈戎觉得好笑，"你说了，以前的陈戎是一个假人，假得很彻底。他从骨子里就和你认识的那个人不一样。你现在和我站在一起，对于眼前的我，你有任何熟悉感吗？"

倪燕归摇头，但她又点了头："可能你在我面前暴露得越来越多，我居然想不起来那个羞涩腼腆的陈戎是什么样了。"

"你说你喜欢乖巧的听话的，你喜欢从前那一个人。那个人不是我。是的，我戴上面具，继续装成你喜欢的那个样子，或许可行，但你拒绝了。你现在回来又是为什么？是同情？是怜悯？"这些都不是陈戎要的。

"我希望你能真正做自己。陈戎就是陈戎，就算不羞涩了，不腼腆了，但你也是个学霸。性格可以改变，头脑却不会的吧。"

"你为什么要来管我呢？我明明已经死心了，也离开你了，你为什么回来呢？"

"你天天装着不一样的性格，去讨好这个世界，你又为什么呢？"倪燕归说，"你想得到的，就用真正的自己去追啊。"

第十七章 似曾相识的画

"你了解的陈戎停在过去。而真正的我,不要说你,连我自己都不知道是怎样的。"太久了,他被套进一个精心设计的模子里,"我知道怎么去招人喜欢。但你又不让我去当一个讨喜的人。这就陷入了一个无解的死循环。"

"哎。"一个小朋友打断了两人的对话,"吃冰激凌的姐姐。"

倪燕归捋了捋长毛衣,蹲下去:"小朋友。"

"我想吃冰激凌,是去哪里买?"小朋友胖乎乎的手上举着一张五十元的纸钞。

"小朋友不能吃哦。"她说,"吃了拉肚子。"

陈戎转身就走。

小朋友喊:"买冰激凌的哥哥走咯。"

倪燕归跟了上去:"我们在幼儿园的时候有没有合照啊?"好像只有同班的才有。

陈戎没有回头:"谁跟你是'我们'?"

她向他扮了个鬼脸。

他装作没看见:"我问你,你走不走?"

"走去哪儿?"

"离我远点。"

他才说完,她上前一步,离他不到半米的距离。

陈戎突然问:"你是可怜我吗?"

"没那么廉价。"

"你问我一个人是否孤独,在这句话之前,我不觉得。"但是有她在,他周围的空间就不再空荡,"我再最后说一次,你走不走?"

倪燕归假装没听见:"我们去玩碰碰车吧。"

"我只有在黑暗里才会彻底做自己,我不是你想象中的仅仅失去笑容的'陈戎'。我很不一样。上次令你生病是我的错,以后会不会有类似的事情发生,我无法预计。"陈戎说,"倪燕归,你只有一次逃的机会,我放你走。你大可走得远远的,我有面具拦着,不会去打扰你。但你让我做自己,到时候你就没有逃跑的机会了,我从没把真正的自己摆到谁的面前过。真正的我是什么样的人?也许很恶劣,也许很残忍。这样的我,你还跟不跟?"

倪燕归一下子就笑了。

陈戎这些话如果对着一个清纯小白兔讲,对方也许会害怕。但倪燕归自己就是离经叛道的人,要说她和陈戎之间谁占上风,肯定是爱得越久的人输得越惨。

她有底气,有王牌,她仗的是陈戎从幼儿园开始对她的仰慕。

笑了几声,她问他:"放狠话之前,要先亮亮自己的黑历史吧?你这些年有做过恶劣残忍的事吗?说给我听听。"

自从做了亮片美甲,她很喜欢翻看手指,特别是在阳光下,亮晶晶的。

陈戎被她的指甲晃了眼睛:"我要是有的话,就不会用未来时态了。"他不知道踢足球害得自己母亲流产这件事当讲不当讲。或许可以讲,但绝不是在这座儿童乐园里。

这里到处是欢声笑语,小朋友们的欢乐太嘈杂了。

"那不就是虚张声势,一只纸老虎?"倪燕归得意地笑,"让我给你讲讲我的事迹吧。你知道的,我从小到大魅力就大。有句话叫'天生丽质难自弃',用来形容我是最好不过了。"

陈戎:"……"

她满脸都是自信:"以前有登徒子觊觎我,一群不自量力的烂人,挑在放学路上围堵我。我左一招右一式,把他们打得屁滚尿流,听说其中一个还去医院缝了针。他们就不是好东西,在我这里吃了鳖,还不敢报警。后来他们抄起了家伙,看样子想把我大卸八块。那段时间我刚好沉迷九节鞭,但没实战过,就找他们当小白鼠了。战果,我想你应该能猜到。"

"嗯。"这个时刻,陈戎很庆幸她是习武之人。

"对你?我没在怕的。"倪燕归昂起头,"说了要解救你,我一定说到做到。"

"随便你吧。"该说的他都提醒了。他不是没有给她机会,机会是有限的,"倪燕归,你再跑的话,我就不客气了。"

第十七章 似曾相识的画

倪燕归望过去,陈戎毫不保留地扬起他冷厉的线条。

奇了怪了,他长得很薄情,但对她那样长情。

碰碰车是老少皆宜的项目,到了这里,就不用跟小朋友抢名额了。

车有双人座,也有单人座。

倪燕归想和陈戎各挑一辆单人的,陈戎却拖她上了双人座的车。

他绑上了安全带。

她没有动,问:"为什么我们要坐一起?"

"为什么要分开?"陈戎探身,给她也扣上安全带。

"分头行动,各占一片山头。"她本想说"大杀四方",但对手有小朋友,她就改了口。她只是从战术上分析他们要分开的原因,而不是从两人的关系上。

陈戎说:"一辆车也可以占领整片山头。"

座位是两人的,但方向盘只有一个。他知道自己是陪玩,所以把方向盘让给了她。

游戏开始了。倪燕归却迟疑起来,不一会儿就被一个小朋友撞到了。

陈戎伸手扶住方向盘,把方向盘转了一个圈,刚才撞他们的小朋友被追尾了。

小朋友哇哇大叫。

倪燕归提醒说:"撞太快了,对小朋友要温柔,你凶神恶煞的。"

"我坏。"什么事情都能推到这一个字上。

在这个尖叫声不断的场面里,倪燕归居然跟陈戎聊起天来了:"你把未来说得那么可怕,那我想问一问,你对'坏'的定义是什么?"

小朋友回过头来,露出兴奋的神色。

倪燕归说:"小朋友没被吓到。"

"坏有法律和道德细分,也分大的、小的。不是只有杀人放火才叫恶劣。"

"照你这么说,难道只要不照面具人的性格行事,就叫坏了?"

似乎是这样。

李家的家规陈戎都知道，就跟他姐姐那样的，知书达理，谦虚低调。李育星背地里干了不少背德事，但在表面是晚辈的榜样。

如果是温和的"陈戎"，他在这个儿童乐园里受欢迎的程度绝对会比倪燕归多得多。之前想吃冰激凌的小朋友，喊的人也会先是"买冰激凌的哥哥"。

儿时的陈戎知道如何当一个好孩子，只是不去做而已。后来他把自己打造成一个听话的人，和李育星一样做足了表面功夫。但倪燕归让他摘掉面具，他就想一个人，什么也不管了。

小朋友喜欢她，不喜欢他，都无所谓。如果不喜欢，那就不喜欢吧。

"换了从前，我要精心计算，怎么样才能最快地获得别人的认同。现在我懒了。"

倪燕归一手操纵方向盘，另一只手伸过来。因为看着前方，她的手没有对准他的脸颊。

陈戎知道她想做什么，把脸凑到了她的手指边。

她一下子就捏住了："没人规定我们一定要当亲切的大哥哥大姐姐，懒得理就不理吧。"

陈戎觉得倪燕归在他前面放了一个闸口，他出了闸口，想必是回不去了："那你觉得，现在我这样，是你喜欢的？"

"这么说吧，我喜欢乖男生。你伪装得很温柔很深情，但那个你的样子很可怕。比起现在的你，那个才是真正的未知数。"因为人不可能压抑一辈子，不在沉默中爆发，就在沉默中灭亡。他会爆发的，只是不知道是在什么时候，或许到了那时，才叫恶劣才叫残忍。

他嘴上说自己可以继续伪装，但她知道他不能。要么他疯，要么他逼人疯，她不愿意见他走到那一步。

她笑嘻嘻地跟他说："我也不知道喜欢或者不喜欢，从道理上来讲应该是不喜欢的。"

见到他的冷眼，她又补充说："计划赶不上变化，或许哪一天我突然发现你的魅力了。"

这时，一个小孩撞了过来。她一个不稳，向他的方向靠过去。

陈戎不用管方向盘，双手把她抱了个满怀："晚了，你走不掉的。"

再跑的话，我可能会毁了你。"

她咋舌："不至于吧。"

他看着她，没有回答，低头在她的唇上啄了一口。

四周响起小朋友们起哄的笑声。

有一个小朋友大喊："跟我爸爸和我妈妈一样，大哥哥大姐姐，你们很快会有和我一样可爱的小朋友了。"

倪燕归对于男生的要求从来很简单，简单到她一遇见以前那个乖巧的陈戎就觉得命中注定。

直到现在，也很简单。她喜欢这个陈戎吗？或许是，或许否。两人以后能走多远，这就和陈戎所说的一样，什么都不知道。但她有逗弄他的心思，和他走在一起不害怕。不像分手的那段时间，患得患失的，总是揣测这个人的心。

她对他的欺骗耿耿于怀，但在她福尔摩斯式的推理之下，她已经释然了。

下了车，倪燕归找了一个路人，说："麻烦帮我们拍一张照片。"

陈戎问："要笑吗？"

她回答："想笑就笑，不想就不笑。"

"我不爱笑。"他从小就不爱笑。这个跟开不开心、快不快乐没有关系。他板着脸时，也能是高兴的。

她点头："那就不笑。"

两人的合照里，他面无表情，她阳光明媚。

路人把手机还给倪燕归，说："你的男朋友很酷啊。"

倪燕归看一眼照片："他比较别扭，别见怪。"

她把照片发给陈戎，命令他把这张照片设置成两人微信的聊天背景。

陈戎说："很花。"

"但是好看啊。"男的俊美、女的漂亮，赏心悦目。

他把手机给她，她知道他的意思，主动帮他把背景切换了。

陈戎接过："真的很花。"

她盯着他。

他没有把背景撤走:"算了,花就花吧。"

倪燕归笑了。她的喜好没有变,她喜欢乖巧听话的陈戎。他不再温和,但他有别样的"乖巧听话"。

晚餐没有在外面吃。

陈戎说冰箱里有很多菜,晚上回家吃。他问:"你们去岛上拍几天?"

"不好说。我在网上见过那种武打类的小视频,有一个兵器展示吧,看介绍说拍了一个月。"倪燕归说,"他是一个人出镜。如果说我和何思鹏要拍对战,还要互相过招,用兵器的话可能更麻烦。一次过的对战,拍出来不一定好看。赵钦书说,这些是给外行人看的,关键是漂亮。要漂亮的话,得增加很多花式和套路。"

"嗯。"

"你去不去?你是摄影组的人。其实门票不贵,你嫌贵的话,我给你包了。"

陈戎不确定的是,母亲那边会不会有状况。她的现任丈夫似乎很喜欢她、很疼爱她。但是这两天,母亲心心念念的是那个死去的男人。

陈戎不知道,一个当丈夫的能不能容忍自己妻子受到刺激是因为其他男人。

"明早再看吧,今晚没什么状况的话,明天我陪你过去。"

两人一路走一路聊,正经得不得了,手没有牵,仅是肩并着肩。

陈戎回到家才去拉她的手:"你的行李已经在这里了,今晚不住酒店了吧?"

倪燕归回头:"为什么不住?"

"酒店贵。"

她讶然:"不是你给我付吗?"

"我是你的谁?我为什么要给你付?"

"那我自己付吧。"

陈戎一把抱起她的腰,用力地向上提起来。

倪燕归双脚悬空,背靠着墙,像是挂在了上面。

第十七章　似曾相识的画

他仰头看着她:"你来的时候,没想过惹毛我的后果吗?"

"胡说八道。我是解救你于水火之中,不要恩将仇报。"

陈戎叹了叹气:"是你自己送上门来的。"他抱起她,将她丢到沙发上,"谢谢。"

他把脸埋进了倪燕归的肩。

母亲说他长得跟那个男人像一个模子印出来的。陈戎不知道,他是否要继续扮演乖孩子,或者说他要替代那个男人,来安抚母亲。他只觉疲惫,见到倪燕归的时候,他一开始更累,现在却心安了。

他说:"谢谢你能来。"

倪燕归不知道陈戎的面具戴了有多久。她忽然想象了一个画面,陈戎这个小人儿蹲在角落里,面具如一个诡谲的影子罩住他的全部。

她用力地绷直了左肩,说:"肩膀给你靠靠"这话只是玩笑,没想到,他真的靠了过来。

当然,他没有哭,但他的话里隐藏着莫名的悲伤。

陈戎蹭了蹭她的脖子,倪燕归拍拍他的背。

一个漫长而沉默的拥抱,不似从前的亲热,更像是互相依偎,如同儿童,无关情欲。

直到一个电话打断了寂静的空气。

两人没有动,任由电话响着。等了大概十秒,陈戎才起身。

手机的来电显示是陈若妧,他立即接起来。

电话那头说了什么,他回答:"好。"

放下电话,他说:"我妈回来了。"

倪燕归赶紧坐了起来:"什么时候?"

"已经到楼下了。"陈戎拉起她的行李箱,"抱歉,我不能送你去酒店了。"

有一个麻烦是,陈若妧不是一个人,她是李筠陪着过来的。如果倪燕归留在这里,他那一个破碎的家就再也藏不住了。

倪燕归想起上次遇到他妈妈的情景,对方对她颇有意见。

她以为今天只会见到陈戎一个人,虽然没有露大腿,但这身打扮也不算端庄大气。她担心被他妈妈撞见又会难堪,点点头说:"我去住酒店吧。"

陈戎拖着行李箱向外走,才刚开门,就传来陈若妧的声音。他立即关上了门,小声地说:"我妈到了。"

倪燕归睁大了眼睛,她指指自己,用唇语说:"我躲哪里去?"

他拉起她进去他的房间,把行李箱放在门后:"你就在这里玩,有合适的机会我再安排你出去。"他走出房间,关上了门。

那边传来了开锁的声音。

陈若妧说:"我把囡囡哄好,送她去了她奶奶家。今天我想和你们坐在一起,吃一顿团圆饭。"如果可以,她想叫上自己的小女儿,但她丈夫不喜欢见到她和其他人生的孩子。

李筠挽住母亲的手:"我好久没过来了。我也嘴馋陈戎的手艺,想着什么时候过来尝一尝。"

她抬头看去,陈戎站在门边。

这个弟弟今天有哪里不一样,李筠发现了,他没有戴眼镜。

陈若妧见到他,也是愣了下。但经过几天的恍惚,李育星、那个男人,两张脸交错着在她的脑海里浮现,她有些混乱。对着陈戎不大温和的脸,她没有意见了。

李筠问:"家里还有菜吗?"

陈戎正想说没有,要去超市买菜,这样倪燕归就有机会出去了。

然而他的母亲很清醒,说:"有满满一冰箱的,前两天陈戎为我买了很多菜。"

她这样开口,陈戎不好再说什么。

倪燕归坐在椅子上转了转,望见墙上的装饰画。

上次她只见到装饰画的一角,这次得以窥得全貌。这张画色调简单,只有米白和浅绿两种颜色,大片的浅绿透明如镜,像是湖面。但她又感觉这不是湖面,而是高空,上方有什么东西,即将狠狠地摔下来。

这应该是她第一次见这幅画,但又感觉,在她和陈戎视频的那一天之前,就已经见过了。

第十七章 似曾相识的画

她用手机拍下了装饰画,试着在网上用识图功能搜索。奇怪的是,没有找到相关的图片。她不死心,连着用了几个识图工具。一无所获。

可能是线下店铺的商品,线上没有吧。

外面传来一道熟悉的声音,倪燕归心中一凛。

这像是那天喊陈戎吃饭的人——是李筠。

倪燕归到了门边,身子前倾。

"我来洗菜吧。"李筠在外面说,"这只鸡用来炖鸡汤好不好?"

"好。"这个声音是陈戎的妈妈。

倪燕归刻意忘记和长辈那次不愉快的见面,坐回了椅子。看来,李筠和陈戎的确是一对青梅竹马,大概跟她去林修家蹭吃蹭喝的性质一样?

"我来帮忙吧。"陈戎说。

李筠说:"你先休息一下,这几天照顾妈,你太辛苦了。"

倪燕归皱了下眉,这话哪里怪怪的。

之后李筠进了厨房,不再说话。

倪燕归没有捕捉到脑海里的线索。

既然他们要聚餐,恐怕一时半会儿出不去了。

倪燕归没有沮丧,她舒舒服服地躺在床上。被褥有陈戎的味道,不是烟草味,而是从前那种淡淡的安逸的味道。

在游乐场玩了一轮,倪燕归快乐之余有一点儿疲惫。她一个人躲在这里没事干,索性缩进被子里,不一会儿睡了过去。

梦里突然出现了墙上的那一幅画,但有火卷起装饰画的一角。

她在梦中使劲用指甲抠自己的手掌,不疼。她意识到这是做梦,她在梦中不停地告诉自己,要醒过来,要醒过来,不能沦陷在那一场火里。

大火抹去了那一幅装饰画,透明的色块渐渐烧成了灰烬。

倪燕归如愿地醒了过来。

枕头上落下了她的一根头发。长长的、弯弯的,附在素雅枕巾上。

她就这样望着,望了好一会儿,她还是没能想起当年的那场火。

她按了按枕头,坏笑了一声。如果陈戎妈妈要来查房,就会在枕头上发现一根女人的长发。

她突然想起,去看李育星建筑展的那天陈戎也是戴着眼镜的,他对他妈妈的态度就如同对待所有人一样,温润如玉。

倪燕归猛地坐了起来。陈戎面对自己妈妈的时候也戴面具吗?

那个药物是治疗人格分裂的,但据倪燕归的观察,他的两种性格切换太随意了,不像是人格分裂。她叹口气,难怪她被骗得团团转,他这是炉火纯青的神演技了。

外面陈戎妈妈喊:"开饭啦。"

倪燕归摸了摸自己的肚子。她饿了,不知什么时候陈戎才有空给她喂食。她又躺了下去。

接着她听到李筠说:"妈,你要不要先喝碗鸡汤?"

倪燕归又坐了起来。之前李筠话里的古怪,这时直白地暴露了——那也是李筠的妈妈?

倪燕归惊讶地望着门板,仿佛门板能给出答案。

门板紧闭,但隔音一般,又传来陈戎妈妈的声音:"你们两姐弟平时在学校有没有互相关照?"

李筠笑:"当然有啊。"

从小到大的玩伴?倪燕归咬牙切齿,陈戎竟然还留了这么重要的关系没有坦白。她狠狠地捶了捶被子,完美地诠释了拳头打到棉花上。

她低声冲门板说:"陈戎,大骗子。"

但是,李筠姓李,陈戎姓陈。陈戎说起的总是他的妈妈,从来没有提过他的爸爸。

倪燕归隐约猜出什么。突然地,她想象里那个小人儿,更加可怜兮兮了。突如其来的一刻,她明白了陈戎的隐瞒。每一个单亲家庭都有不可言说的秘密,那是他的伤疤。

她靠在墙边坐着,双手抱起膝盖,把头枕在手上。

她侧头向窗外,那个别扭的小屁孩似乎藏有许多许多的秘密。

陈戎看看时间,一时半会儿母亲和姐姐都不会走,房间里那个小可爱可能饿坏了。

第十七章　似曾相识的画

他拿了一个小小的购物袋，装上几个法式小面包，假装回房拿东西。

他担心倪燕归大刺刺地坐在里面，先是开了一道缝，没看见人，才打开门。

倪燕归坐在窗台上。她很聪明，用窗帘掩住了大半的身子。

陈戎关上门，扬了扬手里的袋子。她跳了下来，朝他笑了笑。

他悄声说："我给你留了菜，等她们走了再吃。"

她伸手，轻轻在他脸上拍了拍。

陈戎抓住她的手，低头亲了亲她的掌心，然后又到了门边。

倪燕归躲回窗台。他打开门出去了。

她撕开了法式小面包的包装纸，咬上一口。焦皮的下面，烤得松软。她几口吃完，虽然填不饱肚子，但聊胜于无吧。吃完了小面包，她很期待他留的菜，他的厨艺确实棒。

李筠不能在这里留太久，吃完饭，洗了碗，坐了一会儿，她就走了。

陈若妩说，小女儿明天才回来，她今晚就在这里休息。她精神不大好，睡的时间比较早。她今天情绪比较稳定，至少记得自己要吃药，她问："药呢？"

陈戎走到茶几边，一眼就发现药盒被动过。他的强迫症逼着他把两个药盒齐边摆放，这时上面的那盒有些歪。是倪燕归动了吗？

他把药给母亲，去端了热水。

"今天比较累，我先睡了。"陈若妩吃了药，走向房间，忽然说，"儿女双全，我知足了。"这话更像是她说给自己听的。那些逝去的人、过去的事注定无法挽回了，只能好好地把日子过下去。

"嗯。"陈戎点头，"妈，早点休息。"

陈若妩掩上了门。

十点多，陈戎在厨房热了饭菜，尽量不惊扰母亲。

他端着饭菜进去房间，倪燕归摆出一张苦哈哈的脸："我好饿。"

"吃吧。"陈戎压着声音，"我妈在隔壁房间，动作轻一点儿。"

菜色很丰盛，有蒜香排骨、葱爆海参、葱花黄焖鱼、罗汉斋以及山药土鸡汤。陈戎还给她盛了满满的一大碗白米饭，又香又软。

倪燕归顾着填肚子，顾不上和陈戎聊天。

他以为，她会问起他跟李筠的关系。房门薄，里面的人肯定能听见外面的动静。

但她吃得很安静，尝第一口菜的时候哑声说一句："好吃。"之后就不说了。

陈戎觉得今天像是做了一场美梦，不真实。他先开口了："你没什么要问的吗？"

倪燕归点头说："有菜谱的话，发给我吧。你做的菜特别美味，很下饭。"话里话外没有提起李筠，没有问起他的家庭。

房间只有一张转椅，此时被倪燕归占了。

陈戎靠在书桌前，看着她大快朵颐的样子，他拉开抽屉，拿出了一个烟盒。

她抬了眼，他试探着问："介意吗？"

她摇头。

"李筠是我的姐姐，亲姐姐。我妈和前夫离了婚，我姐跟着她爸，我跟着我妈。"陈戎按下打火机，"叮"的一声，在寂静的空间特别清亮。他点燃了烟，吸了一口才说："我和我姐是同母异父。"

但知道的人不多，他的伪装深入人心。别人好像没有注意到他长得不像李育星，总说他很契合李家的温和气质。李育星不说，就没有人怀疑陈戎的身世。

陈戎夹下了烟，说话时有烟雾从他的嘴里飘出："我妈再婚了。她和现任丈夫一起住，偶尔回这里。"

倪燕归点点头，咬了一口海参。

陈戎："我妈的情况比较特殊，她离婚以后，我和我姐对外就不再以姐弟相称了。"

倪燕归还是点头，夹起一块蒜香排骨。

陈戎轻描淡写，几句话把复杂的家庭情况概括完毕。但没有哪一个单亲孩子可以真正做到对自己的原生家庭释怀。

第十七章 似曾相识的画

倪燕归直到吃完也没有说话。他说了,她就点点头,表示她知道了。她放下筷子,笑着说:"好饱,谢谢招待。"

陈戎放下了那一支烟。他没有完全抽完,而是留了三分之一,因为烟头的焦油量比烟尾的要多。他伸手,扣住她的头。她仰起头来看他。

家庭是他不想向外人道出的秘密。真要说起来,其中有很多可以深究的纠葛。幸好,她什么也不问,就像听了一个稀松平常的故事。

他禁不住吻她,倪燕归闻到了自己熟悉的薄荷烟味。

她嘴里留有鸡汤的香甜。陈戎问:"要洗澡吗?"

她压低了声音:"你妈睡了吗?"

陈若妩这几天也折腾得够呛,刚刚吃了药,已经睡了。

陈戎说:"嗯,你先去洗澡吧。"

倪燕归心惊胆战,生怕陈戎的妈妈突然醒来要上洗手间。她匆匆冲了身子,擦干净,换上舒适的家居服,一溜烟回到了陈戎的房间。

轮到陈戎洗了。他比她更快,不一会儿就回来了。他关上门:"刚才忘了问你,要不要去住酒店?"

她的半个身子被长发拢住:"你不是不让我去吗?"

"你要睡这里也行。"

"我们画一条楚河汉界。"倪燕归往床的中间堆被子,"我知道地上很冷,没让你打地铺。"

"明天几点出发?"

"六点多就要集合了。"

"我还是送你去酒店吧。我妈起床的时间说不准,万一撞见,你做好准备见婆婆了吗?"

"你补票了吗?八字还没一撇的事,你都敢说'婆婆'了?"

两人在这里说话说得轻声细语,倪燕归觉得很是拘束:"我还是去住酒店吧。"

"嗯。"

倪燕归的功夫轻巧,走路无声无息,很快到了门边。

陈戎没有拖行李箱,生怕在地面上弄出声音,他直接把箱子抬了起来。

她轻轻开了门。他用钥匙旋着锁，关上了门。

凌晨，四周静悄悄的，进了电梯，她的动作仍然很轻巧。她换了长裤，但夜风寒凉，到了室外，她不禁哆嗦一下。

陈戎搂过她。

她挽住他的手："你好暖哦。"

"走吧，去酒店就热乎了。"

"明天，你真的不去吗？"

"我妈在，我走不了。我妈的情况比较特殊，这阵子需要有人照顾。"真奇怪。陈戎对那个名为"亲生父亲"的男人没什么感情，甚至在此之前，对他的母亲也避而不谈。但他隐约觉得，母亲的心里藏了一个角落，是独独属于这个男人的。

他的母亲从来都是温室里的花朵，经历了一轮一轮的风雨，好不容易再婚，回到了温室，却又平地惊起一声雷，把她炸得人仰马翻。陈戎在短短几天里对自己的亲生父亲产生了某些好奇。但他没有问，提起任何关于那个男人的话题，她都要经受刺激。如果她不说，或许没有人知道这个男人的信息。

醒来时，已经过了十点半，赵钦书早就上船去岛上了。

倪燕归揉了揉太阳穴，拿起了手机。

之前，赵钦书在群里@了她四五次。陈戎冒泡说：她晚些时候再过去。

赵钦书就不再问了，他又开始@何思鹂。

何思鹂一直没有回复。几人早就约定今日上岛，她是言而有信的人，爽约有些不大寻常。

倪燕归洗了把脸，叫了个外卖，匆匆吃了顿早午餐。

中午时，何思鹂在群里冒了头，她遇到了麻烦。

何思鹂之前痛揍了史智威，见他灰溜溜夹着尾巴逃走，她很痛快。

然而，她终究还是个单纯的孩子。

赵钦书炒作了一番小视频，又抖落出史智威放的是高利贷。史智威在舆论攻击下，把矛头指向了何家。他不需要向何思鹂施压，他只要

第十七章　似曾相识的画

恐吓威胁何凌云就足够了。

何凌云凄苦地跟爷爷诉苦，说如今不是还不还钱的关系了。妹妹得罪了人，她给他带来了大麻烦。他有麻烦，何家就有麻烦。

何爷爷找了孙女质问。

何思鹏说："我要拍另一段对战的视频。我同学说可以流量变现，比我去送快餐要赚钱。"

听起来这是一条赚钱的捷径，但是何凌云心里发怵。如果妹妹火了，她揍史智威的视频会更有流量，舆论闹大起来，说不定会招来警察。

何凌云喜欢钱，他希望妹妹赚很多很多的钱替他还债，但前提是别惹怒史智威。

何凌云本就好赌，他的那些狐朋狗友或多或少都和史智威有关系。换句话说，他也是那个圈子里的人。三年前，警察没有查到何凌云的头上，但现在何凌云跟史智威的那几个马仔纠缠不清，他怕警察查到他的头上。

何凌云板起脸，教训何思鹏："你不要不务正业。你还是个学生，你以为拍几段打打杀杀的东西，就能出名走红？你同学太天真了。"

何思鹏不熟悉网络，她都是听赵钦书讲的。赵钦书头脑灵活，她觉得他说的应该就是对的。她不打算听何凌云的，跟赵钦书约好了上岛时间。然而昨天何凌云又去赌了一把回来，这次据说是赢了，他得意扬扬地在饭桌上说自己今天赢了一千。何爷爷被家里的债务压得喘不过气，他年纪大了，吃饭时一口气提不上来，鸡骨头哽在胸腔，被送进了医院。

何思鹏说："对不起，我这边今天去不了了。"

她的哥哥是个废物，父亲母亲有工作，只有她能照顾何爷爷。

既然没有了拍摄对象，毛成鸿和温文这两个武术指导下午就先走了。

岛上只剩下了赵钦书和柳木晞。

这是一座风景岛屿，有几个场景是网红打卡地。赵钦书原本预想在海边拍摄，牺牲色相，跟一个美女搭话了很久，才说服对方把那片海让给他。

可惜主角不在，前功尽弃。

他懒散地躺在沙滩椅上："一场空啊，一场空。"

柳木晞却兴致勃勃。美女在那里摆pose（姿势）直播，柳木晞远远地朝她按下快门。

赵钦书戴上墨镜，直直望着蔚蓝的天空："我以为你这样懒的人要回去休息了。"

"我只是懒得爬山跑步。"柳木晞说，"走走停停我是很热衷的，创作漫画需要记录各种灵感。"

"什么漫画？"问完，赵钦书又觉得问得多余。女生画的漫画，大概都是一类吧。

"热血漫。"

"我以为女生都喜欢少女漫。"

柳木晞笑了一下："没有少女心，哪来的少女漫？"

"我印象里，你有一段时间喜欢穿裙子。"赵钦书望过去，"现在穿回裤子了。有趣吧？你穿裙子的时候，镜头感很有灵气，很有张力，拍什么都有无尽的韵味。"

"难道我现在没有吗？"

"少了些什么。"

柳木晞终止了讨论，踩上沙子，向网红打卡地走去。

赵钦书伸了伸懒腰，这一趟只能当度假了。他跟着柳木晞走着："这里有海鲜餐厅，中午要不要去试一试？"

柳木晞计较着他刚才的评价，一声不吭，走得很快，想要甩开他。

赵钦书慢悠悠地在后面跟着，越跟距离越远。

前面的美女见到他，笑得跟花儿似的。

赵钦书上前，和美女聊得不亦乐乎。

柳木晞轻轻地吐出四个字："中央空调。"

海风裹着冬天的温度，柳木晞拉上了外套拉链，转身向酒店走。

赵钦书和美女说："改天再约。"他也回了酒店。

柳木晞在大堂的沙发上坐着，摆弄相机。

第十七章　似曾相识的画

他坐到她的旁边，开口说："虽然你的镜头少了灵气，但是越来越有专业素养。灵气这种虚无缥缈的东西，通常是莽撞萌新的气质。真正能在这一行留下来的，凭的是专业。"

她头也不抬，目光看着相机的回放："哄人哄得太假。"

"我哄人很认真。如果你觉得假，那是因为我不是在哄你。"

"甜言蜜语在我这里无效。"柳木晞摆了一个"拒绝"的姿势。

他失笑："我为什么对你甜言蜜语？"

她抬头看他。

赵钦书沉下嗓子："我心里有人的。"

"好巧，我心里也有人的。"

"我知道，你的灵气就是来自他吧。"

柳木晞望着他。当得了万人迷，赵钦书的外貌自然不在话下。他很爱笑，但和陈戎那样的温和不大一样，他的表情比陈戎的丰富很多，大多是暖色调的。

她突然好奇他的渣男故事。

赵钦书敛起了笑容："如果有一天我能够坦然说出来，她就不再是我的心结。"

柳木晞了然，正如她的心情吧。她也还没有办法向别人说起朱丰羽这个人。

寒假至今，倪燕归一直在玩。

或许也不叫玩，元旦以来，她跟陈戎的关系影响了她的心情，干什么都没劲。

期末考时又生病，难受得一塌糊涂，练武也多是泄愤为主。

现在躺在床上，她的身体酸酸软软的。

过完年，她要参加散打比赛，而且她和何思鹏之间还有一场较量。

倪燕归想起了健身老大爷。今年过年比较晚，寒假放得早，离过年还有半个多月时间。她决定偷偷去特训，提升武力值，给毛教练、温社长一个大大的惊喜。

特训再秘密，有一个人是倪燕归一定要通知的。她给陈戎发信息：

吃饭了吗？

她看了十几分钟的电影，等来他的回复：你醒了？

之后他直接打了电话，倪燕归接起来："忙完了？"

"嗯。"陈戎从厨房出来，"刚刚吃完饭。你呢？刚醒？"

"我吃完了外卖，全家桶。"她很得意，"我一个人吃。"

"这两天我不能陪你了。你什么时候去岛上？"

陈若妩的丈夫要出差，她接了小女儿到陈戎的家。她按时吃药，像没事人一样。但陈戎知道，她不是没事，她那副面孔下有太多的起伏。

"拍摄暂停了，何思鹂不在。"酒店房间只有倪燕归一个人，但她故意压低声音说，"我要去秘密特训。"

"特训？"陈戎以为又是毛成鸿提议的那种爬山运动。

倪燕归却说："上次你在公园欺负我的时候，不是有个健身老大爷路见不平嘛，他是武馆出来的，给了我一个地址。"

"远吗？"

"省内。"

"哪里？"

"西井镇。"

第十八章

她的少年

倪燕归给师父打了通电话。

"师父一听西井镇,激动万分:"难道是横馆?"

"嗯。"是叫横馆。

"西井镇西井村,横馆。"师父语速飞快,"对习武的人来说,这所传承几代人的武馆是一片净土啊。"

照师父的说法,横馆是传说中的江湖之地。但其中的武术是不是真的出神入化,无人知晓,无人追究。

公交车停在西井村的村口。

这里离市区有一段距离,倪燕归以为是个乡下村子,没想到这里已经开发成了生态园。

沿路她见到了几间农家乐,门前停了几辆大巴,不算冷清。

越往里走,大巴车没了,旅客却不少,其中一个餐馆旁边设了一个小窗口,窗口前排起长龙。

窗口上方挂了一块纸皮,像是从快递箱上撕下来的。快递单号被涂黑了,纸皮空白的地方用粗黑的大字写了一个圆圆的"饼"字。

倪燕归没有排队,走到旁边望了望。

卖饼的是一个青年,长得很端正,他全程一言不发。

客人扫码付款,青年用袋子装饼,干脆利落。

离开的顾客个个拎了个小袋子,还有几个付了款,直接把大饼叼在嘴里。

倪燕归望了一眼长长的队伍。卖个饼而已,这么夸张?乡下人也搞营销吗?

她继续向前走,按照老大爷的地址,一路对着门牌号。

沿着集市往东南,倪燕归见到了气势磅礴的门匾,上面龙飞凤舞地写了两个字：横馆。

横馆的大门敞着，露出里面的水磨青砖和麻石板路。这是一座和现代社会格格不入的武馆，从摆设到布局，这里更接近倪燕归的武侠梦。

她站在门边，握起兽头状的金钉铜环，敲了敲门："请问有人在吗？"

不一会儿，走来了一个桃花眼的男人，他五官俊美非凡，斯斯文文，但身材高大，健硕手臂和他的五官很是违和。他将她打量一遍，扬起桃花眼："什么事？"

"你好。"倪燕归从手机里翻出了她和老大爷的照片，"我曾经跟这位老大爷习武。他后来走了，给我留了地址，我特地前来拜访。"

桃花男望了望照片："哦，你是来拜师的？"

她点点头。

"稍等。"桃花男站到一边打电话，讲了几句，他过来说，"照片里的人是我的师叔，他游山玩水去了。习武的事，他暂时交给了我。"

"好，谢谢。"身处一个复古的建筑，倪燕归拱手抱拳。

桃花男回礼："我在师父门下排行第三，除了大师兄和二师兄，其他人都叫我一声'三师兄'。"

她有板有眼地喊："三师兄。"

"师叔说，你从小习武？"

"对，小时候练练，后来停了。嗯，最近刚捡起来。"

"你能从小习武，可见吃得了苦。"三师兄忽然探手袭击她的腰。

倪燕归灵巧地一躲。

三师兄收回手："你的身手比一般人好，防身绰绰有余。为什么要来这里练武？"

"三师兄，实不相瞒，我要去比赛。"

"武术大赛？"

"散打。"倪燕归问，"社团你知道吗？就是大学里，大家因为兴趣而聚在一起的团体。"

三师兄点点头。

"社团的前辈们对我抱有很大的期望，我想为他们争口气，赢得比赛。"

"体育赛事各有不同的动作和规则。如果你单纯因为这个过来，我肯定把你逐出门外。但是，你是师叔介绍来的，我无论如何都得接下你。不过，我把丑话说在前头，横馆没有赛前训练。"

"其实散打也是武术延伸的一种，只是设置了规则和赛制，归类为一个专门的项目。"

"大城市不是有各种练习馆吗？他们有专门的教练配置，也了解比赛规则。"

"我以前是在武馆长大的，练的偏向武术，和现代格斗始终有差别。"倪燕归说，"而且我的武馆师父很向往横馆，说你们这里高手如云。"

三师兄笑了笑，桃花眼非常醉人："我们是武术高手，但却不一定是比赛的高手。我们以强身健体为主，不逞凶不斗狠。君子动口不动手。"

"是。"她低眉又喊了声，"三师兄。"

"我只能训练你的身体机能。"

"明白。"

"明天开始训练。"

这里大概是古时留下来的建筑，雕梁画栋，仿佛一座出产武侠剧的影视城。

倪燕归在被安排的房间内安顿下来，已经是傍晚了。

三师兄说："我们这里吃饭不比其他地方，都是靠抢的。你初来乍到，可能抢不过。我临时给你通融一下，为你备一份单独的晚饭。"

"谢谢三师兄。"倪燕归暗想，是大米太贵吗？吃饭还得靠抢的？

晚饭时间是真的晚。

倪燕归想去外面买个饼，却发现那个窗口已经关上了。

破纸皮迎风摇摆，摆得凄凉。

网红大饼？就这？

她回来，遇上了来送饭的三师兄。

他抹了抹汗:"这是我给你抢到的一份,不容易啊。"

"谢谢三师兄。请问这里的伙食费一天多少呀?"

"我让管账的来跟你算。"他转身走了,叹气声飘在空中,"为了抢饭,师兄弟的情谊荡然无存了。"

倪燕归端了食盒进房间,晚饭的菜色很丰盛,有香煎刁子鱼、笋干炒肉、羊排烧白萝卜和青菜豆腐汤,分量很足。最关键的是,调味咸淡适宜,火候控制得非常好。

横馆有个好厨师。

饭吃到一半,陈戎发了条信息,问她是不是到西井镇了。

倪燕归拍了张晚饭的照片,发过去:到了,正在吃饭。

之后,陈戎的回复断断续续,有时快,有时拖很久很久。

吃完了饭,倪燕归打了个电话。

接通以后,那边传来一阵奶声奶气的娃娃音:"哥哥,哥哥……我要抱抱。"

陈戎的声音跟在后面:"我妈出去了,她的小女儿在我家。"

陈若妧下午不知想到什么,哭了好一会儿。她觉得不对劲,说要去医院,走得匆忙,她把小女儿交给了儿子。

这时,小娃娃正扯住陈戎的裤子摇来摇去:"哥哥,我要抱抱!"

他戴上蓝牙耳机,抱起小娃娃,和电话那边的倪燕归说:"今天太忙了,比任何时候都忙。"小娃娃才两岁,他看得很紧,生怕不小心就出意外。

小娃娃凑到他的耳机旁,"咯咯"直笑。

倪燕归跟着笑了:"没事,我到了,吃饱了。你好好照顾妹妹,去忙吧。"

妹妹……陈戎对这个小娃娃没有叫过妹妹。她在他怀里不老实,小脚丫子毫不客气地左踩右踩,小手抓着他的肩膀。他问:"你叫我什么?"他对她没有笑容,也不亲切。

她却大笑,小脸蛋贴上了他的脸颊,喊:"哥哥!哥哥!"

他轻轻抚摸她的头:"嗯,是妹妹。"

晚饭后,倪燕归站在走廊上。

这里远离城市,空气新鲜,有山有水,建筑又是古时的,真是个好地方。她整个人很慵懒地靠在廊柱上。

星星很亮很清晰,夜幕黑得没有杂色,城市里见不到这样纯粹的夜空。

她摸出林修忘在她这儿的打火机,打出火焰。她慢慢地向着空中举手,火焰在风中摇摆,夜幕有些模糊了,火苗似乎追着星星旋转而去。

火焰熄灭,她一转眼见到前方站了一个人。

那是一个外貌出众的男人,廊柱上的灯光飘在他的脸,映出的眼睛好像不是黑色的。

他也在看着她。

这乡下地方居然有混血儿?可能是这里的某一位师兄?倪燕归站直身子,向他笑了笑。

对方没有什么回应,或者说他本来就这样漫不经心。

倪燕归忽然觉得,这个男人并非注意她,他盯的是她手里的打火机。她正在思考打不打招呼,突如其来的一瞬间,面前一阵风闪过,手里的打火机不见了。等她看清的时候才发现,不知何时来了一个女人。

女人面容英气,短发利落。她的脸比较木,眼神冷冰冰的:"横馆夜间禁火。"

倪燕归连忙说:"抱歉,我不知道,我不玩了。"

女人把打火机还给了她:"三师兄已经休息了,等他明早起来,就开始你的训练。"

倪燕归说:"明白,谢谢。"

既然女人也叫三师兄,估计是横馆的习武之人了。女人没有自我介绍,走向那个男人。

男人仰望天空,半眯眼睛,很懒散,没什么精神。

她走到他身边,他伸手揽住了她的腰,低声说了一句什么。

她抚了抚他的脸,他转过头来。

倪燕归这时发现,男人的眼睛是蓝色的,在昏黄灯光下尤其深邃。

女人轻轻地吻了吻他,他闭着眼睛。亲吻过后,他再度睁开的蓝眸亮得莫名，一扫刚才的慵懒，整个人顿时有了活力。

横馆的人起得很早。

走廊外，有两个孩子在切磋武艺，过招时的"嘿哈嘿哈"声，一早把倪燕归吵醒了。

两个孩子见到她，打量一番，又走了。

除了三师兄，这里没有人做自我介绍。

倪燕归没当回事，出去晨跑，她又见到了昨晚的那对男女。

男的骑着自行车，他没有很浪漫地载女人骑行，女人在边上跑步。骑车的很慢，跑步的也不快。两人上坡，身影渐渐消失了。

倪燕归经过网红大饼的店，店里还没有开门，破纸皮被风吹了一个晚上，摇摇欲坠。

这个村子部分是古建，部分是钢筋水泥的新建筑，被包装成了生态园。

跑完了一圈，她等于在村子里转了一圈。

昨天忘了跟三师兄要联系方式，她怕他已经抢了早餐，于是回了横馆。

三师兄的桃花颜在朝阳下美得惊人。他站在她的门前，用手扇着风。大冬天的，他穿得很薄，只套了一件短衫："对了，忘了问你怎么称呼？"

"三师兄，我叫倪燕归。"

"哦。"三师兄点头，"你没有敬过弟子茶，暂时不算入师门，我就叫你倪燕归。"

"是。"这种传承几代的武馆，收徒特别讲究。她师父的武馆就很随意，喊一声师父，就算入门了。

三师兄拎了一个袋子："这是我今天为你抢来的早餐。"他叹气，这一声比昨天晚上的更重，"师门不幸，之后要靠你去抢饭了。"

他转身走了几步，停下说："九点开始训练，在西南方的场子。"

倪燕归应声："是。"

"一花一世界，一叶一菩提。"三师兄说，"天地万物相生相克，万法自然，本源太极。这是中庸思想，但却是无形的力量。特别是你们女孩子，身体力量弱，更应顺应自然，以柔克刚。我观察了你的招式，走的多是轻巧的路数。太极拳有一谚语，人不知我，我独知人，练的是洞察力和敏捷性。"

倪燕归站在太阳底下，眯起了眼睛。

"我们习武之人，分为上盘、中盘、下盘。"三师兄问，"你之前在武馆，有练哪个？"

"我主练腿法，下盘功夫。"

"女性的腿部柔韧性高，适时增加些力量训练，下盘稳固，抗摔抗打。"三师兄停顿了，"据我所知，散打和拳击不一样，散打可以运用腿部力量。"

"嗯。"

"从武术上来说，人，落地才生根。今天你先练习站桩。"三师兄做了一个示范动作，"练站桩要练活桩，不要站死了。上午你先练，之后再进行下一步的。"

"对了，三师兄。"倪燕归突然喊住他，"我昨晚遇到一个女的高手，她身边站了一个蓝眼睛的男人。"

"那是我的师妹，男的是她的丈夫，就是我们横馆的厨子，负责所有人的一日三餐。"三师兄想起重要的事，"他负责管账，你在这里的衣食住行由他记账。"

倪燕归的心思停留在前半句。原来是三师兄的师妹，难怪动作飞快，眨眼工夫就到了跟前。

都是习武之人，几个动作就知道对方实力如何。倪燕归明白了，为什么师父提起横馆时激动万分。这里的都是高手，别看三师兄人高马大，其实他的轻巧不输她，走路甚至不发出半点声响。倪燕归仰头望天，她终于拾起了对武学的信心。

中午，三师兄过来说了一句："快走，要抢饭了。"他轻轻地飘走了。

倪燕归匆匆地追过去。

横馆的院落很大，拐了几个弯，才见到前面一行人。

第十八章 她的少年

那个在窗口卖饼的青年,这时满脸冷峻地挤在人群中。

三师兄眼泛桃花:"二师兄,这一顿我不会再让你了。"

那个被叫作二师兄的冷脸美男的话也很冷:"尽管放马过来。"他穿一身黑衣,如鬼魅一般,跃入了院中。

三师兄追打而去。

倪燕归发现,比起这两个师兄,她和何思鹂的打斗都是普通招式。她觉得不妙,她抢不到饭……果然,门前乱作一团。

倪燕归只得出了横馆,另外觅食。

昨天卖饼的是二师兄,既然他在抢饭,网红大饼自然就关了门。

不过,破纸皮被贴上了一块透明胶,风吹过时晃得不那么厉害了。

她去了最近的一家农家乐,点上两碟小菜。

食材是店主自家种的,但比起横馆的手艺,调味差了些。

倪燕归可怜兮兮地给陈戎发消息:训练好辛苦,吃都吃不饱。

陈戎照顾了小娃娃一个下午加晚上。小娃娃特别亲近他,只要他的注意力放在手机上,她就过来抱他的腿,"哥哥""哥哥"叫个没停。

两人这时坐在沙发上,小娃娃蹬起腿,在哥哥旁边蹭来蹭去,把他的裤子踩上好几个灰色的脚印。

陈戎的微信聊天背景是他和倪燕归的合照,他给小娃娃看。

小娃娃机灵得很,点着照片里的陈戎:"哥哥。"再点点旁边的倪燕归,"姐姐。"

"嗯,这是姐姐。"陈戎说,"等你大了,该叫嫂子了。"

小娃娃听不懂,只是笑。

陈戎:没有外卖?

倪燕归:我在这里没有见到外卖小哥。武馆一日三餐都靠抢的,他们功夫太好了,我只有在旁边流口水的份。

小娃娃见哥哥看着手机,她也凑过来,凑得很近,圆脑袋挡住了屏幕。

陈戎一手抱起她,单手打字:等我忙完,给你喂食。

倪燕归:想吃煎牛扒。

陈戎:我给你做一桌好菜,打包过去。

午休时间，村子有些安静。

倪燕归在横馆转悠。厨房那个院落空无一人，之前的打斗仿佛没有发生过。几个小小的箩筐装了满满的青菜。迎向西面的方向，挂了长长的鱼干串。

倪燕归呼一口气，越发想念陈戎的厨艺了。她拆开带来的零食包装，咬一块饼干，也去休息了。

吵醒她的是外面的吵闹声。传来的声音像是早上晨练的小孩子，他们喊："村口着火了。"

火。

倪燕归猛地睁开了眼睛，从窗户见到几道人影飞奔出去，又望见西北方向飘起的灰烟。

她跟着跑出去。

灰烟袅袅的那幢房子，是她中午去过的农家乐，路人说火是从厨房烧起来的。

三师兄不知从哪里提来一个灭火器，毅然走进火场，瞬间被卷起的灰烟围住了。

倏地，倪燕归的脑子里有什么混乱的碎片砸下来。

几个师兄弟从几个方向挥舞着灭火器，灭了向外延伸的火，余下厨房角落的一团火簇簇燃烧。

远处传来了消防车的声音，三师兄放下了灭火器："剩下的交给专业人士了。"

他转身，发现人群里的倪燕归有些古怪。其他人因为火势变小而欣慰，她却面色苍白，愣愣的。他喊她："倪燕归。"

她仿佛突然惊醒："三师兄。"

"天干物燥，注意防火。"

倪燕归后知后觉地鼓掌："三师兄，你冲进火场的时候特别帅。"

三师兄挑挑眉。他的长相很俊，俊得偏柔。比起帅，更多人喜欢用"美"来称赞他。

"回去休息吧，下午再训练。"

第十八章 她的少年

倪燕归垂着头，脑海里烧的是另一场火。那一场火里有一个少年。

她刚才想起来，她在那次的火场里，和那个少年定下了一个婚约。她当时觉得自己要毁容了，毁容了不漂亮，不漂亮没人要。少年可能被她烦到了，跟她说："那我要。"

他戴了一个头盔，她对他的脸印象太模糊，她想要打开记忆的盒子，却发现自己把钥匙丢了。

唯一清楚的是关于史智威的部分，只要想到那张驴脸，她的胸腔就满是浊气。

倪燕归撇了下嘴角。危险时刻的胡话，那个少年不会当真吧？而且她没有毁容，婚约就不作数的。

过了两天，陈若妧的丈夫接走了妻子和女儿。家里空了下来。

陈戎终于有机会和倪燕归开了视频聊天。

她说："前两天，村子里起了一场火，就是我去的那家农家乐。"

火？

"你受伤了吗？"

"没有。"但她突然记起当年的婚约了，不知道那个少年怎么样了。

陈戎问："没有受伤，怎么摆出这么垮的脸？"

"是吗？"倪燕归拍拍脸颊，"训练太辛苦了吧。"

"那怎么办？不练了？"

"不能不练。"经过三师兄的提点，倪燕归心中的武术魂又燃了起来，"我要打败何思鹂。"

"年后的比赛，我去给你加油。"

"嗯。"倪燕归望着陈戎的脸，真是百看不厌。

陈戎把摄像头转向旁边的行李："我收拾东西，明天去西井镇。"

她笑了："我有个计划。"

他点头："愿闻其详。"

倪燕归噘嘴："同学们都不知道你对我想得如痴如狂。只有我一个人知道，不过瘾。"

"哦。"陈戎虚心请教，"那你的计划是？"

"下学期，你就在同学们面前对我展开热烈的追求。"她笑得得意，"有人嚼舌根，说我倒追你。我一定打回她的脸，告诉他们其实是你对我纠缠不清。遇到你这样深沉的执念人，我是很烦恼的。"

陈戎："……"

"你深情款款，我却爱答不理。我的魅力真无敌，哈哈哈哈。"她在镜头面前笑得张狂。

他一言不发。

倪燕归抬抬下巴："怎样？我的计划是不是很完美？"

"随便啊。"

她眼睛一亮："你答应了？"

陈戎舒适地靠着沙发上："私底下能搂能抱能亲，外人面前就随便你怎样装了。"

倪燕归在偶然的一个时刻，在西井村见到了外卖小哥。他骑的摩托车速度很快，黑色的头盔一闪而过。记忆里的火变得清晰了，她想要从头盔里去辨认那双眼睛。但那天的烟太多了，她仍然模模糊糊。

每到饭点倪燕归就消失不见。

三师兄过来问："你没有抢到过一顿饭？"

倪燕归摆手："饭我就不去抢了，不过，三师兄，我有个同学过来探望我，能不能借你们的厨房热一热饭菜？"

"你同学还带饭来看你？"

"三师兄，这个村子有很多农家乐，你们为什么还要在这里抢饭？"倪燕归问，"上次我看你和二师兄打斗，像是来真的。"

三师兄抿了抿嘴："我们厨子的厨艺，甩外面农家乐几条街。我们口味被养刁了，出去吃不饱饿得快。"

"对嘛。我这两天去农家乐点菜，吃来吃去就那几样。我就让同学给我捎些肉。"倪燕归做出双手合十的手势，"三师兄，拜托，就热一热饭菜，不做别的。"

"别弄乱里面的锅碗瓢盆，厨子脾气大。"

陈戎是中午到的。到这里的公交车比较少，尤其是中午时段，站牌提示去西井村的公交车,四十至五十分钟才一趟。不凑巧,前两分钟,一辆公交车刚走。

旁边一个用摩托车载客的壮汉,他指着头顶上的太阳说:"小伙子,你错过了刚才那辆车,就要在这里等差不多一个钟了。"

陈戎问:"没有的士吗?"

"我们这里出行靠这个。"壮汉拍拍摩托车,"汽车,那是高级货。"

没办法,陈戎虽然用了冰袋保鲜,但在太阳下站的时间长了,食物会失去新鲜度。他对壮汉道:"到西井村横馆。"

"十块钱。"壮汉从车把手那里拿了个头盔给陈戎,"戴上去。这里虽然是村子,但几个月前,前面岔路口装了一个摄像头。我可不希望只赚你十块钱,还要倒赔罚款。一定给我把头盔戴紧了。"

陈戎背了个大背包,左右两手各拎一个袋子。

摩托车后座有个方形箱子。壮汉接过陈戎的两个袋子,放进箱子。他骑上摩托,等陈戎坐上去,一踩油门:"坐稳了啊。"

摩托车呼啸而去。

倪燕归等在村口。冬天的太阳很温暖,照得她又困又饿。

来了一辆公交车,不见陈戎。她发了消息,他还没回复。

之后,远处一辆摩托车向这个方向驶来,"突突突"的声响像是在附和她肚子里的"咕噜噜"。

一个浅浅的刹车,摩托车停在路边。壮汉朝倪燕归按了两下喇叭。

倪燕归没有听见似的,望着后座上的陈戎。

陈戎下来了:"等不到公交车,只能搭摩托。"

她好半响没说话。奇怪,她怎么有似曾相识的感觉。

他脱下头盔,头发凌乱。他随便抓了抓,把头盔还给了壮汉。

壮汉帮忙提了两个袋子,陈戎接过。

壮汉:"十块。"

陈戎看了看倪燕归,她说:"没现金。"

"扫码。"壮汉从车把上拉出一个打印的二维码,倪燕归付了钱。

摩托车掉头,"突突突"地走了。

"等很久了?"陈戎见到她被风吹乱的头发。

"啊，没有。"她的脑海里还在回忆他戴头盔的那一幕。

其实，人戴头盔的样子，都差不多吧。可能是这几天精神恍惚，才觉得陈戎像极了当时的少年。

三师兄没问倪燕归同学是男是女，也就没有额外安排另外的房间。

倪燕归把陈戎拉进了自己的房间。她饿坏了。

陈戎不说多余的话，用加热饭盒热了一份可乐鸡翅。

她闭上眼睛，闻到香气的那一刻，她简直要哭出来。她戴上一次性手套，把鸡翅狠狠咬上一口："无憾了。"

"你不是说这里包食宿，真的全靠抢饭？"

"技不如人吧。"倪燕归叹气，"这几天都去农家乐，味道差了点儿。"

她坐在椅子上，把腿伸直，放在另一张椅子上："我肩膀酸，给我按按。"

陈戎立即站到她的身后，慢慢给她松肩颈。

在这里好几天，肌肉酸痛，她有时候自己按几下，但是太累。按摩始终是别人来按才最舒服。她满足极了，一连吃了四个鸡翅，问："还有没有别的？"

陈戎打开另一个饭盒："你要的牛扒。"

倪燕归几乎是狼吞虎咽。她在他面前越来越放肆了。记得在食堂偶遇，她一小口一小口地吃，笑不露齿。如今大口咬肉，潇洒得接近鲁智深了。

倪燕归吃完了，她拍拍肚子，舒舒服服地靠在床上，把腿伸得直直的，吆喝说："你，过来。"

陈戎听话地走到她的面前。

她指着自己的小腿："给我捏捏。"她翻身趴在床上。

他坐在床边，轻轻为她揉捏腿肚子。她的小腿全然放松，比较软，但他能触及其中结实的肌肉。

"左边，右边，再右边，对，就是那里。"她笑，"有男人伺候就是舒服。"她半闭着眼睛，不一会儿睡过去了。

陈戎轻轻地用掌心揉了揉她的腿。不知是不是错觉，他觉得她瘦

第十八章 她的少年

了。他松开了她的小腿,低头望着她的俏脸。

自从接到她的指令,他就收敛了笑容,变回真实的自己。不知他的母亲有没有发现,现在的他已经不大像李育星了。但是不是像亲生父亲,陈戎不知道。毕竟那个男人姓甚名谁,陈戎都没问过。他被赶出李家以后,很长一段时间,母亲精神恍惚,说他有恶人的基因,陈戎真的相信自己有。就像小时候,他比同龄的孩子冷漠孤僻。或许是过去的十来年笑得太多,卸下面具以后,他扯起嘴角也不像是笑。如果是别的女孩,早就撒腿逃跑,只有嚣张的倪燕归自投罗网。她还命令他,不许再回去当面具人。连陈戎都觉得,现在的自己是鲜活的,是未知的,是倪燕归的。

"午安。"他俯身,在她的脸颊上亲了一口。

倪燕归很久没有梦见过那个人。那张脸曾经在她的梦里晃过短短一两秒,不见了。转瞬即逝之间,她认出那是陈戎。她早就说过,他和她的梦中人长得很像。

这一天的梦,突然闯进来另一个戴头盔的少年。也是一闪而过,然而,头盔下的眼睛锐利轻薄。她也认出来,那是陈戎。

倪燕归在这个时候惊醒了。

外面传来说话声,是三师兄:"你是倪燕归的同学?"

"是。"陈戎说,"你是三师兄吧,我是她的男朋友。"

倪燕归在被窝里噘嘴。什么男朋友,你答应我的计划还没开始呢。

"知道了,男朋友。"三师兄问,"在里面弄什么?这么香。"

"哦,听说这里一日三餐都要抢饭,她技不如人,但又不好坏了你们的规矩,我就给她送些吃的。"陈戎问,"三师兄,能不能借厨房热一热饭菜?"

"来来来。"三师兄很热情。

之后,交谈声渐渐远去了。

倪燕归又睡过去,却做不回之前的梦了。再次醒来的时候,外面传来的还是三师兄和陈戎聊天的声音。

三师兄变得很殷勤:"陈戎啊,要不要留在这里过年?"

倪燕归瞪直了眼睛。

陈戎："三师兄，我陪女朋友来的，她走，我就走。"
三师兄："想留多久留多久，住到天荒地老都没问题。"
三师兄笑了几声，走了。
陈戎推门进来，见到坐起来的倪燕归："醒了？"
她讶然："你跟三师兄混得这么熟了？"
"三师兄让我给他开个小灶。"
倪燕归："……"
听说横馆的厨子脾气暴躁。倪燕归那天听见厨子的怒吼："我不干了！"
她无所谓，她又不吃他做的饭。但是，陈戎被三师兄拉去当替补了。
轮到倪燕归喊："三师兄，那是我的人！"无人理她。她的一肚子气冲着陈戎撒。
他却说："我给你清了食宿的账。"

何思鹏的爷爷出院了，她立即联系赵钦书。
赵钦书在群里@倪燕归，问有空拍摄不。
倪燕归：在外旅游。
赵钦书觉得，要凑齐何思鹏和倪燕归两个人，在年前不大可能了，于是他先给何思鹏拍了一段，放到网上去试水。
他是个营销天才。短短几天，热度又被他炒了起来，之前那个史智威挨打的片段，再次掀起浪花。
何凌云警告何思鹏："你惹怒威哥了，他要收拾你。你快去道歉，别害了我们何家。"
她无所畏惧。
三师兄的训练变得严苛，他对倪燕归说："有好饭好菜吃，我不好怠慢你。"
日子过得很快。西井村留有旧俗，年味浓厚。倪燕归和陈戎把大灯笼挂到了横馆的门前。不到时辰，不能亮灯。这一座古香古色的大宅子圆了倪燕归的武侠梦。
倪景山的生意在年前告一段落，他家要准备过年了。

第十八章 她的少年

年二十五的那天,倪燕归和三师兄告别。

三师兄给她弄来一辆电瓶车,说:"这里的公交车等一趟就将近一个小时。你们骑车去吧。车子放到镇上的公交车站,我们有空了去取。"

倪燕归问:"这里治安这么好?不会被偷吗?"

三师兄忽然冷笑:"谁敢偷我们横馆的东西。"

难怪横馆总是敞着大门,没人把守,给人感觉像是来去自如似的。

陈戎戴上了头盔,同时给她戴上。倪燕归怔然。

他骑上车:"走了。"

她很沉默,坐在车子后座,抱住他的腰。她见不到他的脸,只是望着他的后颈,捡到一片记忆碎片。她见到了那个背着她走出火场的少年。

是了,感觉回来了。仿佛陈戎就是那时的少年。

安静下来的倪燕归,处处透着不对劲。

到了车站,陈戎给她买了一杯热奶茶。

她双手捧着,他提醒她:"小心烫。"

她握住了隔热垫,点了点头。

候车站的椅子冰凉凉的,陈戎坐下来,看着走来走去的人流:"在想什么?"

她不好意思告诉他,她想的是三年前的一个少年。那个少年的感觉越来越接近陈戎,不知道这是不是她对陈戎的滤镜,一厢情愿地想把两人的关系缠得更紧。不仅仅是幼儿园的同学,甚至她下意识地将陈戎拉进三年前的那一场火。

第一口奶茶她吸得很猛,底下的一粒珍珠穿过吸管,到了她的嘴里。她说:"没什么,三师兄讲了很多的道理,但我现在忘得七七八八了。当时应该录音的。"

陈戎用拇指在她的颈后细细地摩挲:"三师兄悄悄告诉我,那些理论都是废话。"

"他为什么告诉你,却不告诉我?"

"因为三师兄的教学,除了废话就不说其他了。"

"在横馆,你不敢说三师兄的坏话,人一走就嚣张了吧。"她的眉眼飞扬起来。

陈戎用手勾了一下她的眉毛:"笑起来的时候多漂亮。"

为了漂亮,倪燕归露出大大的笑脸:"三天后我过生日,我想喊几个同学来聚聚,你也来吧。"

陈戎应承:"我不仅来,还会提前到。"

回到城市,他要送她回家,两人很有默契,经过上次的那家酒店,不约而同地向里面望去一眼。

接着,两人的目光撞到一起。

倪燕归抬抬下巴,陈戎面无表情,拉起她的手进去了。

过去的几天,两人夜夜同床共枕,但是没发生什么。

三师兄吃了陈戎的饭,使劲训练她,当是报答。她太累了,腻在陈戎的怀抱里是为了温暖。

知道他忍了几天,她靠近他,用头蹭蹭他的肩膀。

陈戎跟她咬耳朵:"知道疼我了?"

她低声抱怨:"说得好像我没疼过你似的。"

他搂过她:"知道你疼我。你疼我才回来的。"就在他要放弃自己的时候,她回来了。

"我回来不是想跟你复合。"不过,那些狠戾的话,对着他却再也说不出口了。他问她跟还是不跟?如果她不跟呢?莫名的,她拒绝思考这一个答案。她曾经以为,她是喜欢自己设定的那一个框架,喜欢那样完美的躯壳。

现在的陈戎跳出了那些条条框框。他是一个崭新的人物,听说将来可能更加狠戾残忍。但她觉得他的那双手特别温暖,他把他自己说得那样坏,她却是不大相信。一个真正的反社会人格,不可能被面具束缚。陈戎的面具说到底是为了讨好世界,甘愿被道德枷锁捆绑的人,本性又能坏到哪里去?什么狠戾,什么残忍,倪燕归在心底笑笑就过了。

似乎不再需要言语,刷了房卡,关上门,两人的动作都是脱掉外套。

倪燕归倒在床上。横馆的床板比较硬,十来天没有睡过柔软的床垫,她倒下之后都不想起来了。

第十八章 她的少年

陈戎也没有让她起来,他在她身边跪下,一手隔着薄薄的上衣在她的九尾狐狸上轻轻地抚着。他低下头吻她。

她搂住了他,解下衣服,弯起小臂:"我比从前更壮硕了,你欺负不了我。"

陈戎坐直身子,卷起衣袖:"比比谁更壮?"开玩笑,他对付她是分分钟的事。

他的肌肉结实成块,用力紧绷时,她就戳不下去了。她只好用手指在他的肌肉线条上来回地滑动。

陈戎突然说:"倪倪,如果有一天你要走,别告诉我。"

"为什么?"倪燕归捏起他的脸,"你想我不辞而别?"

"我怕我用锁链扣住你的脚,你就再也走不掉了。"

"说得这么可怕,你想要吓跑我吗?"

"不是。"陈戎说,"我们分过一次,我忍了就忍了。我不允许有第二次,尤其是你在我身边越来越久了。"

因为越来越久了,那一个曾经刻入他骨髓的面具,渐渐地有了她当替代。一旦把她从他的筋骨里剥离,放眼望去,没有其他的替代品。他也怕疼的,到时候受不了那阵疼痛,只能将她拴住。

倪燕归淡淡地说:"哦,好可怕呀。"他确实不爱笑,明明两人正开心,他眼里仍是黑压压的,嘴上又讲些吓人的话。

许久,她休息了,他坐起身,拍拍她的背:"好好睡。"

她翻了身子,躲进被子。不一会儿又探出头来。

陈戎不知什么时候点了一支烟。

窗前烟雾弥漫,将他的脸罩成了迷雾。这时的他倒不像以前,把自己裹得严严实实了。玻璃映着的人影敞了外衣,懒得系扣子,肌理线条扎实明了。

他听见床上有动静,回过头。

丝绒薄被从她的肩膀滑下,伏在雪白肩背上的狐狸,九尾张狂,嚣张得不可一世。

与他腰上的一样。

倪燕归随手拿起头绳绑头发。头发被收拢起,肩上的狐狸像火一

545

样燃起来。

"陈戎。"背对着他,她叫他的名字。

"说。"

她套上了外衣,转过头去,她看见烟雾弥漫下他的脸。

他也透过那一层烟雾,望着她。

他还是看着她。

她说:"戒烟吧。"

"好啊。"答应得很随意,但下一秒,他将他的烟按熄了。

她搂住了他的脖子,踮起脚去咬他的唇。

现在的陈戎不会再克制。

二月十三,倪燕归的生日,她在小群里说了一下。

温文家所在的村子在年前就有一系列的宴席,温文忙得走不开,只能在群里送上祝福。

其余几人都说准时到。

陈戎在前一天下午就到了,两人看了一场无聊的电影,之后又去了酒店。

倪燕归这几天没训练,她很有兴致。天快亮了她才睡着,睡不到几小时,又被叫了起来。今天她是主角,不能缺席。

倪燕归懒洋洋地坐起来,眼皮半耷拉着,她揉了揉酸痛的腰,埋怨说:"这项运动比训练辛苦多了,感觉就跟打了几场比赛似的。"

陈戎穿上衣服:"下午你回去休息吧,幸好订了午饭。"

她晚上要跟父母以及林修家一起庆祝生日,只能把中午的时间安排给同学。

出去的时候,倪燕归的腿软绵绵的,像站不稳似的,她把重心靠在陈戎那边。

他扶住她的腰:"这几天没休息好吗?"

她横过去一眼:"这就跟暴饮暴食差不多。不是太饿,就是太饱,对身体都不好。"

陈戎点头:"以后均衡饮食,规律生活。"

第十八章 她的少年

远远见到毛成鸿，倪燕归一个惊醒，立即昂起头，远离陈戎。

"小倪同学，生日快乐。"毛成鸿送了她一个小礼盒。

倪燕归接过："谢谢毛教练。"

"脸色有些苍白，昨天没休息好？"毛成鸿看她一眼，又看向离她一米的陈戎。

陈戎淡淡地点头。

毛成鸿皱眉，陈戎怎么变这样了？

倪燕归说："毛教练，我利用寒假时间去特训了。"

毛成鸿："劳逸结合，注意休息。"

突然，周围无声无息地多了一个人。何思鹂不知什么时候飘了过来。她拎了一个方盒子："生日快乐。我没钱，买了一个芝士蛋糕当是礼物。"她这话很直白。

倪燕归笑："行，我收下了。进去吧，我订了包房。"

赵钦书和柳木晞在门口遇见了。

赵钦书问："对了，明天要不要商量一下何思鹂账号管理的问题？"

"明天？"柳木晞意有所指，"明天不是你最忙的日子吗？"

赵钦书瞬间反应过来："二月十四啊，我单身，不忙，不忙。"

柳木晞才不信。她那天看他的朋友圈，底下有好几个共同好友在问他这天的安排，而且都是女生在问。

柳木晞可算是见到大阵仗了。这就跟古代皇帝翻牌子似的，赵大爷见哪个心情好，他就挑哪个。

赵钦书猜到什么："柳木晞，你对我有偏见。"

偏见吗？不尽然。柳木晞觉得，自己是从现象窥探真相。

赵钦书又解释："自从那个人离我而去，我一直是单身。"

"哦，单身不单身，不过是一个状态而已。"这一点也不影响他和这个女孩当知己，和那个女孩谈心事。他如果不说单身，柳木晞还以为他换女朋友跟换衣服一样快。否则，怎么周围的女生三天一小变，五天一大变。

赵钦书低眼望她："你是不是误会了什么？"

柳木晞失笑："没有误会。你不是说了吗，你是渣男。我都知道。"

这次轮到他笑了："你知道什么？"

"大概就是你辜负了哪个美丽的好姑娘，从而有了自知之明。"她大步向前走，走了几步，回头。

他没有走，正转头看着旁边的一盆绿植，仿佛在研究什么。

不知道为什么，柳木晞觉得这时的他有些落寞，她喊："你还走不走？"

赵钦书瞬间收拾表情，露出招牌笑容，慢悠悠地跟上来："误会就是，其实我才是被分手的那一个。"

柳木晞微微惊讶。

他又不细述了。他往前了几步，她却留在原地。渣不渣暂且不谈，中央空调却是真的。这种男人怎么会落寞？

赵钦书疑惑："柳木晞？"

她跟上去。他长得高，仪表堂堂，连在什么场合用什么香水都有讲究。她闻到过好几种不一样的味道。好在她判断得出这是男性香水，否则她要以为，不知多少女孩在他身上留下了香气。

这么想着，包房的门打开了。

柳木晞第一眼就发现，陈戎有哪里不一样，他没有戴眼镜，脸上表情很平淡。

倪燕归大喇喇地坐在沙发上，姿势霸道，占了陈戎的地盘，陈戎缩得跟小跟班似的。

"给我倒水喝。"倪燕归命令说。

"要什么温度的？"陈戎立即问。

"六十五摄氏度。"

他倒上水，探探温度："您请。"

众人望向陈戎的目光很诡异，他本人似乎不曾察觉。

柳木晞半开玩笑地说："主角最大。"

"哦。"倪燕归舒坦地靠着椅背，"我跟他分手了。"

陈戎突然咳了一下。他别过头，面向窗外。本来是轻咳，后来越来越大声，咳得胸腔剧烈摇摆，很是辛苦。

倪燕归在桌子底下踢了他一脚："干吗，要把肺咳出来是不是？"

第十八章 她的少年

陈戎握拳抵住唇，闷声地说："是，我们分手了。"

倪燕归得意一笑："我把他甩了。"

"是的。"陈戎终于不咳了，"但我不会放弃追求的。"他见到她弯起的唇。如果可以，她一定会发出标志性的"哈哈哈哈哈哈"。

柳木晞轻声说："哦，分手了。"

因为陈戎失恋，才绷紧了个脸，没了笑意。这样一来，一切就解释清楚了。

照理来讲，过生日的主角跟前男友分手，就不应该再邀请前男友过来。但今天这一位还跟前男友挨着坐。

服务员上了一盘大虾。

陈戎将一只虾剥得干干净净，放到她的碗里。

倪燕归当大爷当得高兴，点了一打啤酒。想起来陈戎滴酒不沾，她用着命令的口气说："你别喝。"

"是。"他毕恭毕敬。

赵钦书的笑容挂在脸上，意味深长。

她瞥过去。她总觉得赵钦书知道些什么，但从来不说。这种怀揣众人秘密的人，危险性不比陈戎这个面具人来得低。

运动过量、睡眠不足，喝了一罐啤酒后，倪燕归晕沉沉的，靠着椅背，她用右手在腰上揉了揉。

陈戎正好坐在她的右侧，悄悄地探手过去，帮她抚几下。

她拍了一下他的手，无声地说："罪魁祸首。"

他收回去。

赵钦书这时说到了那一个放高利贷的。

在座的几人之中，毛成鸿年纪最大，他问："为什么不去报警？"

"他钻法律的空子。那些债务走的是正规合同，卡在条文边缘定下的利率。"赵钦书说，"对付这种人，就要以其人之道还治其人之身，我们也在法律边缘试探徘徊，反正大事我们是干不了，只能炒作热度，给他添堵呗。"

"他的那家面店要关了。"何思鹂突然说，"他有大麻烦。"

说起来还是因为视频的播放量大，史智威备受关注，其中就有警察注意到他。史智威做的是游走于法律边缘的勾当，真要细究起来，其中的灰色地带就可轻可重了。史智威对着何家凶神恶煞，凭的就是何家对何凌云的溺爱。这三年来，何凌云也不干净，何家为了保住这个废物，不愿报警。

但在网络上不一样，过来伸张正义的不是何家，而是千千万万的网友。

赵钦书好奇地问："什么麻烦？"

何思鹂："有知情人举报，史智威是某个不法团伙的幕后人之一。"

面店？史智威？之前倪燕归听他们说"那个放高利贷的"，没人说过他的名字。她没料到这么巧，对方就是史智威。

何思鹂："警察查封了他的一个窝点，现在史智威正东躲西藏。"

何凌云说，史智威觉得这一次的麻烦全都是何思鹂捅出来的。他对何思鹂恨之入骨，已经在道上放话，他就算要再次坐牢，也要弄死何思鹂。

何凌云吓得瑟瑟发抖，三令五申，让何思鹂过去道歉。

何思鹂当是耳边风，说："他尽管放马过来，我不怕他的。"

倪燕归想起史智威那一张可憎的驴脸，心里一凉，手在底下握成了拳头。

陈戎注意到这一幕，从旁边伸手捉住了她的手腕，将她的拳头松开，用自己的五指插进她的指缝之间。

她恍然回神。她早就说过他的手很温暖，一下子就让她凉凉的心里起了暖意。

这个时候轮到她咳嗽了，像是在清嗓子。她狠狠抓他的手，之后松开："我去一下洗手间。"起来的时候，她觉得眼前晃了晃，估计是酒意上头了。

陈戎问："我陪你去？"

"不用。"她高傲地昂头。

"我扶你去？"陈戎换了一个问法。

"不用。"她走出去，跟站在外面的服务员说，"蛋糕一会儿再上吧。"

第十八章　她的少年

　　走廊上有一个穿着蓝色外套的男人走过，外套很抢眼，是那种饱和度极高的蓝色。

　　说实话，非常丑。

　　倪燕归转身，走向走廊的尽头。她没有注意到，那个蓝色外套的男人倒退回来，盯着她的背影。

　　倪燕归洗了手。

　　镜中的人脸蛋泛红。可能是累了，以前喝啤酒的时候她没这么容易醉。

　　她打开水龙头，捧起水，拍了拍脸，却也没有醒酒。她扶了扶腰，心中哀叹，今天太累了，吃完饭就回家休息。

　　洗手间忽然进来一个人。

　　这人穿的就是那件丑得吓人的外套。他是男人，但嘴唇涂得鲜红，还套了个长长的棕色假发，刘海很长，几乎把他的眼睛都遮住了。

　　倪燕归退后一步，甩了甩昏沉的脑袋，问："什么人？"

　　男人咧开阴冷的嘴巴。

　　她意识到不妙，挥起拳头，狠狠向对方揍去。

　　男人闪避的同时骂道："我忘了你是练家子，还揍了威哥一顿啊。"

　　如果不是醉酒，倪燕归肯定能压制住他。可惜这时的她疲倦不已，动作慢了。

　　男人逮住这个空当，凭借他的身高臂长，高高举起的手向她刺下来。

　　一道利光闪过，她躲避不及，对方的针筒就这样扎进了她的血管。她忍着痛抬腿，踢了男人一脚。药效很快，她扛不住，想要保持清醒，眼皮却禁不住向下沉。

　　她被颠着身体，不知去了哪里。直到被扔到一个垫子上，她回到了静止的状态。

　　突然，一个黑色的胶带套上了她的头。

　　倪燕归强撑着理智，迷糊间，听见有人说话："威哥，我把人抓到了。对，现在开车过去接你。"

车子似乎颠了一下。

另一个人的声音传来："这就是何思鹂啊？"

"对，我看了威哥的照片，她是何凌云的妹妹。"

倪燕归彻底陷入了黑暗……

何思鹂接到了一个电话，是何凌云打来的。

何思鹂出了包房，慢慢走到走廊尽头，那里的玻璃窗开了半扇。

她见到一辆灰色的面包车驶过，轮胎压到路面的井盖上，发出了"哐啷"的声音。

何思鹂这时接通了电话。

何凌云慌慌张张地问："老妹，你在哪里？怎么样了？"

"我的同学过生日。"何思鹂对哥哥的语气越来越冷淡。

"就过生日？没有遇到什么人？没有遇到什么事？"

"没有。"

何凌云暂且松了一口气："我收到风声，威哥要对付你。"

类似的话，何思鹂不知听过多少遍，她说："我知道了。"

"老妹，这次是真的。有人给我报信，威哥派人去拦截你了。"

"我回家的时候会小心的。"

"老妹，你别不信我啊，再怎么说我们是兄妹，我不想见到你出事啊。"

"哥，如果你真的不想见到我出事，就戒了赌吧。"

楼下正是交通灯切换的时候，刚刚那辆灰色的面包车启动，跟在一辆的士车后，渐渐地驶远了。

这时何思鹂见到陈戎出来，他说："何思鹂，你去洗手间看看，倪倪没出来。"

何思鹂进去喊了几声："倪燕归。"

隔间门打开，走出来的是陌生女人。

何思鹂立即出来跟陈戎说："她不在。"

陈戎的眼睛变得更加冷冽。

何思鹂疑惑："她去哪儿了？"

陈戎立即给倪燕归打电话，但没有人接。

他望一眼走廊的监控，转头去找服务生。

监控拍到，倪燕归像是失了神志，被一个穿蓝色外套的人扶着离开了。

那人的头发很长，刘海盖住了眉眼。

对服务生来说，醉酒的人被同伴扶走再正常不过，他们没有在意。这里不是酒吧，不是夜场，只是普通的餐厅，他们不会去多想有没有心怀不轨的坏人。

何思鹏在这个时候忽然想起了何凌云的那一通电话。她说："史智威！我哥说，史智威派人来拦截我，但我没遇到。"

"你问问你哥。"陈戎话还没有说完，何思鹏已经拨通了何凌云的号码。

何凌云吓了一跳，一秒就接起来了："老妹怎么样？你遇到什么事了吗？"

"哥，你说史智威要报仇，那你知不知道他的计划？"何思鹏说话的时候，看着陈戎。

眼前的陈戎很陌生，失去了温度，整个人像是从冰窖里出来。

何凌云在电话那边心中一凛。难道自家老妹真的遇到史智威了？否则以她那天不怕地不怕的态度，怎么会主动来问。何凌云哆嗦着唇："老妹，我打听打听，你现在还安全吗？"

"现在安全，但——"后半句话，何思鹏没有说，"哥，快去打听吧。"

挂了电话，她看着阴郁的陈戎，问："要报警吗？"

"你去报警。"如果史智威对付的是陈戎，陈戎会斟酌事情的轻重，思索最佳时机。但被抓走的人是倪燕归，陈戎冷静不下来了，他现在脑子里的想法可能都是冲动行事。

包房里只剩下三个人。

赵钦书和柳木晞两人说话夹枪带棒，毛成鸿插不进话，索性也出来了，转头见到陈戎和何思鹏在走廊，脸色都很阴沉。

何思鹏叫住他："毛教练。"

"怎么了？"毛成鸿上前去。

何思鹏说："倪燕归不见了。"她简单地把她和史智威的事叙述了一遍。

毛成鸿的眉头扭成了一个死结："报警了吗？"

"还没有。"何思鹏说，"我这就打电话。"

就是在这个时候，何凌云的电话插了进来。他语速飞快："老妹，我打听到了，威哥他有一个厂子。哦，不是他的，是他从别人手里收过来的，那个厂子废弃了。听说威哥今天要去那里，我想……他可能想在那个荒无人烟的地方做点什么事。"

何思鹏："厂子在哪里？"

何凌云："我在地图上截个图，给你一个地址。"

何思鹏收到那一张截图，立即转发给陈戎。

陈戎看一眼："毛教练，你去报警吧。我先去这个厂子。"

毛成鸿正想说"事情严重，需要从长计议"，陈戎却在这时接到了来自倪燕归的电话。

陈戎："喂。"

那边传来的声音不是倪燕归，而是史智威那不怀好意的笑声："冤家路窄。"

史智威一开始也不知道何思鹏跟倪燕归、陈戎居然是一伙的。他混了这么多年，背刺他的人不是没有，但他没料到，将自己搞得这么狼狈的是三个小屁孩。

史智威追债，放的狠话大多是恐吓。恐吓奏效了，他就有钱收，要是一个个欠债的没了命，那他上哪儿收债。所以他说自己爱财，但不害命。他穿着一双水鞋在河边走，却从来没有滑进河里去。

三年前，他进监狱，是因为陈戎和倪燕归。

他出来了，过了几个月的舒坦日子，忽然被网暴了。何思鹏轻轻地发送一个小视频，再用评论哭诉高利贷。她起了一个头，接力的有千千万万的网民。关键是，又有警察咬住他了。

史智威对何思鹏恨得牙痒痒。他给小弟发过何思鹏、陈戎和倪燕归的照片。那个小弟将照片弄混了，抓错了人。错了就错了吧。

第十八章 她的少年

史智威在电话那头嘿嘿地笑:"不许报警。"

陈戎一下子就拉住了毛成鸿要拨"110"的手。

史智威:"坐牢的滋味儿不好受啊,每天就困在铁窗那么大点的地方,撒泡尿都有人管着,你说我们是不是有不共戴天之仇?"

陈戎冷然地问:"你想怎么样?"

史智威:"这世界啊,不外乎是劫财和劫色。这妞的家境看起来不差,我觉得劫财很适合。但女人如果长得漂亮,劫色也行得通。"

陈戎绷紧了脸,不吭声。

史智威:"别报警啊,否则我就把这小妞扒光,拍很多很多的照片和视频放到网上去。你觉得网络是正义派居多还是邪恶派居多呢?"

陈戎低下声音:"当年去警察那里告发你的人是我,不关她的事。你放了她,我可以任由你处置。"

史智威哈哈大笑:"我把这小妞的照片视频放到网上去,然后再删掉。你猜会不会有人接力?当然有,一传十,十传百,就算我再去坐牢,她的照片也永远不会消失,她一辈子都得受男人的围观。你们不是喜欢借网络来对付我吗?我就以其人之道还治其人之身。"

陈戎死死按住了毛成鸿的手。

毛成鸿立刻明白,这通电话恐怕是威胁。

电话那一头,史智威的笑声戛然而止,之后变成"嘟嘟嘟"的声音了。

陈戎发现,自己扣住毛成鸿的手非常用力,青筋显露。他松开手,声音很空洞:"毛教练,我去救人。以及……我要想一想,我们要不要报警?"

毛成鸿拍了一下陈戎的肩膀:"报警是一定要的,但我们要尽可能地阻止他们。"

陈戎说:"倪倪喝醉了……"

毛成鸿看了看陈戎。

陈戎抓了一下头发:"没时间了,我要过去。"说着他向外跑去。

毛成鸿听出来了,陈戎的声音已经发抖。

何思鹂跟着跑:"我也去。"
楼下停了一辆出租车,司机正在路边买包子。
陈戎直接跟司机租车,他把自己的身份证和所有现金都交给了司机。
这时何思鹂冲了下来。
陈戎说:"她是我的同学,我把她押在你这里,我一定回来。"
司机:"我这误工费……"
"回来和你算,一分不少。"陈戎坐进驾驶位,踩下油门,绝尘而去。
司机这时才问何思鹂:"你是不是他的同学哟?"
好在,何思鹂给了肯定的答案。
司机收起陈戎的身份证,安心地吃起了包子。
工厂荒凉偏僻,最近的岔路是一条小径,汽车进不去。
陈戎捶了一下方向盘。田野山间,一个人都没有,他只能弃车奔跑。

倪燕归恢复意识的时候,听到了脚步声。她的手指动了一下,然后又放松下来。
有人在说话。
一个人问:"给她下了多少剂量?"
"一针。"另一人答,"威哥,这个镇静剂是改良过的,十五到三十秒起效,用太大剂量的话,反而浪费了。"
"嗯。"史智威说,"趁着她还没醒,先干正事。"
第三个男人的声音响了起来:"威哥,我们是不是要绑架勒索?"
"那是一方面,但我们还要有一个把柄。"史智威说,"对付这种漂亮妞,手段可太简单了。大铁,你负责用相机。番薯,摆姿势的任务就交给你了。"
那个叫番薯的"嘿嘿"笑了两声。
倪燕归的脑袋昏沉感减轻了,休息一轮,酒意散去,人跟着清醒。这时听觉被放大,她没有发现第四个男人的气息,她判断,对方是三个人。
一敌三。如果她是正常状态,应该没问题。问题就是,刚刚他们

第十八章 她的少年

讲到镇静剂,她不知道自己身上留了多少的药效。

倪燕归听到番薯又发出了猥琐的笑声,她暗自咬了咬牙。衣服很厚,她在底下用力地绷紧肌肉。

走过来的番薯却没察觉,他的一门心思放在接下来的事情上:"威哥,我要当男主角啊。"

史智威倒是想起一件重要的事:"去,拿绳子把她捆住,中途醒过来很麻烦。"

厂子里堆了一些之前的废品,但没有绳子。

大铁说:"我去车上找找。"

史智威又说:"把你的烟头丢外面去,这里以前是烟花厂。"

"知道了,威哥。"大铁的脚步声远去了。

番薯走得越来越近:"这妞长得这么漂亮,真是赚大了。"

他的手就要碰到她的脸,倪燕归在这个瞬间猛然睁开了眼睛。她认出来了,这个叫番薯的,就是那家面店的传单男。

番薯被吓了一跳,他有三秒的时间处于惊讶状态。

倪燕归拽住他的手,将他的手肘往反方向一推。番薯发出了痛呼。

她推完了番薯的手肘,爬起来迅速地朝番薯撞了过去。她用的是膝盖力量,在横馆那段时间下盘练得扎实,撞击出奇有力,一下就把番薯打得变形了。

"废物。"史智威没想到镇静剂这么快就失去效果。他不敢赤手空拳跟倪燕归打,从腰间掏出了一把匕首。

倪燕归没有完全恢复体力,刚才那几下,她已经气喘吁吁,她盯紧那把匕首的利光。

不知道为什么,史智威忽然想起自己被何思鹂痛揍的那一天。他咽了咽口水,手上的匕首握得很紧,他要先发制人。这样一想,他的脚步向前,向着倪燕归冲了过去。

倪燕归深呼一口气:"一花一世界,一叶一菩提,万法自然。"

史智威不知道她在念什么,他用匕首毫无章法地乱刺。

倪燕归冷冷一笑,抬起脚踹到了史智威的肚子。

史智威觉得肚子往里凹,他狠狠地吸气,但没办法缓解疼痛。他后退几步,死死抓着手里的匕首。

倪燕归只一击就知道了,史智威不堪一击。她摸了摸自己被扎针的部位:"三年前被你要了阴招,今天我要全部讨回来。"她察觉到身后有动静,给那爬起来的番薯补了一脚。

番薯一手抓住受伤的手肘,疼得在地上打滚。

倪燕归转向史智威,大喊一声:"万佛朝宗!"

史智威虽然不懂武术,但电影是看过的。万佛朝宗,一般是主角最后的绝招。他用匕首在空中乱挥,却被她踢中手腕。他手一软,匕首"哐啷"掉到了地上。

倪燕归迅速捡起来,一个反手,匕首就抵在了史智威的喉咙边。

"这地方荒无人烟吧。"倪燕归弯着嘴笑,语气满是嘲讽,"我要是在这里把你解决了,没有人证,或许连物证也没有。"

史智威脖子僵直:"你不要乱来,杀人是犯法的。"

"难道你把我绑到这里来就不犯法?跟你这种小人讲什么法不法的。"

史智威感觉到喉咙处贴上来的冰凉,他想学她的动作去踢她。

倪燕归快他一步,狠踹他的膝盖。

史智威不得不跪了下来。

"威哥。"大铁这时从车上回来了,手里拿着一捆绳子。

倪燕归深知不可恋战,匕首在她手里转了一个圈,她用刀柄敲了史智威一记。

史智威一阵发麻,倒在地上。

大铁沉下了脸,缓缓地走过来,不知从哪里掏出了一根针筒。

倪燕归说:"哦,我睡了一觉,酒也醒了。我已经撂倒两个了,你们还有人吗?"

大铁本来不信,他脱下了自己的蓝色外套。他没有武器,只有那一根针筒。

倪燕归把玩着匕首,灵巧又熟练,只见那把匕首在她的手里飞来转去。

大铁意识到,他打不过她的。他突然掉头向外跑。

第十八章 她的少年

倪燕归露出鄙夷的笑:"孬种。"

她回头看一看那个叫番薯的男人。

番薯赶紧闭上眼,两手一摊,在地上装死。

她走过去,朝着他的侧腰踢了一脚:"我的手机呢?"

番薯不好再装,缩了缩身子,说:"在威哥的身上,别杀我。"

史智威半昏迷着,侧倒在地。倪燕归用脚将他踢成了平躺。史智威这才慢慢地苏醒。

她弯腰,在他的外套上摸了摸,找到了手机。

倪燕归发现拨号记录里有陈戎。她的手机是指纹解锁的,估计史智威用她的手指解锁,才能跟陈戎通话的。

她正要打电话,忽然听到前方"砰"的一声。她抬头,只见门前卷起一团火。

番薯不装死了,一骨碌爬起来:"该死的大铁,又把烟头扔外面了。"

厂子里外都堆有制作烟火的化学废料,其中还有不少闲置的胶水以及纸品。大火蹿起来,厂子里很快浓烟滚滚。

番薯被大火拦在了门前,惊慌地大喊:"出不去了,出不去了。"

史智威这个时候也爬起来了。

火势很猛,番薯不得不后退,眼睁睁地看着出口被大火封死。

倪燕归环顾四周,这个厂区有四扇门,其他三扇都被废品箱子挡住了,现今的出口只有那浓烟滚滚的大门。

她很快跳上堆叠的箱子,又扔又踢,把挡在那扇门前的东西往中间滚落。

史智威和番薯像傻了似的,见到她的动作才反应过来,也过来搬东西。他们很谨慎,这里面的都是易燃品,稍有不慎沾上火星,大家都要完蛋。

突如其来的时刻,空中响起一道轰鸣,大火烧进来,引爆了门边角落的箱子。一个个箱子像是接力赛一般,"砰砰砰砰",一声接一声响起。

倪燕归直接被爆炸轰了下来,滚落到地面。

火,到处都是火。这是比三年前更加可怕的场面。大火燃起层层

559

热浪，虽没有直接触及火焰，她也觉得闷热和窒息。

史智威和番薯的情况，她从灰烟滚滚的场景里已经见不到了。

三年前的那一次，她在医院里住了很久，终于挺过来。再来一次，她扛不过去的。人的运气不可能有两次。

空气越来越呛人，她的胸腔仿佛无法呼吸，她捂住自己的口鼻。空气热得可怕，她缩紧身子，地面也烫得能烤人。

她觉得她的命和火相克。她后悔了。后悔刚才没有拨通陈戎的电话，后悔今天去洗手间时拒绝了陈戎的陪同，又后悔太过得意，喝了太多的啤酒。

更后悔的是，她没有告诉陈戎，她喜欢他。

不是对那个面具人说的，而是真正的陈戎。虽然他冷漠，淡然，有些时候说话不如面具人好听，甚至脾气坏。那又怎样呢？她就是喜欢的，喜欢逗弄他，喜欢欺负他。她喜欢和他一起做一切喜欢的事情。

他……陈戎……

缺氧的时刻，她的脑子像是展开了自动拼图，将遗忘的那一场火恢复原样。

那也是在她呼吸缓慢的时候，一个少年冲了进来，他戴了头盔，只露出一双没有情感的眼睛，之后他短暂地摘下头盔。

她睁着迷茫的双眼望过去。少年是陈戎。

倪燕归的呼吸一紧。她不知道这时加速的心跳是快要死了，还是真的为陈戎心动。周围满是灰烟，她的脑子却前所未有地清明。回光返照吗？她明白了陈戎后腰有狐狸的原因。

她以为他是见到她的狐狸才去文的，她真傻，居然忘了，她背上的这一只狐狸就是陈戎的画。

三年前的少年，就是陈戎。

倪燕归忽然落下泪来。她多倒霉呀，临死前才想起这样重要的事，她真的哭了。陈戎从来不和她说，如果不是今天这一场火，她可能永远都想不起来。

曾经，他像一道光，从滚滚黑烟里闯了进来。而如今……不知道是不是错觉，她似乎听到什么声音，像是车轮和地面划出来的，闪电一样尖厉的声音。

她有些迷糊。当身子被拽起的时候,她以为是死神来迎接她了。她浑身的力气都已经被刚才的爆炸吸走,任由对方将她抱住,然后把她放到一个不知什么座位上。

混乱之中,她听到了对方急切的呼唤:"倪倪。"

死神不会这样亲昵地叫她,只有陈戎会。

对了,她要见陈戎,她不能命丧此地。她不服,拼尽最后一口气,她睁开了眼睛,像是回到三年前。

陈戎戴着头盔,眼里满满都是她。

这是梦还是现实?倪燕归感觉一切都和从前重叠了。

他捏了一下她的脸:"别睡,我这就带你出去。"

他的声音很抖。抖得真厉害呀,颤悠悠,尾音底气不足,一会儿就断了。

陈戎骑上了摩托。谢天谢地,他奔跑在田间小路的时候,遇到了一个骑摩托的大叔。大叔听他为了救人,立即把摩托车借给了他,还好心地叮嘱:"要戴头盔啊。"

陈戎疯了似的赶过来。压过碎石、枯枝,驶上不是小路的捷径。他见到一扇生锈的门,直接冲了进来。幸好,及时赶到。

他脱下衣服,用外套袖子把倪燕归的腰和他的腰打了一个死结,然后把头盔戴在了她的头上。他把油门开到最大,双手提起车把手:"倪倪,我们走。"

他用力提起前轮,摩托车高高地越过了门前。

倪燕归见到,蹿过来的火苗即将沾上她的裤子,不到一秒,闪过去了。摩托车落地,像是撞到了硬石块,颠了几下。她晃了晃,没有抓稳,好在腰上的死结将她固定在后座上。

她听见身后又响起炸裂的声响,比刚才的更大,一片地动山摇中,轰鸣响彻天际,仿佛在顶上炸开一个口子。

倪燕归累了,趴在陈戎的背上。四周飞起橙色的火星,将她的记忆冲开了。

当年,她也是这样趴在他的背上,他露出的后颈红红的,像是被火烫到了。

　　她伸手,搂住了他的腰。

　　陈戎说:"没事了。"他的声音终于不抖了。

　　倪燕归闭上眼睛,听到接二连三的爆炸声。她不知道前方的路,但有了陈戎,就算没有出路,她也安心。

　　车速越来越快,风的温度从滚烫变得凉快。

　　"是你。"她的话轻轻飘散。

　　她对林修说,对柳木晞说,她对陈戎一见钟情。

　　原来,她的一见钟情不是一见钟情。

　　她的陈戎,她的少年。

　　她的命中注定。

(正文完)

番外一

烟与火

（一）

三年前。

窗口向东，晴天的晨光早早洒进来。

陈戎醒了，躺在床上没有起。

门外传来母亲的声音，她打了三个还是四个电话，都在讲同一件事："我们家陈戎上了省重点高中。"

很神奇，这几遍的语气声调一模一样，仿佛是拷贝出来的。

又不是高考大捷，这样到处发通知的家长比较少见，可见母亲已经把一切寄托给了他。

门外清静了，他才坐起。底下的这张硬板床，只要他一有动作，就发出"嘎吱嘎吱"的响动。

阳光照亮白墙，上方挂了一幅水彩画，那是即将坠落的悬崖。画风抽象，不写实。他不能让母亲发现，这是一幅充满负能量的作品。

他下了床，刚才下压的床板猛然拱起，又发出一声响。

这是几十年前的旧房子，房产证挂了他外婆的名字。二室一厅，足够他和母亲居住。

他母亲的生活是这一带最阔绰的。她离了婚，但还沉溺在过去的生活里。她吃好的穿好的，没有车，出门却一定要坐出租车，她不愿意去挤公共交通工具。她说，夏天这么长，车厢里全是汗臭味。家里对她很容忍，不给她半点刺激。

母亲有惊人的姿色，交了一个富豪男朋友，几乎要谈婚论嫁了。

但陈戎过得很拮据，富豪和他没有关系。就算母亲再婚，他也不是富豪的儿子。

这么多年，他没有和母亲提过换一张舒服的床板，他习惯了这样的"嘎吱"声响。

有声响时,他觉得自己是生动的。

陈戎去厨房倒了一杯水。到处不见母亲的身影,但煤气炉上的火仍然在烧。母亲生病以后,经常丢三落四。他关掉了煤气炉。

从厨房出来,他发现母亲喜欢的那个包包不在,他知道她出门了。

陈戎也要走。

街口有一间铺面极小的店,门面不过两米宽,里面很狭长,估计有四五米。这是一间花店。鲜花在局促的店铺里非常拥挤,店主经常把花摆到人行道上。

陈戎到了花店:"珍姐。"

珍姐是花店的老板娘,三十出头。她五年前租下了店铺,卖花至今。

陈戎暑期在这里打工,他未满十六岁,珍姐对外不称打工,说他是她的弟弟,过来打打下手。她每个月给他七百元薪水,这对于还是学生的陈戎来说,已经是巨款了。

"陈戎,来。"珍姐把一张小卡片拿过来,"这是今天上午要去送的地址。"

"嗯。"

珍姐见到他鼻头的汗,抽了张纸巾过去:"擦擦汗再走吧,也没那么急,天气太热了。"

陈戎拿下眼镜,用纸巾盖住了自己的眼睛。

珍姐回过头来。少年眼睛细长,不像桃花那样饱满,但又没有丹凤那么窄,更像是一枚橄榄。才十五六岁就有这等风华,长大还得了?但想到陈戎母亲那样惊人的美色,珍姐就不奇怪了。

陈戎戴上头盔,把花框绑在后架上,骑上电单车出发了。

第一家,是一个固定地址,在一幢办公楼。收货方是白领,但每天她收花的神态都不是很高兴,常常敷衍地接下。

第二家才送了三天,收货方是一个男孩。男孩很惊喜,因为他至今都不知道送花的是谁。

送来的是向日葵,男孩问花语是不是无法表达的爱?

陈戎也不知道,他随口应声:"嗯。"

他送花的地址大多是附近,不会超过五公里。这里是老城区,人员密集,但也有几条街,建的是老房子,路是几十年前的,不宽。整条路没有公交车站,也没有人行道,房子的门像是紧贴着路面。除了两边居住的住户,其他人几乎不走这里。

陈戎的电单车蹬得飞快。

他过来这边给一个老太太送花。这是位退休的老教授,有次过马路的时候,被陈戎扶了一把。陈戎偶尔来这里请教功课,顺便给老太太送花。

老太太有一子一女,女儿在外打工。至于儿子,她只说三个字:"败家子。"

她一个人住在老房子里,花是孙女送来的。

陈戎从卡片上的祝福可知,老太太要过八十大寿了。

陈戎远远见到,一伙人在老太太的门前站着。为首的那人长了一张驴脸,他指着门里的人:"再不还钱,你这把老骨头就不要了吧?"

陈戎停下了车子。

里面传来沙哑的声音:"你们这群违法分子,敢不敢跟我去派出所走一趟?"老太太虽然人老,但说话有气质,哪怕气急,也没有表现出泼辣。

驴脸又说:"我怎么就不敢了?你家儿子白纸黑字跟我们借的钱,现在还不上了,我们还是受害者呢。怎么你比我们还凶?这年头,我们这些债主反而成孙子了。"

旁边一群人笑了起来。

"老太太,别以为我不知道,你手里的存折有好几十万呢,攥那么紧干吗,不知道到了还钱的时间吗?"驴脸的贼眼一溜,"对了,你儿子说你有一块祖传的玉石留在家里?一并拿来还债吧。"

老太太这时走出来了,面红耳赤,站得直挺挺的,说话有怒气,却也没有歇斯底里:"谁欠你的钱,谁和你签的合同,你找谁去。"

"我这不是找不到你儿子嘛。"驴脸说,"腿长在他身上,我们也不能打断他的腿啊,他溜了,我们的钱跟着他一起溜了。"

"我没有这个儿子,慢走,不送客了。"老太太转身就要往里走。

其中一人猛地上前,要去抢夺她的存折。

老太太年纪大了,站不稳,被对方的冲力一撞,整个人往前扑,额头磕到台阶上。

那人一惊,见到老太太自己爬起来,他才松了口气。

驴脸接过存折,翻了下:"呵,一笔巨款啊。行吧,你用这个还了钱,我们就不追究了,以后也不来烦你。你要面子的吧?要是方圆几百里都知道你欠债不还,看你丢不丢人。"

驴脸似乎知道老太太的痛楚,当了几十年的教授,最重要的就是体面。

老太太一声不吭,站起来以后又抬头挺胸。

驴脸合上存折,挥着手:"走走走,我们进去坐一坐,好好谈谈还钱的正事。"

这群人在门外都这样猖狂,要是进去屋里面,肯定会使不正当手段。

陈戎放下头盔,喊:"你们这样欺负一个老人家,到底是谁不要面子。"

驴脸转过头,见是半大不小的毛头小子,他哈哈一笑:"干吗呢?上课听雷锋的故事听傻了吧,过来见义勇为?"

陈戎默不作声,又上前一步。

驴脸笑得停不下来了。先不说少年的年纪,光是看人数,少年一个人,他们这边好几个,赢的肯定是他们。

驴脸继续往老太太家里走,老太太伸手拦住了。驴脸要去拍老太太的手,忽然,他的手被人折了一下。手肘外翻,疼痛袭来,他才发现自己被毛头小子拦住了。

毛头小子看着年纪不大,身材也不壮硕,但出拳奇快,几个人围殴过去,他一拳一个,一下子就把几人打散了。

落荒而逃的几人留下经典的一句话:"你给我等着。"

陈戎扶着老太太:"要不要去报警?"

"他们有借款合同,白纸黑字,作孽啊。"老太太说,"我过几天搬去女儿那里住,你自己要注意安全。这些人不是好惹的,以后见到了就跑。"

陈戎这时候不忘送花："麻烦您签收。"

刚才打斗时，他的领口被扯烂了，露出半边的肩膀。老太太进去拿了件衣服出来。

陈戎摇头说："不用了。"

老太太说："你这样露肩膀去送花，别人以为你是烂仔呢。我儿子留在这里的衣服不多，只找到这件。"

陈戎随便穿上了："老太太，我洗干净了再还你。"

"还不还都无所谓了。这是我儿子中学时穿的校服，他现在胖了，尺寸不合。"老太太叹气，"我儿子以前是好孩子，穿起校服和你一样好看的。"她话里有话，有惦记也有怀念。

陈戎坐上电单车，又去了下一个送花地点。

晚上洗外套的时候，他发现衣服的兜里有一个小盒子，里面放了块玉石。

母亲过来："发什么呆呢？"

她望见他手里的东西，问："这是什么？"

陈戎推了下眼镜："顾客的东西。"

母亲略有沉思，说："青玉白雕？"

是了，母亲有项神奇的本事，日常用品她丢三落四，但是奢华物件她一眼就能辨认。

她说："这是19世纪的东西。"

他洗干净了外套，第二天下午再去老太太家，却没见到人。

邻居说："有辆车把她接走了。放高利贷的经常上门，老人家一个人住很危险，她女儿火急火燎的，连夜把人接走了。"

花店照常营业。

陈戎让珍姐联系老人家的女儿。

那边却说："我妈说她有空的时候去拿。"

陈戎："要不你给个地址，我给你们送过去。"

这时，老太太接了电话："先在你那儿放着吧。如果我儿子找到你，你就说不知道，没见过这块东西。要是送来我这里，肯定被拿去还债了。"末了,老太太叹气。

陈戎问:"老太太,你不怕我跑掉吗?"

老太太笑:"你这孩子这么乖。"

他戴上了眼镜,他忘了真实的自己是什么样的,只知道礼貌友善、助人为乐,一切美好的品质都在他的眼镜下。确实,有眼镜,他不会跑的。

(二)

倪燕归很久没有回来这里。

自从父母生意失败,以前住的大房子变卖了之后就搬来了这里。老城区,居民楼比较密集。她小时候数过这里的楼梯,觉得每一级的高度都不大统一。后来,父母东山再起,又在新区买了房,这里就放着了。上个月父母商量要把这里卖掉。

倪燕归闲着也是闲着,隔三岔五过来收拾自己儿时的旧东西。

这一天,林修也来到附近,他说他约了一个朋友在这里吃饭。他的朋友分很多种,有知己,譬如倪燕归,也有狐朋狗友,还有一些另类的资源。

这资源说的就是,他要给倪燕归介绍的人。

他小小年纪,却仿佛是五十岁的婆妈,语重心长地劝倪燕归:"再不恋爱就没恋爱的机会了。"

今天要见面的那个男生,林修吹得天上有地下无,末了,他重音强调:"介绍给你。"

"给我干吗?能吃?"倪燕归一个上午都在老房子里搬来搬去,累到不行,到了中午,肚子直叫。

林修倒好,潇洒地坐在沙发上:"我发现我有个初中女同学特别温柔美丽。"

没错,林修经常能发现生活里温柔美丽的女孩。倪燕归知道,青春期的小男孩情窦初开了。开的不只是情花,还有那当媒婆的一朵。他说:"我怕我恋爱以后冷落了你,我不能一个人幸福,一直在给你物色男生呢。"

"哦。"倪燕归抽出纸巾擦擦汗,"吃饭去吧。"

林修打了个响指:"正好,我朋友请客,吃大餐。"

既然是大餐,她当然不拒绝。

过去的路上,林修左转右转。

倪燕归不耐烦:"还要多久?"

"快了,就在前面的餐厅。"林修一边发短信,一边说,"对了,等会儿你要矜持,不要大口吃肉,会吓坏人的。"

"你知不知道,我在武馆的训练量有多大?我要不大口吃肉,能练得这么结实吗?武力值高,饭量自然大。"

"这不是什么值得自豪的事。"

交通灯前,倪燕归眯起眼睛。阳光太刺眼了,她热得汗流不止。

突然响起电单车的铃声。人行道很窄,她不得不向前一步,给电单车让路。

过了马路,还没到餐厅。

林修不停地忽悠:"一会儿就到。嘿,就在前面。"

倪燕归张望过去,餐厅没见到,倒是看见了一间花店。

花店挂出来的招牌写了一连串电话号码。对别人来说,那是普通的数字。但巧的是,这串号码后面八位和倪家的固话号码一字不差,很是好记。

门前忙活的是一个三十岁左右的女人,她熟练地将一束花包扎起来,再打上蝴蝶结。

之后,一个戴着头盔的少年骑着电单车停在门前。他没有下车,直接用脚点地,腿又细又长。他抱起那束花,把头盔的挡风镜扣下来。

他迎面而来,阳光照在他的挡风镜上,亮得人眼花,倪燕归转过了眼睛。

他的车子经过,她感觉到一阵凉风,舒服不到两秒,"咻"的一下过去了。

"我朋友到了,已经点上餐了。"林修说。

"哦。"真热,要是有电单车不停在她旁边来回吹风就好了。

来之前,林修口若悬河,说这个男生是一个帅哥。

倪燕归左看右看,上看下看,趁男生离座去洗手的时候,问:"帅哥?"

"是啊。"林修肯定地回答。

"他还比不过你。"

林修笑:"我这种属于大帅哥,程度不一样。"

有种说法,男生之间的审美,总是和女生看男生的不一样。林修的审美很错乱,他介绍那么多男生,真正帅的没几个。他是红花,别人是绿叶。

倪燕归给他提意见:"希望你能介绍一个比你帅的。"

男生回来了,林修和他打得火热。

倪燕归饿坏了,埋头吃肉。

林修解释说:"她吃素吃了很久,偶尔吃肉。"

男生点头:"对啊,听说武者都是不杀生。"

倪燕归顿了一下,那是和尚,不是武者:"罪过罪过,我们师父鼓励我们,长身体的时候一定要补充高蛋白。"

林修踢了她一脚:"吃你的。"

男生住在这附近,惊艳于倪燕归的美色,很是殷勤。

林修觉得有戏,告诉他:"她这几天都在这里。"

殷勤男生自告奋勇,说要包揽以后几天的伙食。

倪燕归瞥向林修。林修露出一个很不符合他个性的憨厚笑容。

她刚要说话,忽然见到透明玻璃外一个骑着电单车的少年风一样经过。

她心生一计。

翌日。

殷勤男生邀请倪燕归去咖啡厅坐一坐。

倪燕归点头应好,去的路上,她给花店打了一通电话,然后骑上共享单车,她也风一样地在街上"咻咻"而过。

殷勤男生虽然不帅,但家境优越,才第二次见面,就送了她一线品牌的护肤品:"这是我姐常用的牌子。她说夏天用,很清爽。"

倪燕归不喜欢这个男生,第一眼就没感觉。但是林修总说,她拒绝人的方式太残忍,今天,她想到一个委婉的。

咖啡喝了半杯,她见到了那个骑电单车的少年。

她特意坐在室外,就是为了方便。

少年下了车,把车子泊到一边,喊:"倪燕归。"

倪燕归微微一笑,招了招手。

殷勤男生也向少年望过去,少年手里捧着大束的玫瑰。

殷勤男生很惊讶:"这……"

"哦,这种场面我见惯了。"倪燕归弯起笑眼,"你不知道吧,你前面排队的人,有好几个呢。"

殷勤男生干笑一下:"可是林修说,你……"

"唉。"她故意叹气,"有些事,我不是百分之百向林修坦白的。追求者太多,说出去有点像炫耀。"

倪燕归坐着,少年向她走来,娇艳欲滴的玫瑰被他捧在怀里,谨慎且隆重。他把花送到她的面前:"倪燕归?"

"我是。"她说。

少年:"这是你的玫瑰。"

她正要收下,他说:"一百二十八元。"

倪燕归的手顿住了。她交代过花店,无声交流,扫码付款。谁料来了个不知变通的人。

她起身:"这里光线不大好,走,去阳光下,我看看这花的品种怎么样。"

少年跟着她,两人到了咖啡厅的边上。

倪燕归掰了掰花瓣,少年说:"你这样弄,花瓣掉了就不美了。"

"我的花,我乐意。"她没控制好力道,真的扯下了一片小小的花瓣。

"一百二十八元。"少年说,"珍姐交代,货到付款。"

"知道,不会赖账。"倪燕归横他一眼,"你生怕别人不知道这花是我自己买给我自己的?"

"这就是你自己买给你自己的。"

见说不通,倪燕归不说了:"扫码付款。"

少年给了她花店的付款码。

"花是对女孩子最美丽的祝福。你说女孩子为什么要订花给自己?"

"……"她是顾客,她是上帝。他只负责送花和收款,不想和顾客纠缠。

她却絮絮叨叨:"要不是没人给我送花,我至于自己送嘛。想也知道啊,还大声嚷嚷,一百二十八元。既然是送花的,就要顾及少女的面子。"

刚才送花的时候,陈戎猜测,这个女孩和坐她对面的男生,可能正在建立,或者即将建立某种关系。但听她的话,又不像。

女孩长得很漂亮,这个年纪还有些婴儿肥,脸颊粉嘟嘟的,眉目惊艳,长大了肯定是艳光四射的绝色美人。现在也是小美人,确实不至于自己给自己送花。她这样的人,追求者应该排长龙才对。

他看她的时间有些久。她已经付了款。他还是没动作。

倪燕归抬起头,她看不见他的脸,看不清他的眼。挡风镜里只映出她的表情,凶巴巴的,她呵斥:"看什么看,小心我挖了你的眼珠子。"

陈戎掉头走了。

过了一天,陈戎又见到这个女孩,他站在阳台上向下望。

她竟然住在这幢楼的二楼?

和楼上户型的区别是,二楼有个大露台。女孩这时站在正中,晾晒什么东西。似乎是课本还是作业,又或者是照片,总之是纸品,沾了水。

她把东西一一摊开,忽然仰望天空,深呼吸,之后扎起马步。站了一会儿,她握住旁边的晾衣竿,狠狠敲向地面。

陈戎:"……"突如其来,莫名其妙。

"打狗棒,乃丐帮帮主世代相传的信物。"他竟然听见了她的声音,"见打狗棒,如见帮主。棒打双犬,嘿!"

"咳……"陈戎突然咳了下。

之后听着她的"嘿嘿哈哈",他咳得越来越剧烈,憋得脸都红了。

他明白了,为什么她只能自己给自己送花。这样的女孩,确实没人追。想追的都吓跑了。

(三)

等等,她叫倪燕归?

陈戎觉得似乎听过这个名字,但一时想不起来。

下午他又去送花,单车在人群中穿梭。

一群过马路的小朋友发出了欢声笑语,一个女孩大喊:"哪里跑?"

这个瞬间,陈戎儿时模糊的记忆被提了上来。他的电单车慢慢减速。

对了,幼儿园时隔壁班有个凶悍的人,就叫这个名字,一个和他大战三百回合的女孩子。

她还是那个她,他却不再是儿时嚣张的模样了。

下午,陈戎送完花回来。

路口陆续有人停留,他们的目光都看向同一个方向,他的眼皮跳了跳。

一个路人说:"冒烟了啊,是不是着火了?"

"快叫消防车。"有人拨打了电话。

一个邻居向他招手:"陈戎,好像你家着火了。"

不是好像,那就是陈戎家的窗口。

"我妈呢?有没有人见到我妈?"他记得,今天母亲没有出门的计划。

"不知道。"邻居摇摇头。

不知什么时候起,母亲的记性越来越差,经常煲着汤,人却没了影。陈戎好几次听到煤气炉"滋滋"地响。

他拿起备用头盔往家里冲,见到上次放高利贷的几人从楼梯下来,趁乱冲进了人群。

陈戎没有时间去纠缠那些人,他最担心他的母亲。

他家的门上了锁。他颤抖地拿钥匙,在危急之间,他竟然还有空想,最近母亲状态不对，应该早点送她去医院的。她不能出事，否则他就没有家了。

开了门，果然，厨房起了火。

他想过去，门前猛然蹿起一阵大火，他被打了回来。

正在这时，房间有声音传来。

火从厨房烧到客厅，就要到房间了，到处是灰烟。陈戎捂住口鼻，冲进房间："妈！"

里面的人不是他的母亲，而是那个把晾衣竿当打狗棒的女孩。

她的双手被捆在椅子上，瞪起眼睛看着他。

半个小时前。

倪燕归正要出门，听见楼上有小朋友尖叫了一声。

夕阳斜斜照进楼梯，这一刻突然变得安静。她仔细去听，小朋友的声音变成了轻轻的"呜呜呜"。

她脚步很轻，上楼没有发出声响。到了楼梯平台，她悄悄地探头。

有一人在撬锁，另一人正钳制住孩子，捂住他的嘴巴。第三个人长了张驴脸，上下张望。

倪燕归缩回了头。

他们撬的是楼上那户的房子。这是一群小偷？

倪燕归拿出手机就要报警。

"开了。"一人说。

"进去。"另一人说。

小朋友的呜咽变大了。

第三个人说："让他闭嘴，烦死了。"

倪燕归心中一凛。虽然她不怎么去武馆了，但她这些年没有荒废练武，基本功都在。这几人下盘不稳，她对付他们，还是绰绰有余的。

对，先救孩子。

一人开了门，与此同时，倪燕归蹿了出去。

对方反应极快，把手上的匕首一反，抵在了小朋友的脸蛋边。那个孩子惊恐万状，却又无法挣扎，圆眼睛瞪得极大。

"欺负小孩子算什么本事。"她站在楼梯边,"我来换孩子。"

驴脸瞥着她,他问那个孩子:"你去报警吗?"

孩子摇头,吓得哭了起来。

"行,换。"驴脸嘴上这样说,但这俩都是目击者,他不想换。

他给另两人使了眼色。

那个钳制孩子的人上前一步,倪燕归也往前。只要孩子脱离他的掌控,她就可以出手了。

临近那人,她飞快地砍向他的手腕,夺过孩子。后退时,她把孩子向身后推去:"快跑。"

小孩子吓得无声,脚上却飞快地往楼下溜了。

倪燕归松了口气,然而她涉世未深,没想到对方除了刀,还藏了针筒。那人向她刺了一针,她推开他,狠狠踢去一脚。药效发作得极快,短短十几秒,她就站不稳了。

她听驴脸说:"这针剂量大。之前有个效果特别好,睡了一觉醒来,还失忆了……哈哈。"

倪燕归还有意识,但身体已经不听使唤了。

驴脸又说:"赶紧进去,听那废物说,玉石藏在校服里。"

她陷入了沉睡。

倪燕归做了一个梦,觉得自己快要不行了,她要呼吸,大口呼吸,但觉得胸腔憋气,想捂捂心口,又动弹不得。

她慢慢转醒,一时间不知身处何方,抬起眼皮,见到上方墙上挂了一张装饰画。

画很抽象,像是湖水,像是悬崖。像……有烟雾飘来,她又咳了好几声。终于转醒,她发现自己的处境很糟糕。

有烟,因为有火。她见到房门外浓烟滚滚。失火了吗?

很多火场的人,还没烧死就已经被烟呛死。

她觉得空气中的氧气越来越少,大口呼吸,却被烟雾呛到。

她逃不了,她被捆绑在椅子上。刚才发生了什么?混沌的意识里,她沉不下心去思考了。

番外一　烟与火

她站起来，拖着椅子，想跳到窗户那边去求救。然而手被捆得结实，没几下，她被绊倒在地，椅子撞到地面，发出声响。她躺在地上，手脚发软，使不上劲，脑袋晕沉沉的，像是有人强拉她要她睡觉。但她不能睡，她要求救，张嘴吸入的空气仿佛有灰烬的感觉。

她连连咳嗽。

突然，有个人冲进来，对着她喊："妈！"

那是个少年，倪燕归觉得在哪里见过。他戴着头盔，手里也拿了一个头盔。这是……倪燕归突发奇想，这是无头骑士？

陈戎没有时间细想为什么她在房间，他见到了她扭曲的姿势。因为和椅子绑在一起，她只得贴着椅子躺倒。

他在桌上拿出剪刀，迅速地剪掉她的绳子。

她灰头土脸，眼神很迷糊，仿佛不清醒。她坐起来，又差点儿倒下去："晕……"

他把备用的头盔戴在她头上，然后打开窗户。

只有他自己的话，他完全可以沿着水管爬下去，但如果带上她，他不确定能否安全落地。

没有时间了，陈戎走到床上，抓起床单。

周围不只有烟，空气烫热起来，火烧到了房间。

倪燕归没有声音。她半睁着眼，费劲地望他。她的状态很不对劲，感觉要昏迷了。

他说："别睡，我救你出去。"

突然间，有一股陡然升起的高温空气袭来。陈戎正要回头，却被人抱住脖子，扑到了床上。他知道不妙。一回头，果然，天花板上的灯绳被火苗烧断了。

如果她不扑过来，灯就会直接砸到他。

她用她自己的背挡住了灯，她闷哼几声，后知后觉，三秒后才"啊啊"大叫："好痛啊。"

灯没有火，但很烫。

陈戎闻到了一阵焦味。四周到处是火烧的各种味道。他宁愿相信，这阵焦味不是来自她的皮肤。但他看见，她的上衣被烫出了大洞。

不幸中的大幸，他刚才给她戴了头盔，否则她的脑袋也要被砸到。

她喊："我再也不要做好事了，再也不要了，做好事真痛啊……"

"好好好，不做了。"他赶紧抱住她的腰，把她扶起来。

"我要当坏人。我无恶不作……"她很痛苦，紧咬牙关，但闭不上嘴，一直喃喃说话。

"好，出去以后你就当坏人。"

"我毁容了，我一定毁容了。我嫁不出去了。"她说话的声音变小了。

"不会的。"陈戎拧紧了床单。

"被火烧过，就很丑的。"倪燕归疼得厉害，她不知道自己在说什么，但她必须说话分散注意力。因为她太疼了，疼得牙齿都打战。

她觉得自己一定是在做梦，梦醒了就好了。但做噩梦真的会这么疼吗？

"不丑，很美。"陈戎把床单和被单绑在一起。

"你就说风凉话……我都要自己给自己送花，丑了更加没人要。"

"我要。你嫁不出去，我要你。"陈戎也口不择言了。

"不要。"她却拒绝，疼得直发抖了，也还要说，"谁知道你长什么样，天天戴头盔，脸都不肯露。我喜欢帅的……好痛啊，我都这么痛了，我一定要嫁给大帅哥。"

陈戎摘下了头盔。

她瞥他一眼："你过关了。"死而无憾了。

倪燕归不再说话，变得安静。

他用床单捆住她的腰，背起软趴趴的她，再把床单绑紧自己的腰："我们出去。"

"出去了你要娶我啊。"费了最后的力气，倪燕归抱住他的脖子，疼得直掉泪。但她强忍住不哭。

"好。"陈戎到了窗边，底下有许多人向他招手。

"这里！"好心的路人找到了大被子，几人围着被子，各自拽紧。

但陈戎这边有两个人的重量，被子不一定受得住。

远处传来消防车的鸣笛。

四周烫热，令人窒息。等不到消防车了，他必须立即把女孩带出去。

陈戎踩在凸窗台上，玻璃都烫得惊人，他的手心瞬间红了。他一手扶住她的腰，向着侧边的露台一跃而下……

（四）

有微风吹过来。

依旧闷热，但比起烈焰灼烧的温度好太多。倪燕归居然觉得，夏天也是清凉的。

她不知道这个少年要背她往哪里去，她在空中飘着。

陈戎房间的窗户距离露台有一段距离。背上的这个人体重虽轻，他却犹如泰山坠下，生命的重量全部压在他的背上。

他的这一跳很惊险，由于没有及时攀上露台，两人落在了空中。幸好，床单和被单捆得紧，缠成了绳子。他借力，像荡秋千一样，荡到了那个露台。

绳子长度不够，只够他险险地握住檐口。

他刚才把那把剪刀别在腰上，这时剪断了床单。

缠住他和少女的绳子打的是死结。她看着像是没什么力气了，完全靠腰间的捆绑，勉强伏在他的背上。

底下有路人喊："太危险了。"

陈戎单手死死抓住屋檐的那一块砖，他慢慢向上爬。她没有说话，跟着他一点一点地向上移动。

他喘了喘气，两人绑得太紧了，腰间互相摩擦，他感觉被勒得透不过气，只能憋一口气，背着她从檐口翻过栏杆，到了二楼的露台。

路人们都松了口气。

陈戎呼了呼气，立即剪掉两人中间捆绑的布。她没了支撑，眼见就要倒地，他立即扶住她的肩膀。她很安静，头靠在他的肩膀上。

陈戎伸着手，到头盔下去探她的鼻息。微弱，但至少是有。他不敢乱动，怕碰到她后背的伤口。

远处，救护车越来越近了。

倪燕归这时悠悠地转醒，她说了句什么。

陈戎没听见，他拿掉自己的头盔："什么？"

他的耳朵凑到她的面前,听到她低不可闻的话:"我想了想,不能轻率地私订终身。"

陈戎没想到,劫后余生的一刻,她想的还是她的终身大事。

她又说话了,气息微弱,硬撑着也要讲:"如果还有人要我,婚约就不作数。你……要来公平竞争。"

他还能怎样,他要是不答应,他担心她一口气提不上来。他只能说:"好。"

"一言为定了。没有我的允许,你不能娶我。等到我发号施令了,你才能过来。"

"好。"

她抬抬眼,眼皮上熏了烟,衬得眼珠子明亮清澈:"不过,我发现,你长得和我很般配。"

陈戎:"……"这是夸他,还是夸她自己?

"好痛啊……我要嫁大帅哥。"

"好。"陈戎觉得,这个时候他的脑子和嘴巴已经分开,他答应了很多,但他没有细想。

消防车到了。救护车也到了。他看着医生把半昏迷的她抬上了车。

医生问:"是家属吗?"

陈戎摇头。

医生见到他烧红的掌心:"你也去一趟医院吧,烧伤要及时处理,一旦感染很麻烦。"

陈戎觉得自己的只是轻伤,如果不是倪燕归扑过来,烙上火印的就是他的背了。

倪燕归被推进了急救室,外面的一个医生给陈戎处理了手上的伤。

陈戎在急救室外坐着。他不知道,她扑过来的时候是清醒的还是迷糊的。

他看着急救室的大门,坐了很久。

直到倪家父母来了,二人追着医生问倪燕归的情况。

医生说:"要观察几天。"

陈戎知道,烧伤最怕的就是后期感染。

番外一 烟与火

医院的病床很紧张,陈戎这种轻伤,医生说回家休养就好。

倪燕归有父母照料,陈戎只是一个陌生人,他没道理留在这里。房子没了,他和母亲暂时回了外婆家。

陈戎每天都去医院,他就是去看望倪燕归,字面上的看望。

她伤了背,要么趴着,要么侧着,她的头从来没有看向门边。

陈戎去了十来天,听见医生说:"她已经度过了感染的危险期。不过——"

倪家父母追问:"不过什么?"

医生叹气:"那片皮肤伤得太重,疤痕是肯定有的。等她休息一段时间,或许可以去试试植皮手术。"

倪家父母:"能恢复多少?"

医生:"这……每个人的情况不一样。"

第二天,护士正好给倪燕归换药,陈戎无意中见到了那片皮肤。鬼使神差地,他用手机拍了下来。

倪燕归知道自己要留疤,她早知道的,从她醒来那时,她就预料到了。因为太痛了,痛得她不想去回忆。想想都知道很丑。

护士进来说:"那个少年又给你送花了。"

倪燕归醒来的那天,见到了一束艳丽的玫瑰。花束里夹了一张卡片,很简单的几个字——倪燕归,早日康复。

没有署名。

但她知道是哪个少年。这些玫瑰和她之前自己送自己的很像,卡片 logo(标识)都一模一样。

是那个头盔少年送过来的,不知道为什么,倪燕归对于火场的记忆很模糊。她只记得自己被扎了一针,之后就像做了一场大梦。她竟然想不起来那个头盔少年的模样了。

都怪他,总是戴着头盔,她从小就记性差,当然记不住。

她问护士:"送花的少年长相怎样?"

护士说:"他戴着头盔。"

倪燕归撇嘴,可能就是一个普通男生吧。虽然偶尔感觉他是个帅哥，但可能是错觉。如果是帅哥，他为什么天天戴头盔，不露脸？

父母托关系找了一个厉害的皮肤科医生，说要去试试植皮手术。

倪燕归下床照镜子，伤口上了药，皮肤像是被染了色，又黄又黑，看着破败不堪。

倪燕归很委屈。本来她可以长成一个大美人，现在变丑了，只能降级为小美人。她趴在床上，看着窗外的蓝天，常常发呆。她想，她已经丑成了小美人，以后还怎么嫁给大帅哥呢。

头盔少年又来送花了，但他从来不和她说话，送了花就走。

不过，这一天，花束里多了一张画。不知道为什么，她像是和他有了默契，知道这画是什么意思。她急匆匆地下床，走出病房，却不见少年的身影。

她对着镜子，把画比在自己的左背。

没有错，这画和伤疤的比例1∶1，线条走势是照着她的伤疤而描画的。

倪燕归出院了，跟着父母去咨询了皮肤科教授。

因为出院，她再也没有收到过玫瑰了。

植皮手术的效果马马虎虎，她忽然想起了少年的画。那是一只狐狸，九条尾巴，线条简洁，专门为了给她遮盖伤疤而作。

倪燕归打电话去了花店。

老板娘说："他家被烧了就搬走了，不在这里打工了。"

"如果你有机会再见他，告诉他，谢谢他的玫瑰，谢谢他的狐狸。"现代科技无法让她恢复完整的皮肤。她只有在那片凹凹凸凸的区域，自欺欺人地画一只狐狸。

意外的是，九尾狐狸很是漂亮。

倪燕归收到了警察的信息。

据驴脸交代，他的初衷是为了偷一块玉石，火不是他放的。煤气炉上本来就烧着东西，他是被火吓到才冲了出去，逃得太慌张，忘了去解她的绳子。

驴脸被判了三年有期徒刑。

她和头盔少年，突然遇见，突然分别，像是只有一个交点的两条线。

三年后，嘉北大学。

这所学校不大正常。民间传言，这里的校长很独特，校园里充斥着各种奇人。

好比陈戎的室友赵钦书，第一次在寝室见面，他就拗造型说："嗨，不要迷恋我。"

陈戎扶起眼镜，温和地笑笑。

"戎戎啊。"赵钦书自来熟，一下子就给陈戎起了昵称，"大学了，有没有恋爱计划？"

"没有。"陈戎不期然想起一个人。一张娇艳如花的脸，一片伤痕累累的背。

她说的，她不发令，他就等着。

那天，他和赵钦书走在校道，忽然听见一声："倪燕归！"

陈戎猛然回头。

"哎。"一个女孩伸了伸懒腰，从草丛里站起来。她穿着露腰短衣，短短的热裤，跳了几步："今天老师点名了吗？"

"点名了！"另一个女孩说，"你的大名传遍了教室的每个角落。"

"哦……我完了。"不经意间，她见到转角站了一个白衣少年，戴了一副斯文的眼镜，玉树临风。

觉得似曾相识，倪燕归再看过去。男生被另一个男生拍了下肩。他扶了扶眼镜，跟那人说话。

倪燕归拉过柳木晞，说："我宣布，我一见钟情了。"

柳木晞很莫名："发烧了？"

"我做过一场梦。"倪燕归笑颜如画，"梦里的男主角和那个男生一模一样。"

柳木晞迟疑地问："春梦？"

倪燕归不回答，她和陈戎的目光撞了个正着。

"在哪里，在哪里见过你。"校园的广播转了个调，"梦里梦里见过你，甜蜜笑得多甜蜜。是你，是你，梦见的就是你……"

番外二

新约定

这场废弃工厂的大火烧红了半边天，成为这段时间的大新闻。

火灾的调查持续了一段时间。

事故调查的一开始，陈戎和倪燕归是嫌疑人。他们配合警方调查之后，警方安排警力去寻找那一个叫"大铁"的人。

这对情侣住进了同一间医院，同一个楼层，做完详细的检查，医生说没有大碍。

双方家长生怕孩子落下病根，非要在这里多住几天观察观察。

陈戎是倪燕归的救命恩人，倪景山对陈戎表示千恩万谢。

倪燕归逮到了这一个绝佳的机会，向父亲介绍陈戎，说他是她的大学同学，成绩名列前茅，还有一颗侠义之心。

少年的确一表人才，气质不凡。倪景山笑了笑："陈戎同学没有大碍吧？"

陈戎："没事，都是小伤。"

倪景山："等你出院了，来我们家吃一顿便饭吧。"

倪燕归冲陈戎眨眨眼睛。

陈戎笑笑："谢谢倪叔叔。"

林修没有过来探病，但是在电话上把倪燕归训了一顿："你迟早把自己害死。"

倪燕归不以为然："下不为例。"

林修："可怜的陈戎，相中一个女魔头。"

倪燕归："呸呸呸，我是为了世间正义，我和他是侠侣。"

后来陈若妧才得知，和儿子在一起的人，是在他们家经历大火的女孩。

三年前的案件，陈若妧是被择了出去的。

史智威说不上来那场火是怎么回事,一切的源头算到他的头上,他认了罪。

陈若妧听说女孩伤了大半个背,她很内疚。她注重外貌,假如换作是她被毁了大半个背,就等于毁了她的半辈子,活着都痛苦。

但陈若妧又是懦弱的,她不敢揽上责任,不知如何开口。她不知道,自己的儿子对这个女孩情根深种,她更不知道,三年后的这时,同样的两个人又遇上同样的大火。

陈若妧鼓起勇气,想为三年前的事跟女孩道歉,她让家中的阿姨熬了鸡汤,做了几样菜。

她拎着两个饭盒,远远地,见到陈戎和女孩一起散步。

儿子变了,没有了温和的面孔,即便和女孩说话也不大有表情。

女孩的双手插在病号服的口袋里,突然伸出来,抱住陈戎。

陈戎说着话,用手贴了贴女孩的额头。

陈若妧一手一个饭盒,晃动着,转身躲到了转角处。

医院里少有一对情侣一同过来住院的。

在住院大楼的中庭,搀扶着散步的都是家属和病人这样的组合。

两个穿着病号服的人,沿着绿化带散步,极为罕见。尤其是,这对病人还是俊男美女。

倪燕归偷偷抱了一下陈戎的腰,生怕刺激到前方一个人散步的大叔,她又撤回手。

陈戎没有顾及那么多,反手搂着她的腰,搂了有好几秒,生怕别人看不见似的。

倪燕归问:"你为什么从来没有说过,你就是当初的那一个少年?"

陈戎:"你都已经忘了,我说了你也不知道。"

倪燕归:"你说了,我也许就会想起来。"

陈戎:"算了,你不喜欢,没必要再去回忆。"

倪燕归:"我把你忘了,你是不是特别难过?"

陈戎:"忘了也没关系,无论记不记得当年,你还是喜欢上我了。"

倪燕归笑起来:"你这是哪来的自信?"

"那不然，为什么在大学里你常常偷窥我？"陈戎对答如流。

"我虽然不记得你，但我有梦见过你的。"倪燕归嘴角弯着甜蜜的笑，"我在大学里见到你的第一眼，就觉得你跟我梦中的人一模一样。我那时当自己记错了梦，现在想想，那是我潜意识里的梦，我没有真正忘记你。三年前，是你救了我的命。"

"倪倪，你这一次又莽撞了。"

"这一次，你又来了。"和三年前一样，他将她从鬼门关里拉出来。命中注定，她一定是被他拯救的。

如果她真的遗忘了那一场火，那就不会再有那一个梦。梦是潜意识的表现，她还是记得他的。

也许凭他在火海中的冷静，她就已经喜欢上这个少年，她才会将他的画，文在自己身上。否则，她为什么要留一个陌生人的印记？

陈若妧抱着一个保温饭盒。她是来送饭的，但见到儿子和那个女生，她立即躲了起来。

她听不见两人的话。

儿子已经告诉她，倪燕归就是三年前的那一个女孩，那一个被烧了大半个背的女孩。

陈若妧没有办法在倪燕归的面前再次摆出恶狠狠的态度。

算了吧，陈戎长大了，就把选择权交给他自己吧。

直到那一对俊男美女各自回病房，陈若妧才假装刚来到的样子，给儿子送去保温饭盒。

出院的那天，陈若妧又来了。

说起来，其实她很少管教孩子。在陈戎成为听话孩子之后，她更加觉得，儿子已经成为一个独立的大人，有的时候比她还独立。

陈戎不怎么生病，反倒是陈若妧自己的身子比较闹腾。儿子住院还是头一回。

陈若妧觉得自己这个母亲当得实在惭愧。她的儿子有两次在火海之中死里逃生，她如果不在这时多多照顾，那她就太失职了。

陈若妧来得早，排队给陈戎办了出院手续。

陈戎背着一个大大的背包。

陈若妧要接过来，陈戎没有动：“妈，我自己来。”

陈若妧问：“真的是医生说能出院了？”

陈戎：“可以了，本来就没事。留下来的这几天也是观察。”

“对了，那个女孩……”

“她父母把她接走了。”

“已经接走了？”

“她今早先出院。”

倪景山夫妻在八点钟就到了，等到八点半，拿到了出院证明。

倪燕归走的时候，在陈戎的病房探头：“我先走了。”

这是公共场合，其他病人虎视眈眈，二人没有多做什么。

陈戎上前拉了拉她的手。

“我之前不知道，她是三年前的女孩。我欠她一个道歉。”

陈戎静静地听着。

“一个女孩被烧成那样，太疼了。”

“妈，一切都过去了。”

“我知道，你喜欢她。是妈妈有偏见，其实这是一个豁达开朗的好姑娘。”陈若妧说，“你想怎么样做，就去吧。我有了新家庭，只有你一个人留在原地。”

“妈，我不是一个人。”陈戎温和一笑，“我有她。”

火灾的调查一直持续到开学以后。

除了陈戎和倪燕归以及临阵脱逃的大铁，再没有人从火场里出来，警方在现场找到了烧焦的尸体。

新学期开始，变化最大的人是陈戎，之前那个谦谦君子突然转了性。

也有传言说，他和倪燕归分手了。或者说，倪燕归甩了他，他正热烈追求倪燕归。

倪燕归昂着高傲的头，走路带风，脸上洋溢着得意的劲儿。

令人唏嘘的是，陈戎没有了笑容。

这其中的因果关系，是个人都能推断出来。是情伤，把一个温润如玉的少年逼成了阴恻恻的样子。

散打社团的人不知道内幕。

凡是"训练"聚会，陈戎和倪燕归一定参加。两人碰面，倪燕归得意扬扬，陈戎谦卑有礼。陈戎坦白说，他是在追求倪燕归。大家了然。就是情侣吵架，求复合嘛。

毛成鸿没有劝和或者劝分，反正，他见到倪燕归开心的样子，懒得去管她的事。

直到一个晚上，训练完毕。温文背起书包，走在僻静的校道上，却见前方有一对人。从影子上望去，是男生背着女生。

温文想要绕道，这时，那两人到了路灯下。居然是陈戎和倪燕归。这是要复合了？温文带着疑惑，顺着岔路走了。

倪燕归懒得走，跳上了陈戎的背让他一路背着。

昏暗的路上，两人一时间没有说话。他背着她，她搂住他的肩。

倪燕归观察陈戎，他没什么表情，仿佛之前已经把一辈子的笑都花光了。自从坦白之后，他不再伪装。

"戎戎。"

"嗯？"

"你有听到过流言吗？"

"什么流言？"

"说你伺候着一个皇太后。"倪燕归不高兴，这不是明摆着把陈戎比喻成太监？

陈戎扯扯嘴角："你听他们说。"

"是不是我在你面前表现得太嚣张了？"

"你想怎样就怎样，不用管别人怎么想。"

"你呢？不觉得我灭了你的威风？"

陈戎失笑："我有什么威风？"

"你在朱丰羽面前很威风。"

"他们知道我喜欢我的女朋友。"

倪燕归忍不住在他脸上轻戳一下。

"你在老师同学面前都很少笑了。你开心吗？"

"开心。"

"我就是笑太多了，同学们给我起外号，说我是慈禧太后。好想把麻袋套到他们的头上，狠狠揍他们一顿。"

"随便他们说。难道他们讲什么，我们就是什么？"

"他们说，你被我折磨得笑都笑不出来。戎戎，你喜欢笑还是不笑？"

"你喜欢我怎样？"

"不要我喜欢，你自己喜欢才好。反正你怎样我都喜欢的。"

"可能是以前笑太多，现在一个人的时候不喜欢笑。"也许是因为不需要再时时刻刻扮演别人喜欢的自己，卸下枷锁之后，懒得伪装了。

"你想怎样就怎样，不用顾及我的喜好。"

"听说，你喜欢温文尔雅的。"

"我喜欢陈戎。无论什么样的。"

"或者很久之后，我才知道真正的自己是怎么样的。"

"没关系，你怎么样都是帅的。"

"对了，我妈说，想和你道歉。三年前的那场火，是因为她忘记了关炉子火。"

"她真想道歉的话，就快把她的儿子许配给我。"

陈戎笑了："你想嫁人了？"

"我们提前定下婚约，毕业了再办婚礼。"

"你决定得太草率了吧。"

"不然呢，还要矜持吗？"

"放我下来。"

陈戎放她下来。

她拉起他："我倪燕归这辈子就认定陈戎了。无论顺境逆境，我愿和他有福同享有难同当。"

"同上。"

"我真庆幸，三年前遇上了你。"

"我真庆幸，我的玫瑰花是你送来的。"

番外三

游泳课

嘉北大学开了一个新的运动课程——游泳。

收到新学期的课程表,倪燕归的眉头拧紧。她是女孩子,大可以穿上长袖泳衣遮盖身上的狐狸文身,麻烦的是陈戎。倪燕归的脑海中设想了一个情景,一群男生上游泳课,其中一个穿着长衣长裤。她给陈戎盖上鹤立鸡群的戳。

林修把画架搬了过来,正好坐在倪燕归边上。她探头去问:"你们男生上游泳课,如果谁在外面套一件时尚衬衫,是不是特别潮流?"

"谁在游泳课上套衬衫?"林修毫不客气,"管他时尚不时尚,都很傻。"

倪燕归从鼻子里哼气。陈戎没有伤疤,他怎么画在腰上了呢?早知学校有游泳课,当初陈戎就该把九尾狐往下画……倪燕归转念一想,屁股上画一只大狐狸,肯定没有在腰上性感。

倪燕归心不在焉,转了转铅笔,在画纸上打草稿。寥寥几笔,她勾勒出一个男孩健美结实的身材。和她脑海中的情景一样,臀特别翘。

她把铅笔换成水彩画笔,蘸上橙色颜料,在小人儿的后腰乱涂乱画,水彩在小人儿身上越涂越宽,几乎盖住一整个背。一边画她一边想,随着陈戎释放真实个性,估计将来他会跟朱丰羽一样,在学校里成为香饽饽。

美术老师走过来。

倪燕归换了颜料,给小人儿加了件衣服。她灵机一动,有了一计。

同一时间,有一个跟倪燕归想到一起的人,是赵钦书。

他把课程表放大到"游泳"那一栏,脸上的贼笑直冲陈戎的方向:"大热天的,你不光膀子,一天到晚把自己包得跟传统小媳妇一样,到了游泳课上,你要怎么办?"

陈戎收拾课本:"老师说上课,没说光膀子。"

"万一。"赵钦书一手撑着书桌,半低腰,像在研究陈戎的表情,"一个游泳馆就你一个人长衣长裤,肯定是全场焦点。"

"你有胸肌,有腹肌,以及一张万人迷的俊脸,你才是焦点。"

这份赞美让赵钦书一抖:"你是不是跟大姐头久了,学会了谎话张嘴就来的本事?"

陈戎低下头,装书进书包。赵钦书想去拿陈戎的眼镜,被一手挡住。

"对了,你不笑的样子很冷酷。"赵钦书意味深长,"你讲话变了口气。传言里说,你跟大姐大闹了一出分手戏码,受刺激,性情大变,出现了第二人格。"

陈戎:"传言更新迭代多少个版本了?"

赵钦书搭上陈戎的肩:"同学一场,你跟我透个底,哪一个是你的第二人格?温顺的,还是冷漠的?"

陈戎不觉得自己至今还能瞒住赵钦书,但赵钦书喜欢揣着明白装糊涂,陈戎也不回答刚才的问题,只说:"下一堂课的老师要点名,准备走吧,别迟到。"

几个男生远远就看到树下的那人。

没办法,倪燕归除了外表,那横行霸道的气势也是独一无二的,别人想不注意都很难。倪燕归两手抱臂,分明是要干架的样子。她宽大的中袖上衣兜风而起,紧身七分牛仔裤裹住笔直的腿,她修长,也挺拔。

赵钦书推了陈戎一把:"大姐头来了。"

赵钦书慢下来,跟后面的蔡阳肩并肩。

蔡阳早就好奇陈戎和倪燕归的关系。分了?和好了?还是分分合合好几轮了?他低声问:"陈戎和倪燕归还是男女朋友吗?"

"是吧。"赵钦书回答得模棱两可。

蔡阳:"倪燕归骄傲得能上天。"

"一个愿打,一个愿挨。"赵钦书说,"走吧,上课去。陈戎顾不上老师的点名了。"

陈戎到了倪燕归跟前,相当谦卑:"倪倪。"

倪燕归端起目中无人的架子。越是有人传她嚣张跋扈,她越是高高昂起头,仿佛从鼻尖里看人:"跟我来。"这命令的口气像是王者。

陈戎特别乖。她要去东,他绝不向西。几个同学见状,纷纷摇头,可怜的陈戎。

对这段表里不一的恋情,倪燕归驾轻就熟。上课时间的教学楼外,树林里人迹罕至,一棵一米粗的大树完全笼罩住二人。
倪燕归扑到陈戎的怀里:"戎戎。"她哪还有刚才的傲气,蹭来蹭去,像一只撒娇的小猫咪。
两人在拥抱中听见了上课铃声。陈戎搂紧倪燕归的腰,压着人到树干上,抬起她的下巴,吻了一记。到底是公共场合,他浅尝辄止。
倪燕归的嘴唇被滋润得水亮亮的:"你知道我们将要有游泳课吗?"
"知道。"她的手搭上他的腰,抚摸那一片印记的区域,"你不会只穿泳裤就去上课吧?"
陈戎的腰上直发痒:"你想我怎样穿?"
"如果被人发现。"她用掌心按住他的腰,五指并拢拍了拍,"我怕到时候,一群女同学着迷你的漂亮狐狸。"
"我听你的,藏好这只狐狸。"
"下午我有空,等你上完课,我们去逛街,我给你挑一件衬衫。"倪燕归推了推他,"好了,你该上课了。"
他松开她。她又噘起嘴:"再亲一下。"
二人唇舌交缠,亲昵无边。

倪燕归的想象里,一切很顺利,不过就是一节游泳课罢了。
她和陈戎出去逛街,挑了一件纯黑的薄衬衫。他试穿时,她特地在他的腰后细细观察。
"完美,没有破绽。"她那时得意扬扬。
问题就出在这件黑衬衫上。
游泳课上的男女同学各自分开,不在一个池子。一群赤条条的男同学之中,陈戎的黑衬衫相当另类。但没什么大影响,老师也没在意。
陈戎下水,赵钦书跟着他。突然他觉得有什么从前面蔓延开了。他大叫一声:"陈戎,你的衣服掉色吧?"

这不就污染了水池？老师喊："陈戎上去。"

湿漉漉的衬衫黏着陈戎的身体，幸好料子不透。他虽然坐在池边，但别人瞧不出端倪。

老师又喊了："陈戎！这里都是男同学，你把那黑衣服脱了。"

陈戎："老师，我会游泳。"

老师："会游泳也要练习啊，下水来。"陈戎却一动不动。

老师不禁板起脸："陈戎。"话音回荡在游泳馆里，如同加了混响。

赵钦书游到池边，那叫一个幸灾乐祸："没事儿。就算你衬衫的黑色沾到你身上了，我们都当看不见。大家是来学游泳的，不搞别的。"

老师过来了："陈戎。"

陈戎仰头望过去："老师，我女朋友有令。"

老师气结："才交往多久，就成妻管严了。"

众人笑起来。

"赶紧的，赶紧的。"老师手上的动作利索，掀了陈戎的衬衫。

腰上的狐狸露出半截，之前在笑的众人沉默了。陈戎文了一只狐狸，比"陈戎身上文了个印记"更劲爆。只听过"左青龙右白虎"，没见过男的文狐狸的，还是烈焰一样的狐狸。

"这嚣张跋扈的样子，不是很倪燕归吗……"赵钦书喃喃地说。

陈戎的风吹草动都和倪燕归相关，这件事自然也是被归功于倪燕归。渐渐地，同学们琢磨出什么来了。陈戎跟了倪燕归之后，越发有男子气概，狐狸上的腰线一目了然。

蔡阳都来道喜了："祝百年好合。"

好像也不是坏事。

其他同学说起陈戎，有的会讲起他入学时的优秀成绩。有的则唏嘘不已，初入校园的陈戎是一个腼腆的男生，一年过去，那仿佛是遥远的记忆。

要说同学们觉得陈戎特别强悍，那又不是。强悍的是他的女朋友，散打社的扛把子。散打社的校外比赛，倪燕归和何思鹂双双得奖。男子组全军覆没，那时陈戎未参赛。

社团暂时保住，分到一间宽敞教室，但他们和拳击社的剑拔弩张没有缓解。更有拳击社的成员讥嘲说:"散打社不如就改成女子散打社,那里边儿的男人,没一个有出息的。"

格斗的世界,打嘴炮的同时还要拼实力。散打社有几个学员嚷嚷着跟对方比一场。拳击社的同学甲撂下话来:"我们迎战。时间?地点?谁弃赛,谁是孙子。"

温文得知此事,直说那几个学员太冲动。

学员乙不服气:"温社长,他们都骑到我们的头上了。"

温文有点为难。赵钦书出来说话:"问题是,你们打得赢吗?你连别人几句话都受不了,难道在赛场上输了,就能出一口气?格斗不是临时抱佛脚,论耍嘴皮子功夫,我能在拳击社门前战他三天三夜。真正要比赛,我就不敢去了。"

温文:"好了,不要吵。接下来我们要考虑比赛。我们不能灭自己的威风,比赛不到最后一刻,谁输谁赢不一定。大家如果要赢回一口气,还是按照毛教练的老规矩,特训。"

倪燕归几天没去社团,这天发现何思鹏居然成了教练。

何思鹏顶着一张娃娃脸,给人一种好欺负的错觉。然而,她比毛成鸿更严格。

倪燕归自然不练,她打听才知道,散打社跟拳击社多年的恩怨终于要了结。战果是可以预见的,这边没几个格斗好手。

"自己练习。"何思鹏撒了下来,背手站在边上,绷着的脸沉得很重。

倪燕归:"真的要和拳击社打?"

"可能事关男人尊严吧。"何思鹏说,"赢不了。"

倪燕归:"那未必。"

何思鹏却坚持:"赢不了。"不是她泼冷水,这个社团的学员,真的没天赋。

倪燕归挥手:"不要长他人志气。"

她一个人在夜宵摊坐了半个多小时,才见到男朋友。

陈戎跟着老师忙一个幼儿园设计项目,今天回来得很晚。

她捏起他的脸,上下打量:"瘦了。"

他捉住她的手："上周你才说我吃得胖。"

"社团要跟拳击社比一场。"

"你要去？"

"拳击社太气人，放话说我们社团的男人没出息，这不是把你骂进去了。"倪燕归差点儿拍桌子，"温社长说这是男子组比赛，我不能去。否则，我打得他们满地找牙。"

陈戎给她夹菜："消消气。你要教训谁？"

"一个口无遮拦的，忘了姓甚名谁。"

之后，上了一盘菜，倪燕归忙着吃，没再提拳击社的事。

拳击社到处放话，把这场比赛渲染得如火如荼。

比赛场馆设在拳击社的道馆。这是拳击社的私心，因为风光。墙上挂了一排排一列列的奖牌奖状，别的不说，光从气势上就能打压人。

散打社走在前面的人是何思鹂，人长得娇小，但她眼神充满战斗力。之后走来的，则是几个当初撂下战书的学员。

温文领的一群人属于看客。比如倪燕归，比如赵钦书。

双方各自准备的时间里，倪燕归打量拳击社的人，问："对方哪个说我们社团的男人没出息？"

学员乙一指。

倪燕归满是不屑："待会儿就让他瞧瞧什么叫作有出息的男人。"

温文笑了笑："小倪同学都这样说了，大家加把劲。"

倪燕归："那个口出狂言的人，给我留着。"

学员乙："你上啊？"若她真的能上，那是有胜率的。

倪燕归："让他走着瞧。"

双方碰了一下比赛规则。打车轮战，不是一对一。轮完全部学员的，称之为输。

拳击社的人问："你们人齐了没？"

温文："陈戎要来？"

倪燕归："对，在路上了。"

温文："陈戎一个多月没来社团练习了吧？"

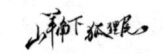

"他的设计项目比较忙，但随便来一场比赛，绰绰有余了。"倪燕归这样说，无人敢反驳，她可是真的敢抡起拳头的人。

陈戎姗姗来迟，一进来就道歉："温社长不好意思，我来晚了。"

温文拍拍陈戎的肩："辛苦你了。"

倪燕归拉过男朋友，给他指了指："狠狠教训他。"

"明白。"陈戎问，"怎么个规则？"

"车轮战。"她给他拨了一下头发，"你想第一个还是最后一个？"

"第一个吧。"她微笑点头。赵钦书的话有道理，散打社的人连几句话都忍受不了，在这众目睽睽之下打败仗，那不是更丢面子？陈戎排第一，其他人就不用上了。

"戎戎。"倪燕归抱了抱他，"你有我在。"

他去比赛，意味着什么，没有人比倪燕归更清楚。

他搂了她一下。

对方喊："你们谁先上？既然双方学的是不同的格斗术，那就各自拿出看家本事，打赢就算。"对方套上了拳套。

陈戎在散打社荒于练习，拳击却是他擅长的。

陈戎的手缠上了绷带，他也戴上了拳套。朱丰羽本来是靠在墙上，还是那副悠闲的样子，见到陈戎上场，站直了。

拳击社的人动了动鼻头："你？拳击？"

"对。"陈戎问，"你还有话吗？"

那人说："没了。"

"那就开始吧。"陈戎的拳速又快又狠，"砰"的一下击过去。

对方险险躲过这一招之后，脚下却乱了。陈戎不给对方喘息的机会，连连进攻，过了几招，对方被他压制得无法回击。观众那边静了，接着，爆出了激烈的掌声。

倪燕归弯了弯唇角。她的男人终于真正地站到聚光灯下。他可以做他自己，或是狂野的，或是冷漠的，又或者，斯文的也可以。

今天之后，陈戎可能会和朱丰羽一样，有女同学偏爱这款的。

但无妨。人是她的，什么属性的陈戎，全都是倪燕归的。

（全文完）

图书在版编目（CIP）数据

山羊角下狐狸尾 / 这碗粥著 . -- 成都：四川文艺出版社 , 2023.10
ISBN 978-7-5411-6765-2

Ⅰ. ①山… Ⅱ. ①这… Ⅲ. ①长篇小说 – 中国 – 当代
Ⅳ. ① I247.5

中国国家版本馆 CIP 数据核字 (2023) 第 171575 号

SHANYANG JIAO XIA HULI WEI
山羊角下狐狸尾
这碗粥 著

出 品 人	谭清洁
出版统筹	刘运东
特约监制	王兰颖　代琳琳
责任编辑	陈雪媛
特约策划	代琳琳
特约编辑	周　维　张开远　宋艳薇　刘玉瑶
封面设计	吴思龙@4666啊
责任校对	段　敏

出版发行	四川文艺出版社（成都市锦江区三色路238号）			
网　　址	www.scwys.com			
电　　话	010-85526620			
印　　刷	北京市松源印刷有限公司			
成品尺寸	145mm×210mm	开　本	32开
印　　张	19.125	字　数	570千字
版　　次	2023年10月第一版	印　次	2023年10月第一次印刷
书　　号	ISBN 978-7-5411-6765-2		
定　　价	69.80元（全2册）		

版权所有·侵权必究。如有质量问题，请与本公司图书销售中心联系更换。010-85526620

酷威文化

图书 影视